向田邦子『あ・うん』
―「青りんご」まで―

高橋行徳

鳥影社

向田邦子『あ・うん』
――「青りんご」まで――

目次

凡例

一．小説やテレビドラマ、映画等の作品名、及び雑誌や会報誌はすべて『　』で統一した。

二．向田邦子によって書かれた『あ・うん』は、シナリオ、雑誌、単行本の三つに分けられる。どの引用なのかわかりやすくするため、シナリオは「　」、雑誌は〔　〕、単行本は［　］で示した。

三．連続ドラマ『あ・うん』と『続あ・うん』を一応区別するが、二つの連続ドラマをまとめて、単に『あ・うん』と記すこともある。

四．作品名や人名、及び引用文では、原則として旧漢字、旧かなづかいのままにした。

五．特殊な読み方や難読の箇所にはルビを振った。

六．論述のなかで引用個所の一部を使用する場合は〈　〉で表示した。

七．わかりにくい単語などは☆印をつけ、註のあとに解説した。

八．文献の引用に関しては、第一部と第二部の章ごとに、初出のものはすべて記載し、次からは前掲書とした。

九．本文中の人名は、敬称を省略させていただいた。

向田邦子『あ・うん』

――「青りんご」まで――

まえがき

本書は向田邦子が生前かかわったすべての『あ・うん』作品を通して、豊饒な「あ・うん」世界を解き明かすものである。具体的には向田の書いたシナリオと小説を対象とし、これを対比しながら考察する。詳しく述べると、一つはシナリオ[1]とそれを映像化したＮＨＫの連続テレビドラマ[2]である。もう一つはほぼ同時期に、彼女が雑誌[3]に二回にわたって掲載した小説と、さらにそれを一冊の本として刊行した長編小説[4]である。したがって彼女の死後にリメイクされた単発ドラマや映画はここでは扱わない。

向田が執筆し、自身が立ち会った作品に限定したのは、彼女が真に意図したものを探り当てたいからである。『あ・うん』は発表されてからすでに四十年以上経った。時代の流れのなかで、当時とは異なる感じ方や捉え方、さらには解き方がなされてきた。それは作品の持つ懐の深さを証明している。この変化を筆者は否定しない。令和流の読み方があってよい。けれども作品が後世に受け継がれていくためには、『あ・うん』の原点をもう一度しっかり確認し、そのうえで解釈することが必要であると考える。

向田邦子は小説とシナリオのどちらを先に書き始めたのだろうか。これは二つの証言から、後者であることが明らかになる。矢口純が対談のなかで、「あれほどテレビドラマが小説に忠実なのもめずらしいですね[5]」と問いかけたのに対し、向田は「あれは内幕を申しますと、先に脚本を書いて、小説にしたのはあとからです[6]」とはっきり述べている。

この経緯《いきさつ》を豊田健次の著書を用いて、もう少し詳しく報告する。昭和五四（一九七九）年の暮れ、向田が文藝春秋の豊田に、以前約束した小説をそろそろ書きたい、と申し出た。ただし「はじめてのことで不安でならない。手はじめに、ノベライゼーション――放送台本の小説化というかたちでやってみたい」と条件をつけた。さらに「『あ・うん』という作品をNHKにわたしてあって、もう出来上っている。試写会が近くあるから、それを見て豊田さんがこれでもよろしいというのであれば小説にする[7]」と述べた。

豊田はオリジナルの小説をもらいたかったが、やっと向田が書く気になったのだから、この機会を逃してはならないと考える。その後、『あ・うん』の試写会が催されるNHK放送センターへ出向き、そのテレビドラマを観た。彼は作品の素晴らしい出来栄えに驚嘆する。これを小説にしたならば、必ず傑作になると確信して、向田の申し出を快諾した[8]。

執筆の順番は、向田が描く「あ・うん」の世界にも大きな影響を与える。最初にシナリオを書いたとき、彼女の創造するものは脚本の形式によって生み出され、表現された世界も、やはりその形式と不即不離の関係にあった。脚本というジャンルの創作手法によって、作者の内面に渦巻いていたイメージが突出したのである。

最初に生まれたシナリオ『あ・うん』は、生気に満ち溢れているが、汚物や粘液はそのまま付着していた。心地よい筋の流れのなかに、突如ヒリッとした辛みやえぐみを感じさせる事態が起こる。また穏やかな雰囲気のなかに、一瞬尖ったものが見えたりもする。このように、シナリオには視聴者の意表を突くようなものが含まれていた。

向田はノベライゼーションに関して苦い経験があった。ほぼ五年前に、彼女は『寺内貫太郎一家』を小説化する。だがその評判はあまり良いものではなかった。出演者の小林亜星が、「向田さんは脚本ほど小説はうまくないな[9]」と作者に面と向かって言ったそうである。それだけに向田は、今度の小説化ではシナリオにない独自なものを出したかった。しかし素材が同じで、しかも仕上がったばかりの作品が手元にある以上、登場人物の台詞や身振り、また彼らの置かれた状況が唯一無二に思え、変更は相当に難しかった。

そこで向田は、脚本のなかのテレビ向きと思われるエピソードを幾つか削り、小説らしい筋に仕立て直そうとする。特に『別冊文藝春秋』に掲載された前編では、主題と密接に絡む出来事まで惜しげもなく取り除いた。さらに彼女はテーマを絞り込む。主人公仙吉と戦友門倉の友情、仙吉の妻たみへの門倉の一途な想い、そして主人公夫婦の娘さと子の成長、ほぼこの三つにピントを合わせたのである。

その代わり小説では、シナリオになかった時代状況や情景描写、それに人物の心情などを詳しく書き加えている。確かにこれでストーリーがまとまりを持ち、読みやすくなった。けれども向田がシナリオで盛んに書き込んだ、親子問題、老人問題、社会の格差問題、そして何より大切な女性の自立問題が希薄になってしまった。

この本では、向田の描いた「あ・うん」世界のすべてを考察したいと考えている。したがって私の論述にとって、シナリオと小説は不可分な関係で、どちらも必要であり重要である。この二つはそれぞれの欠けた要素を互いに補っているからである。

しかし「あ・うん」世界が発想され、多くの挿話が生み出されたのは、脚本においてである。そこでは多彩な人物が登場し、場所にも変化がある。このような理由から、本書ではシナリオ及びその映像を中心に論を展開する。とはいえ、例えば冒頭の風呂焚きの件《くだり》などは、シナリオより小説の方がはるかに面白いし、向田の意図もはっきりとわかる。このような箇所では、小説を前面に立てて論述することになる。

また小説には単行本以外に、雑誌に掲載されたものもある。本書では便宜上、初めにノベライゼーションされ、『別冊文藝春秋』（『あ・うん』前半）と『オール讀物』（『あ・うん』後半）に載った小説を、その出所から「雑誌」と記述する。そのあと推敲を重ねて一冊の本として刊行された長編小説を、簡略に「単行本」と表記することにした。この両者を比較することで、向田が小説家として経験を積んでいく過程をつぶさに辿ることが可能となるだろう。

第一部

第一章　『父の詫び状』から『あ・うん』へ

a．『父の詫び状』のドラマ化

シナリオ『あ・うん』はその質と量において、『阿修羅のごとく』と並び、向田邦子の最高傑作である。ところがこの作品を手がけたNHKの深町幸男は、初め別の作品のドラマ化を申し出た。向田が昭和五三（一九七八）年に出版したエッセイ集『父の詫び状』である。このエッセイは、タウン誌『銀座百点』に連載された頃から評判をとっていたが、一冊の本として刊行されるや、たちまちベストセラーとなった。戦前における中流家庭の日常生活が軽妙な筆致と余韻のある文章で描かれ、読者に限りない郷愁を呼び起こしたのである。

テレビ業界がこのような人気作品を放っておくわけがなく、二、三のテレビ局からすでにドラマ化の依頼がきていた。しかし向田は他局と同様、NHKに対しても丁重に断った。その理由は、向田家のプライバシーが問題になったからである。邦子の祖母きんは未婚の母で、父親の違う男の子を二人産み、その長男が彼女の父親敏雄であった。身内が隠しておきたい事柄を、何の断りもなく誌面で明かしたことに、家族はとても憤慨した。

向田は出生の秘密に触れただけでなく、自分の家族を若干のデフォルメも加え、面白おかしく描写した。だがエッセイの底流には、肉親への強い愛情が感じられる。もっともこれは読者の感慨であり、モデルにされた人間は、別の気持ちだったようである。妹の和子は「みんな怒りまくった。……もう嵐のような総攻撃[1]」であった、と報告している。しかも邦子自身は、ちょっとおませで聡明な女の子として登場していたので、成員を一層いらつかせてしまった。彼女がいくら抗弁してもわかってもらえず、結局「二度とこういう真似は致しません[2]」と謝らざるをえなかった。

家族の前で頭を下げた以上、邦子は『父の詫び状』のドラマ化など口に出せるわけがなかった。書籍で恥ずかしい思いをした向田家にとって、茶の間で手軽に観られるテレビはまさに恥の上塗りである。家族の猛反対は目に見えていた。彼女はベストセラー作品の映像化を結局断念した。

それでも向田はＮＨＫのオファーに未練があり、この機会を逃したくなかった。深町幸男が演出することを知ったからである。深町は当時、早坂暁とコンビを組み、『冬の桃』、『事件』、『修羅の旅して』などの秀作を送り出していた。彼女は自分もこのディレクターと一緒に仕事をしたい、と切に願った。

シリアスドラマを出すようになってから、向田は自分の作品にふさわしい演出家は誰か、常に考えるようになる。特定のディレクターのドラマを、数年にわたって鑑賞し、研究した。予期したとおりの作品であれば、その人と仕事ができるように働きかけた。その一つの大きな成果が、和田勉と組んだ『阿修羅のごとく』である。しかし「動」よりも「静」に比重を置くドラマを書こうとしたとき、彼女は別のディレクター、深町の演出を想定した。シナリオの内容に応じて、ディレクターを選定したのである。

深町がシナリオを依頼する以前、向田はあるパーティーで彼のそばへ行き、「『冬の桃』の最終回が大変面白いと評判です。見そびれたのでビデオを貸してください[3]」と頼んでいる。これが最初の出会いであった。彼女は作品を観たいだけでなく、深町と懇意になりたかった。また演出家の方も、向田のアプローチを願ってもない誘いと受け取った。二人は相手の仕事に深い敬意を払いつつも、今までなかなか接触の機会がなかったのである。

向田の深町への関心は、彼が次々とヒット作を生み出したからではない。深町の演出に惚れ込み、今温めているシナリオを委ねるのはこの人しかいないと思ったからである。自分の簡潔で抑制のきいた文体に、深町の情緒豊かな演出が加わるならば、シナリオの奥に隠された微妙な心情が上手にかもし出されると確信していた。

向田は後になって、優れた演出家との出会いがいかに大切であるか、身にしみて知ることになる。『あ・うん』と『続あ・うん』との間に書いたＮＨＫの『蛇蝎《だかつ》のごとく』では、思いどおりのディレクターを得ることが出来なかった。試写を観た向田は演出にとても不満で、ドラマを買い取りますから放送しないでください、と制作部長に言ったそうである[4]。

これは前代未聞の抗議であるが、部長の説得で何とか事なきを得た。もっともドラマそのものは、傑作ではないにしても、そこそこに面白い内容だった。向田の要求が高すぎたのである。彼女はシナリオを単になぞっただけの表現でなく、演出家自身の想像力でふくらみを持たせ、時には作家をインスパイアするような映像を要求した。このディレクターの最大の不幸は、深町の

『あ・うん』後に仕事に入ったことである。

ところでこの時期の向田は、ＮＨＫでの仕事が多くなっていた。その理由は、彼女がテレビ局を、ある程度選べるだけの評価を得ていたからである。ＮＨＫは民放と比べ、はるかに仕事がしやすかった。スポンサーの意向を全く気にしなくてよかったし、何よりコマーシャルの挿入に頭を悩ます必要がなかった。

このコマーシャルについて、向田自身がインタビューで苦情を述べている。民放の五十分番組ではＣＭが四回入る。三百字詰め原稿用紙の十五枚前後で、一回コマーシャルが入ることになる。この「ＣＭのところにさしかかりますと、三十秒とか四十秒休みがあっても、ひきつづき見ていただきたいわけですね。ですから、そのシーンの終わりを少し強めに、おもしろそうに見せかけます。オーバーに言いますと、四幕ものだと思って書くわけです。めんどうですねえ[5]」と嘆いていた。

ＮＨＫには、そのほかにも利点があった。それはドラマの視聴率に関してである。民放ではこの数字に一喜一憂していた。局にとって良いドラマとは、内容の質ではなく、高い視聴率を稼いでくれる作品のことなのである。向田にも苦い記憶があった。『阿修羅のごとく』の後、フジテレビに提供した『家族サーカス』である。当初は二十六回放映予定だったのに、視聴率の低迷を理由に十三回で打ち切りになった。その要因は後に触れることにするが、「ホームドラマの女王」と謳われた向田が、言わば自分のホームグラウンドで制作中止という憂き目にあったのである。視聴率の恐ろしさを、彼女は痛切に思い知らされた。

ところがＮＨＫでは、視聴率をそれほど気にする必要がなく、少しぐらい数字が低くても大目に見てくれた。口うるさいスポンサーがいないからである。さらにこの時期、ＮＨＫはシナリオ作家の待遇を大幅に改善した。(6) 脚本料をアップし、シナリオライターの地位を引き上げたのである。小説家と同格に扱い、シナリオ作家の名前を冠したドラマをすでに制作していた。また「土曜ドラマ」や「ドラマ人間模様」など、シリアスドラマ用の連続番組も用意されていたのである。

向田は『父の詫び状』のドラマ化を断ったものの、深町幸男との仕事は是非やりたかった。そこで彼女はＮＨＫの制作側の意向を汲んで、『父の詫び状』と同様な戦前の庶民の暮らしを描いたドラマを提案する。これは、向田が長年あたためていたプランでもあった。エッセイとは別のドラマ世界で、自分が過ごした昭和十年代を活写したいと考えていたのである。この脚本家の代案に、深町は一も二もなく賛同し、ようやく二人の仕事は動き出すことになる。

『父の詫び状』を念頭に入れながら、向田が『あ・うん』を新たに書いたことは結果的に良かった。エッセイをそのままドラマ化したならば、そのジャンルの持つ信憑性が維持されることになり、再び騒動が起こりかねない。この懸念はおそらく内容を委縮させてしまっただろう。しかし『父の詫び状』とは別なドラマを標榜することで、彼女は誰に気兼ねすることなく、自分の思いどおりに筋を展開することが出来るようになった。

ドラマの虚構性によって、向田は気恥ずかしく思う性の問題や倫理的に難しいような事柄も、すべて作り事として済ますことができた。特に嬉しいのは、家族のプライバシーに触れるような箇所があっても、大前提がフィクションなので許容されることである。家族から総スカンを食らったにもかかわらず、彼女は自分の記憶のなかにある成員の姿を、何としても書き留めておきたかったのである。

『父の詫び状』のドラマ化は、向田の死後に実現する。向田家のプライバシーは邦子の爆発的な人気によって周知の事実となり、もはや隠す必要がなくなってしまった。遺族はテレビ放映されるなら、深町幸男に担当してほしいと願い出た。彼の『あ・うん』の演出がすっかり気に入ったからである。指名を受けた深町は、向田のオリジナルではなかった（脚本／ジェームス三木）が、昭和六一（一九八六）年にやっと念願だった作品を手がけることが出来た。

b．小説家　向田邦子の誕生

エッセイの成功により、向田に対し出版界から熱い視線が注がれるようになる。小説を書かないかという誘いが次々にかかってきた。なかには彼女を喜ばせるつもりで、なぜいつまでもシナリオを書いているのですか、もう小説だって書けますよ、と奇妙なほめ言葉まで発する者もいた。この評価には、ある種の偏見が張り付いている。彼らは脚本家よりも小説家の方が上であると思い込んでいた。同じ執筆業であっても、当時はジャンルによるランク付けがなされていたのである。

向田は世間の評価から小説を書く気になったのではない。また単なるよそ見から、新たに次の「手袋をさがす」のでもなかった。当時、彼女は本業のテレビドラマに嫌気がさしていた。『家族サーカス』の失敗が相当こたえたのかもしれない。いや、それよりもスポンサーの意向、予算の見積もり、プロデューサーやディレクターとの駆け引き、俳優のスケジュール調整、これら執筆以外の仕事が煩わしくなっていた。

だが向田にとって、これらの折衝より根本的で大きな問題は、テレビドラマがそもそも共同作業の産物だったことである。彼女が枡目に一字一字埋めたものは、まず演出家の手を経て、カメラ、美術、照明など様々な専門家の手を借り、さらには俳優の肉体を得て、ようやくブラウン管の前の視聴者に届く。自己表現を満たす手段としては、あまりに多くの介在者を必要とする。善きにつけ悪しきにつけ、どこまでが自分の持ち分なのか不明なのである。

またテレビというメディアそのものに虚しさも感じていた。どんなに評判の良い作品でも、放映されたそばから消えていく。一度きりで、再放送されることなどめったになかった。やがて作品はすっかり忘れられてしまう。向田自身も、テレビが暫時の芸術であることを嘆いている。「テレビは消える／消えるがテレビ。テレビドラマは、新聞や週刊誌と同じなのだ。次の、次の週になると、もう誰も覚えていない(7)」。

ところが活字世界では、向田を悩ませた雑多な用件がほとんどなかった。テレビにあった面倒な交渉ごとは、編集部の人間にほぼ限られていた。作家一人が作品を完成させ、他人の手が加わるのは校正の時ぐらいである。このように、個人の創作なので、作品に対し全面的に責任を持つことができた。あらゆる評価は作者だけに向けられる。また当然のことながら、テレビのように一晩で消えてしまうこともない。何度も読み返す読者もいれば、版を重ねる出版社もあったのである。

山口瞳は向田がエッセイに手を染める前から、彼女の文才に惚れていた。作家には珍しく、脚本家としての向田を高く評価していたのである。『父の詫び状』の爆発的な売れ行きで、出版各社が動き出したのを知り、文藝春秋の豊田健次に、小説の依頼を彼女にするようにと急き立てた。向田には自分が最も信頼をおく編集者についてもらいたかったからである。豊田はさっそく彼女に申し込むけれど、なかなか色よい返事はもらえなかった。「いまはテレビの仕事が忙しくて活字のほうには手がまわりません。いずれ、ときがくれば、おねがいいたします。その節はよろしく」との返答であった。(8)

〈その節〉がやっと訪れて、豊田は向田から小説「あ・うん」の約束を取り付ける。彼はこれを彼女の最初の小説として、『別冊文藝春秋　春季号』(昭和五五年三月五日発売)に載せるつもりでいた。しかしこれより一ヵ月前に、『小説新潮』が向田の短編小説「りんごの皮」を掲載する。この小説はオリジナルで、これ以降、同誌に毎月連載されることも決まっていた。豊田は向田争奪戦で、『小説新潮』の編集長、川野黎子に先を越されたのである。

川野は実践女子専門学校国語科の出身で、向田邦子とは同級生であった。机を並べた仲とはいえ、向田に小説を書かせるのはなかなか難しく、初めはにべもなく断られる。そこで川野は無理強いせず、機会があるごとにエッセイを頼み続けた。こうして徐々に強くなった信頼関係が功を奏したのか、昭和五四(一九七九)年四月、向田がやっと小説を書く約束をしてくれた。(9)

『小説新潮』新年号からの連載で、最初の入稿は一一月上旬と決まった。向田にとって初めての小説なので、川野は締め切りまでに十分な時間を与えた。またわざわざ正月号からの掲載にして、文壇へ向田邦子を華やかに送り出してやりたいと考えていた。ところが編集長の配慮は裏目に出てしまう。スケジュールに空きができると、向田は次々に仕事を入れたり、不意に旅行に出てしまったりした。気の重い小説はどんどん後回しになったのである。

向田は二度にわたって、締め切りの延長を願い出た。最初の申し出は、やむをえない事情もあったので、川野はしぶしぶ承知する。そして次号からは必ず期日を守るようにと強く念を押した。だが翌月になっても、彼女の筆はなかなか進まず、再度、延期を申し込む。さすがの川野も今回は首を縦にふらなかった。延ばすべき理由が何も見当たらなかったからである。追い詰められた向田は本心を打ち明けるより仕方がない。まだ小説を書く自信がないの、と彼女は正直に述べた。

向田は子供の頃からさかんに小説を読んだ。いつか小説家になりたいと考えていたとしても何の不思議もない。ただ彼女がそれを口にしたことは一度もなく、これは心の奥底に隠した秘密だった。シナリオ作家として大成しても、向田は小説への憧れとコンプレックスを常に懐いていた。書きたいという意欲と、まだ早いと押しとどめる気持ちがせめぎ合っていた。このジャンルへの思いが強くなればなるほど、彼女は自分で障壁を高くしていく。そして乗り越えることが出来ないほど、石を積み上げてしまったのである。

川野は、向田が過度に思い詰めているのを知り、小説でなくエッセイでもよいと提案する。このひと言は彼女の肩の荷を軽くしてくれた。しかし助け船があるからといって、やすやすと船に乗る向田ではなかった。エッセイはあくまでも逃げ道として取っておく。怖気がしりぞいたこの機に、彼女は難関を何とか突破してみようと考える。そして行き詰まり、どうにも動きがとれなくなったときには、書きなれたジャンルに戻るつもりでいた。

創作に大きな揺れを懐きながら、向田は「りんごの皮」を書き上げる。けれどもこの短編小説第一作は、出生を反映したのか、エッセイに近い作品になってしまった。無関係に思われた事柄が巧みにリンクし、最後に主題が明かされる。この向田独特なエッセイの技法がここでも踏襲されていた。作法はともかく、この小説では、彼女の抱えていた悩みがもろに表現されている。主人公時子には幾つかの設定が施されているものの、作者と一致するところが多い。時子に代わって、生身の向田が時々透けて見えるのである。

向田自身も、「りんごの皮」が小説ともエッセイともつかない内容になっていることに落胆した。彼女はもう小説は書かない、と撤退宣言する。川野もエッセイ的であるとわかってはいたが、それはおくびにも出さず、良い点を次々に述べた。向田は何度もなだめられて、やっと考え直す。それに川野は「新連載・連作短編小説　思い出トランプ」という総タイトルを、「りんごの皮」の冒頭に周到に入れていたのである。〈新連載・連作短編小説〉と銘が打たれている以上、作家も容易に降りるわけにはいかない。ともかく川野の親身な説得で、向田は小説の舞台に踏み止まった。

「りんごの皮」の弱点は、作者と主人公との距離が近すぎたことにあった。これは執筆の際、向田がエッセイの手法からまだ抜け切れていなかったからだろう。やがて間隔の取り方を身につけるにつれ、彼女の小説は急速な進歩をとげた。些細な日常の出来事にスポットをあてる着眼点、巧妙な伏線の張り方、状況をくっきりと浮かび上がらせる描写力、そして人の虚を突くような結びのつけ方、これら短編小説家としての能力を、向田は短期間に獲得したのである。

第二作「男眉」、第三作「花の名前」、そして第四作「かわうそ」で、向田は一気に頂点に達した。この作品は『思い出トランプ』のなかで出色な一編となっている。また戦後に書かれた数多くの短編と比較しても、必ず上位に入るような作品である。

向田は「かわうそ」において、どこにでもいそうだけれど、誰も描けなかった、ユニークな女性像を作りあげた。主人公の宅次は脳卒中で倒れてから、妻厚子の言動を猜疑の目で見るようになる。批判的に妻を観察するのだが、不思議と憎めない。厚かましいが可愛くもあり、またずるそうだが愛嬌もあったからである。作者は厚子をかわうその風貌と習性に似せることで、いっそう生気あふれた人物にする。そして最後に、この動物が殺した魚を並べて楽しむ「獺祭図《だっさいず》」を持ち出し、宅次の恐怖心を見事にかもし出している。

c・直木賞の受賞とその後遺症

『小説新潮』への掲載が続くなかで、「かわうそ」が評判となった。読者だけでなく、出版業界からも高い評価を得るようになる。直木賞[10]を取らせたいという声も出てきた。しかし雑誌に連載中であり、しかも二十枚を少し越える程度の分量では候補にしにくい。そこで文藝春秋の豊田健次は、「かわうそ」に「花の名前」と「犬小屋」を合わせて、予選通過作品とした。異例ずくめの選出だった。

最終選考会で、志茂田景樹の『黄色い牙』と向田の三作品が残る。投票の結果、志茂田を推す委員が四名、向田は三名だった。票数から前者に決まりそうになったとき、水上勉が「おい、文学はコンピューターか」とつぶやいて流れを止めた。文芸作品の真価を数字だけで決めてよいのか、という問いかけであった。

他の委員からは、次回にしたらという声も聞かれた。それに対し山口瞳は、「向田邦子は、もう、五十一歳なんですよ」と反論した。確かに作家としてデビューするには、遅すぎる年齢だった。この文言は効果があったのだろう。別の委員が、二作受賞にしようと発言する。進行役であった豊田が、すかさず有難うございますと言って頭を下げた。こうして昭和五五（一九八〇）年七月一七日、二名の直木賞作家が生まれたのである。

直木賞受賞は、向田をたいそう喜ばせた。けれども彼女にとって、むしろ戸惑いの方がはるかに大きかった。小説を書き始めてまだ半年の駆け出しが、本当に直木賞に値する作家かどうか半信半疑だった。受賞直後、向田は「用意の姿勢をとり終らぬうちに突然ドン！　とピストルが鳴ったようで、選手はいささかあわてておりますが[11]」と述べている。これは偽りのない心境だったと思う。

出版界は大型新人で、即戦力となる向田に期待する。文藝春秋の豊田は、たとえライバル誌の『小説新潮』に発表された小説であっても、彼女に是非直木賞を取ってもらいたかった。向田の受賞は、単に自分の会社を潤すだけでなく、活字世界に強い刺激を与えると考えたからである。

彼の予測は的中する。彼女の旺盛な創作活動が、出版界に華やかな賑わいを提供することになった。

直木賞の受賞で、向田の人気は一気に上昇する。もともと売れっ子のシナリオ作家であり、さらに『父の詫び状』の成功で下地は十分にあった。そこに今度は小説家としての顔が加わったのである。そうなると、読者は著書だけでは満足せず、私生活にも関心を持つようになる。その求めに応じて、出版社（雑誌社）は向田のライフスタイルを紹介し、彼女の趣味や料理などの特集を組んだりもした。向田の出現によって、従来の直木賞作家とは色合いの違う小説家が登場したのである。

この向田ブームを苦々しく思う者も当然いた。貧困のなか、栄誉を夢みて小説を書き続けている作家たちである。何度も候補に選ばれながら、落選する小説家もいた。またなかには、脅迫まがいの電話をかけてくる者さえいた。「お前みたいな駆けだしに掻《か》っ攫《さら》われてたまるか(12)」、「即刻辞退せよ(13)」、と罵声を浴びせた。

しかし向田にとって、最もこたえたのは恫喝ではない。彼女の創作自体を突いた非難だった。向田の短編の多くは、日常の一瞬を切り取って、人間の闇を垣間見せる作品である。そのため綿密な構成を施し、巧みな表現を用いている。これは高い評価にもなるが、逆にその鮮やかな筆さばきが鼻につき、うますぎるとか小味であるという批判を浴びることにもなった。

匿名の電話男は、向田の斬新な文学手法を一顧だにせず、それをもっぱら弱点として攻撃した。そして最後に、お前さんは短編は書けても、長編は決して書けないから、と言い放った。向田はこの嫌がらせの言葉がよほど悔しかったのだろう。後日、大山勝美に、「短編なんか（書けても）と言う批判に対して絶対長編を書いて見せる」[14]と断言した。

批判に対する反撥からだろうか、向田は受賞後の早い時期に、サンケイ新聞からの長編小説を引き受けている[15]。これは長編とはいうものの、新聞小説なので別の難しさがあった。ではなぜ彼女は新聞小説にトライしようとしたのか。山田太一の大作が頭にあったのではないだろうか。山田はまず東京新聞に『岸辺のアルバム』を連載し、後にそれをTBSでドラマ化して、いずれも好評を得た。向田は同じシナリオ仲間が敷いた路線を、自分も走ってみようと考えたのかもしれない。

実のところ、向田は長編小説が好きではなかった。「ロアルド・ダールのような短編をひとつ書いて死にたい」[16]が彼女の口癖であったし、長編に対してはなかなか手厳しい。北杜夫の『楡家の人々』が評判をとっていた頃、甘糟幸子に読後の感想をきかれ、彼女は大切な時間を盗まれたようだと憤慨した。長編好きな甘糟がそれに強く反論して、二人は野暮な長談議を延々と繰り広げ、美味しい中華料理をふいにしたという話である。

好き嫌いの問題でなく、長編小説は向田の気性に合わなかったのではないか。エッセイを読む限り、彼女はせっかちであわて者、移り気であきっぽい性格だったようである。それは向田の職業選択にも色濃く反映している。ある仕事を見つけると、それを天職と思い、一心不乱に打ち込む。だが仕事に慣れてくると、張り合いを失い、つまらなく感じる。手抜きをしているわけではないが、生理的に別な仕事へ目がいってしまうのである。向田はそのような自分を「短距離ランナー型[17]」と言っていた。

向田の短編の素晴らしさは、すでに何度か述べた。しかしその卓越した技法こそが、長編を書く際の妨げになっている。ここで妨げになった主なものを三つ挙げる。まず、彼女は視覚的な場面づくりが得手であっただけに、長編に必要となる、くどくどとした心理描写や、詳しい状況説明に手こずるであろう。

次に向田の短編では、思いもよらぬ展開が用意され、瞬時に新たな局面が現れることがある。この意想外な進展によって、読者は別の角度から事態を見ることになり、スリリングで新鮮な感覚をおぼえる。けれどもこの飛躍が長編で用いられた場合、唐突の感は免れない。わざとらしい仕掛けとか、単なる思いつきといった批判を浴びそうに思われる。

最後は、切れのよい結末についてである。うだうだとした展開が省かれ、乾いた文体で一気に終結部へと向かう。説明がもっとほしい内容であっても、向田は書き加えたりはしない。いさぎよく筆をおき、あとは読み手に委ねている。短編としてはとても上手な結びである。しかし長編の場合はどうであろうか。読者は筆の運びが性急すぎて、何か物足りないと感じるかもしれない。そして物語を振り返った、作者自身の言葉が欲しくなるだろう。日々の出来事への感慨ではなく、人生全体を俯瞰したような結文を期待するのである。

文学上の手法とは別に、長編にとって大切なものがある。それは執筆までのたっぷりした時間である。長い筋を紡ぐには、身近な場だけでなく、素材の範囲を広げなければならない。必要とあらば、現地に赴き、綿密な調査をしなければならない。そこでは資料を集め、メモをとることが必須となる。根気のいるめんどうな作業である。だがこれが終わってもまだ取りかかることはできない。入手した素材をよく寝かせた後、作家はやおら筆をとることになる。

直木賞の受賞によって、向田の仕事の量が急激に増えた。幾つかのテレビドラマを抱えていたし、短編も連載のほかに単発の依頼を受けていた。またエッセイや対談の数もうなぎ上りに増えていった。さらにこの頃から、マスコミ関係の取材が次々と入り、まさに殺人的な忙しさになる。これはもう長編小説を書くどころではなかった。資料をそろえて、構想をじっくりと練るゆとりが、向田の暮らしにはなかったのである。

第二章　『あ・うん』にかける向田邦子の夢

a．ノベライゼーション

向田邦子は長編小説に取りかかれないまま、ドラマ『続あ・うん』の執筆を始めた。このシナリオを書きながら、彼女は良い意味での開き直りができるようになる。自分は脚本家としてやってきて、その頂点まで登りつめた。その事実は消しようがない。そうであれば、自分の出自が色濃く出るような小説を書いてもよいのではないかと思ったのである。

手元にある『続あ・うん』の原稿を見ながら、向田はノベライゼーションについて考える。すでにシナリオ『あ・うん』を小説化し、かなりの評価を得ていたけれど、これを継続すべきかどうかで迷った。過去に、『寺内貫太郎一家』の小説化がものの見事に失敗したからである。だがノベライゼーションは、脚本家出身の向田が、活字世界に育まれた作家との違いを出すのに格好な分野である。それは従来の型にとらわれない独自の小説を生み出す可能性があった。

さらに向田には、シナリオに対する痛切な思いがあった。自分が今、精魂込めて書いている『続あ・うん』も放映されるのはたった一回きりである。それにまだデッキやテープが高価で、ビデオも気軽に録画できる時代ではなかった。まして脚本が活字になるなど当時は考えられず、彼女のシナリオが出版されたのは死後である。〈テレビは消える／消えるはテレビ〉と軽口をたたいてはいても、向田はテレビドラマの短命が何としても口惜しかった。シナリオの真価を知ってもらうには、自分で小説化するより手がないと思い始める。

ノベライゼーションは今まであまり評価されなかった。二番煎じのような印象を持たれたからである。出版社もこの手の企画を一段低く見ていたにちがいない。向田自身も豊田健次に『あ・うん』の交渉をしたとき、その作品がノベライゼーションであることに、申し訳なさを感じていた。彼が書き下ろしの小説を期待していることは明白だったからである。

ただし向田は内容そのものには自信があった。希望と合致しない点があっても、試写を観てくれれば、豊田が承知すると確信していた。彼はドラマの素晴らしさに感服したが、同時に編集者としての目算もすぐに立てた。いつできるとも知れぬオリジナル作品を待つよりも、『あ・うん』を向田の最初の長編小説として売り出す方がよいと考えたのである。

豊田は『別冊文藝春秋』に掲載した『あ・うん』を直木賞の候補作にするつもりだった。作品の出来栄えだけでなく、自分の手がけた雑誌で賞をとってもらいたかったからでもある。また初めて直木賞選考委員に任命された山口瞳も、日本文学振興会に候補作として『あ・うん』を推薦[1]した。ところがその後、彼らは『あ・うん』の続編が準備されていることを知る。直木賞は長編小説であっても構わないが、その一部のみを候補にするわけにはいかない。そこで前述したように、豊田は『小説新潮』の三編を審査対象として選考委員会へ上げ、山口はその委員会で、向田に賞をとらせようと大活躍したのである。

豊田も山口も『あ・うん』を推そうと考えたとき、この作品がノベライゼーションであることを全く気にかけなかった。脚本を小説にする場合、通常台詞をそのまま用い、ト書を単に小説風にふくらませる、言わば原作をなぞっただけの安直な作品になりがちである。けれども『あ・うん』は向田本人が小説として仕立てるので、根本の変更こそ許されないものの、シナリオに縛られず、ある程度自由に書き替えることが可能であった。彼女はかなり時間をかけて、脚本とは別な、小説としての新たな魅力を作品へ持ち込もうとする。このような労苦があったからこそ、向田のノベライゼーションは両氏を満足させるものに仕上がったのである。

沢木耕太郎は向田の苦心を、「単にテレビドラマのノベライゼイションだからというだけではない苦戦のあとがうかがえる(2)」と表現している。おそらく〈ノベライゼイションだから〉のあとには、「簡単であった」、あるいは「気楽であった」といった語句が省略されているのだろう。そこにはノベライゼーションに対する一般的な考えが示されている。しかし沢木はお手軽だったはずの小説化に、〈苦戦のあとがうかがえる〉と記述している。小説『あ・うん(3)』の文章から、彼女が腐心する様子を見て取ったのである。

向田がノベライゼーションに打ち込むのには、それなりの理由があった。長編小説に代わるものとして、シナリオの小説化を真剣に考えていたからである。彼女はこの分野には、従来の文学とは別な鉱脈があると感じていた。そして作家のなかでこの仕事ができるのは、シナリオ出身の自分だけだという自負心もあった。もちろん向田は、オリジナルの長編を断念したわけではない。納得のいく作品を生むには、まだかなり長い模索の時間が必要だった。

b．向田邦子の連続ドラマ

そもそも向田は長編ものと全く無縁だったわけではない。テレビでは連続ドラマをすでに何本も書いている。現に、今進める『続あ・うん』もそのジャンルに属している。どの連続ドラマも、その枚数は優に長編小説を超えていた。

ここで、連続ドラマについて少し言及したい。この種のドラマは、毎週一回として、大体十三回を一クールとして放映された。なぜならテレビ局は一年を四つに分けて番組を構成するので、三ヵ月が一つの区切りになっているからである。これは民放の場合である。[4] ＮＨＫは少し特殊で、作品によって時間と回数がまちまちである。例えば『あ・うん』は、四十五分で四回、『続あ・うん』は四十五分で五回になっている。また『阿修羅のごとく』では、七十分で三回であるが、『阿修羅のごとくⅡ』は六十分で四回になっていた。

この長丁場の仕事をする前に、大方の脚本家は、まず大きな流れを貫く主題を設定する。次に「ハコ書き」を作る。ストーリーが横道にそれるのを防ぎ、エンディングへうまく収まるように、全体の内容を大まかなシーンごとに並べる手法のことである。このタイプのドラマでは、筋の枠組みを重視するあまり、ややもすると人物が生気のない人形のようになって、話がやせ細ってしまう。また視聴者はこの人物が先々でどんな行動をとるか、簡単に予測がついてしまうのである。

向田の場合はどうであろうか。大雑把な構想は立てたと思われるが、「ハコ書き」もなければ、ドラマの展開を示す構成表も作らなかった。筋を転がしながらシナリオを太らせていくやり方なのである。向田は初め、なかなかペンをとれない。だがやっとの思いで書き始めると、今度は逆に人物や出来事が勝手に動き出し、彼女はもっぱらそれを書き取ることに追われる。

やがて筆の勢いやリズムによって、眼前に思いがけない場面が突如現れる。これは向田が意図して出現させたものではない。しかしそれに真実味があれば、彼女はすぐに受け入れた。こうして向田のドラマは、本人はもとより視聴者の予期せぬ方向へ進んでいく。この意外性が彼女の持ち味であるけれど、それが可能なのは、細かな日常描写があってこそなのである。生活感が前提として出されていないと、大きな飛躍は不可能であった。

この手法はある意味で即興であり、不安定な要素を必然的に持つ。うまく的を射たアイディアでなければ、バランスの悪い無様《ぶざま》な展開になってしまう。それどころか、作者にひらめきが次々と訪れなければ、作品は途中で頓挫することになる。いずれにしても、大変危なっかしい方法である。

そこで向田は、作品を貫く大きなストーリーを断念し、小さな物語を次々とつないでいく。連続ドラマは登場人物が多く、人間関係も複雑になるので、面白い話が必ず生まれてくる。それらを上手に関連づけながら、ドラマに取り込んでいくのである。この物語が一話で完結する場合もあるし、二話に及ぶ場合もある。どちらの場合でも、各回の話は互いにゆったりした関係を保ちながらラストへと向かう。

向田の連続ドラマは決して予定調和的なラストシーンにならない。視聴者のために気持ちの良い着地を用意したり、あらかじめ計算されたような結末を作れないのである。彼女にとって、決まった終結部へ向かってマス目を埋める作業ほど味気ないものはなかった。たとえ事前に設定されていたとしても、向田の場合、筋を転がしていくうち、全く別なエンディングが飛び出す可能性を内包していたのである。

結末と同様、向田は執筆前に主題をはっきりとは決めなかった。まるきり見当なしで書くわけではないけれど、彼女自身がまだテーマを絞れていないからでもあった。むしろわからないから書いたともいえる。また脚本の途中から、対象を別の角度から見ることもあった。このような複眼的立場をとる向田にとって、主題の固定化など決して出来なかったのである。

日常の小さな出来事に引っ掛かりを覚えることから、向田の発想は始まる。この情景から筋が紡ぎ出され、一つの物語が作られる。さらに別の瑣事《さじ》からも面白い物語が生まれてくる。このように幾つかの話が書かれていくなかで、いつの間にかテーマが鮮明になる。それは単一のこともあるが、多くの場合、複数存在した。それぞれの物語に潜む小さなテーマは、相互に影響を与え合いながら、徐々に大きくなっていった。

向田の強みは自分が熟知したものを主題とし、知らないものは書かないことである。身辺の事柄に題材をとるので、背伸びしてにわか勉強する必要もなかった。しかし彼女は登場人物に主題を語らせない。自分の考えを、台詞として言語化することを恐れた。わずかではあっても、そこには教え諭《さと》すという姿勢が感じられたからである。作者からすると、テーマはあくまでも、視聴者自身がドラマからつかみ取ってほしいのである。

c・向田邦子のルーツ探し

向田にとって、自分の家の話が創作の源泉であった。向田家の物語ならすらすらと書くことができた。たとえ別の話を作っていても、ごく自然に実家のことが文章のなかに顔を出した。彼女は日常の些細な出来事を積み重ねながらストーリーを生み出すので、自身が体験し、見聞した事柄が表れるのは当然のことだった。またこのように、個人の体験に裏打ちされていたからこそ、向田の創作は説得力を持ちえたのである。

家族への執着は、当時の時代風潮と関係していたのかもしれない。昭和五二（一九七七）年一月、アメリカでA・ヘイリーの『ルーツ』がテレビドラマ化され、大ヒットした。その衝撃はすさまじく、すぐに世界中に広がった。日本でも同年九月に刊行された翻訳本がベストセラーとなり、一〇月にはテレビ朝日が八夜連続でドラマを放映し、評判となった。「ルーツ」はこの年の流行語にもなり、先祖探しのブームは数年続くことになる。

この昭和五二年に、向田は『父の詫び状』の元となるエッセイの大半を書いている。しかも話の内容が食べ物から家族の話に移行する時期でもあった。ただし彼女が『ルーツ』の影響を受け、向田家の昔を書いたのではない。過去を振り返る気運が社会に出てくるなかで、エッセイの描く戦前の情景がその流れとぴったり合致したのである。この内容に共感した読者の熱い要望で、作者は題材を徐々に変更していったと考えられる。

向田は二年後の昭和五四（一九七九）年、今度は記憶ではなく、自分の足で向田家の過去へ赴いている。二月に同窓会の出席をかね、二泊三日の鹿児島旅行をした。あわただしい日程ではあったが、彼女は三十八年間の空白を埋めるかのように、存分に懐かしさに浸った。あまりに楽しかったので、一一月初めには家族全員を招待し、再び鹿児島を訪れている。

さらに二つの鹿児島旅行の間に、向田は石川県の能登島を訪れている。七月下旬にラジオ番組の協力で、彼女は向田家のルーツを探索した。この島は父親の祖先の地だった。五月頃に打診があったとき、向田はかなりためらう。能登島が加賀藩の流刑地であったことを聞いていたからである。心配した秋山ちえ子(5)が金沢近代文学館（石川近代文学館）に調査を依頼すると、罪人でも政治犯が主にこの島へ送られていたことが判明した。

流刑人が人殺しや火付けでなく、政争による咎《とが》であることを知り、向田は胸をなでおろした。さっそく秋山に同行する旨を伝える。その際、筆不精の向田がわざわざ葉書で伝えてきたので、秋山は驚くと同時に、彼女がルーツ探しに相当関心を持っていると確信した。その予感は当たっていた。向田は島で精力的に縁故ある人の話を聞いて回り、先祖代々の墓にもお参りする。メモをとりながら、彼女は終始上機嫌だったらしい。

しかし一連の旅行が『あ・うん』の世界に直接反映するわけではない。このドラマには鹿児島も能登島も出てこない。だが向田にとって大きな収穫があった。それは後者の旅で、父敏雄にまつわる負のイメージが払拭されたことである。これによって、彼女の心の中に沈んでいた澱《おり》が取り除かれる。以後、向田は堂々と、父親をモデルにした作品を書けるようになった。

前者の旅では心のこもった歓待を受け、向田は鹿児島を「故郷もどき(6)」と感じた。ところが祝宴のさなかに、同窓生が子供のできるたびに、記念として先生に木を植えてもらっていることを知る。彼女はこの植樹との関連で、自分がこの土地に根付いていないことを実感する。二年少々しかいなかったのだから当然である。故郷の後ろに〈もどき〉と付け加えたのも、似せて作ったものだと承知していたからである。

向田は「空間」としての故郷を持てなかった。転勤族の子供が共通に懐く悲哀である。けれども彼女は〈もどき〉の地で精一杯生き、数多くの思い出をつくった。戻りたければ、いつでも記憶をたどって懐かしい昔へ帰ることができる。自分の足跡が鮮明に残る、濃密な「時間」が向田の故郷であった。

d・ライフワークとしての作品

向田にとって、ドラマ『あ・うん』は特別な作品だった。それは単に、連続ドラマが長編小説の代役を果たしてくれたからではない。短編小説において、彼女はかなりシビアな目で戦後社会の屈折した人間模様を活写した。だが最も書きたいと願っていた、戦前を題材にした作品にはまだ手をつけていなかった。もちろん出世作の『父の詫び状』が出版されていたけれど、これはエッセイである。そこで向田はフィクションでありながら、『父の詫び状』を彷彿させる「あ・うん」の世界を構想したのである。

このドラマのコンセプトは、短編小説とは対照的なものになる。主人公たちの友情や愛情がたびたび危険な状況に陥るものの、そのつど危機を乗り越えて、相互の絆をいっそう強くしていく話である。向田は常に優しいまなざしで、登場人物を温かく愛《いと》おしむように描いた。彼女の手にかかると、彼らはみな善意の人になってしまう。

　『あ・うん』は向田家を下敷きにしているが、すべてを再現しているわけではない。今回はエッセイではなくドラマなのだから、大枠は残しながらも、作りごとを随所に持ち込むことになる。しかし真実を捨て、絵空ごとを書くのでもない。近松門左衛門が唱えた虚実皮膜のように、虚構のなかから詩的真実をすくい取ることを目指したのである。

　高度経済成長以降の日本では、偏った考えが一般化していた。歴史は直線的に進み、世の中はどんどん良くなっていく。したがって敗戦で終結した戦前はすべて悪であり、破棄すべき旧時である。このような風潮に、向田が与《くみ》するわけがない。一つの時代を黒に塗り込めるがさつな考えに、常々怒りを覚えていた。彼女は機会あるごとに、戦後が切り捨ててしまったものへの哀惜の念をエッセイに書き綴る。それは決して声高でなく、「静かな物腰でなされた異議申し立てであった[7]」。

　向田は『あ・うん』の舞台を、昭和一〇年から一三年の東京山の手に設定している。この数年間は時代の転換期にあった。一〇年頃は軍需景気のおかげで、消費文化をまだ享受することができた。ところが翌年になると二・二六事件が起き、次の年には日中全面戦争が勃発する。そして一三年には国家総動員法が公布され、政府が国民の経済・生活を統制するようになった。日本は本格的な戦時体制に入ったのである。

　しかし向田が目を向けたのは、大きな社会的事件ではない。政治や経済、あるいは戦争とは一定の距離をおきながら、中流のごく普通の家庭から戦前を再現しようとする。日常のささやかな出来事に心を寄せ、台所や居間での人々の営みを愛情込めて描写する。彼らが何を食べ、何を着て、何をしゃべっていたのか、一つ一つ注意深く書き残そうとした。

昭和と共に生きてきた向田には、書くべきことが山ほどあった。自分の時代すべてを書きつくしたいと思う。そしてこの願いをかなえるのに、連作の『あ・うん』は打ってつけであった。このシリーズは市井の出来事と絡めて、昭和初期を生きた主人公たちの生活を描くドラマだったからである。

昭和史の再考と同時に、向田は岸本加世子演じるさと子に自分自身を重ね、少女から女へと成長する姿をたどってみたいと考える。自分史というほど改まったものではないが、時代の流れのなかで女性としての自分を見つめ直し、書き留めておく作品にしたかった。

これまで向田はテレビ局に、自分から進んでドラマの続きを書きたいと申し出たことなどなかった。ところが『あ・うん』は続編が終わった後も、彼女の強い希望で、続々編が制作されることになっていた。彼女はこのドラマをライフワークとして書き続けたかったと思われる。

NHKで深町ディレクターが定年を迎えるまでの八年間、向田は『あ・うん』を年に一回ずつ書く予定でいた。そのことは本人に直接話すとともに、手落ちなく、主要な俳優たちにも伝えてあった。スタッフも役者もほぼ同じメンバーで、このドラマをシリーズ化したかったのである。

ドラマ部長遠藤利男が、『続々あ・うん』は終戦の昭和二〇年まで一気に飛ばしてもいいのではないか、と向田に提案した(8)。恐怖と飢えで押しつぶされそうな戦時下の生活は、これまでの

「あ・うん」世界にはそぐわないと考えたのである。

それに対し向田は、日本が太平洋戦争に突入した一六年からにしましょう、と即座に逆提案した。銃後の暮らしが暗鬱一色でないことを、実家をみて知っていたからである。そこには汗や涙もあったが、たくさんの笑いもあったのである。それに昭和史を書く以上、戦中という時代を省くわけにはいかなかった。

向田が事故死する数日前、彼女はＮＨＫの勅使河原平八プロデューサー、遠藤ドラマ部長、それに深町ディレクターと渋谷で食事をとりながら、『続々あ・うん』について話し合っていた。そのとき向田は、「息の長いものにしたいのです。次は八本か十本、是非書かせてください」(9)と頼み込んでいる。

しかしそうなると、かなり長期の企画になるわけで、ＮＨＫ側が即決できるような内容ではなかった。何か不測の事態が生じたり、あるいはマンネリズムに陥って視聴率が下がった場合など、不利な状況を幾つも想定することができた。向田は煮え切らない三人の返答に対し、もし『あ・うん』が打ち切られるならば、その続きを民放で制作してもらっていいでしょうか、と尋ねている。これは彼女一流の交渉術ともとれる。だがもっと素直に、向田の『あ・うん』にかけた並々ならぬ意気込みが表れたものと思いたい。

毎年執筆する『あ・うん』を、向田はそのつどノベライゼーションするつもりでいた。その小説では、二つの主題が予想される。一つは、水田家や門倉家が多難な時代をいかに乗り越えていくのか、その変遷を描くことである。もう一つは、自分を投影したさと子が厳しい試練を受けながら、生き方を模索する話である。『あ・うん』が巻を重ねるにつれ、前者は大河小説の様相を持ち、後者は教養小説の相貌を帯びる。この両面を持つことで、『あ・うん』は日本には珍しい長い長編小説としての条件を具有したことになる。

第三章　向田邦子のプロデュース能力

a.『戦後最大の誘拐・吉展ちゃん事件』

向田邦子は亡くなった年に、ドラマ『わが愛の城』で、最初で最後のプロデュースをしている。もともとその方面においても、彼女はすばらしい才能を持っていた。けれどもシナリオ作家としてあまりに著名だったので、向田をプロデューサーに、という声がテレビ局から上がるはずもなかった。また本人も制作の仕事に関心はあったものの、執筆が多忙で、手を広げる余裕などなかったのである。

　そのような能力を存分に発揮したのは、「ままや」開店のときであった。向田は妹和子の生活安定を願い、お惣菜を売りにした小料理屋を開こうと計画する。和子を板前修業に出す一方で、店舗用地の契約を済ませ、店の設計や客席の配置にも立ち会った。また店で使う陶器類を、瀬戸まで行って買いつけたりもしている。そして無事に開店すると、「黒幕兼ポン引き兼パートのホステス」[1]と称して、店が軌道に乗るまで妹を支え続けた。

　開店時の仕事は、ドラマ制作におけるプロデューサーの職務とどこか重なる。制作全体に責任を持ち、それを統括する役割を担うのがプロデューサーである。企画を立て、予算を組み、制作を決定する。次に演出家や脚本家を選び、キャスティングにも大きくかかわる。さらにスポンサー、宣伝広告、あるいはトラブル処理など、いわゆる外部との交渉もすべてプロデューサーの仕事なのである。

向田がプロデューサー的な仕事にたずさわったのは、全くの偶然による。(2) テレビ朝日のプロデューサー福富哲が、本田靖春の『誘拐』を原作にして、ノンフィクションのドラマを企画した。彼女の親友であり、同じプロダクションに属する柴英三郎が最初の脚本を書き終える。だがその段階で、制作はストップしてしまった。

スポンサーの側が、テーマが暗すぎると難色をつけたのである。本田の作品は、いわゆる「吉展ちゃん事件」を題材にしたもので、しかも警察側からでなく、加害者やその家族を中心に描いたものだった。これでは高い視聴率を取れないとふんだのだろう。そのうち原作者本田が、遅々として進まぬ制作に嫌気がさし、企画の中止を申し出た。

難局を打開しようと、福富は本田と会うことにする。その際、シナリオを書いた柴のほかに、数人の関係者が加わった。そこに彼の脚本仲間として、向田も同行する。彼女はそれまでの経緯をよく知っており、心配していたのである。そそくさと挨拶をすませると、本田は一方的にテレビ局批判をし始めた。向田はその間、原作者の目をじっと見つめながら聞いていた。彼女の眼光は鋭く、本田は弁のさなかに、斬《や》られると感じたそうである。

この光景は剣豪の果たし合いのようであるが、すでに二人の勝負はついていた。向田は相手の批判を一切しなかった。意義のある企画であっても、テレビ局でそれを通すのは容易ではないと、自分の苦い体験を語った。耳を傾けていた本田は、彼女の具体的な説明を聞いてやっと納得する。そして向田の人柄にも強く惹かれた。この話し合いを皮切りにして、その後も何度か打ち合わせが開かれる。その集まりに、本田はもちろんのこと、向田も同席していた。

テレビ映画『戦後最大の誘拐・吉展ちゃん事件』は、監督に東宝の恩地日出夫を迎え、脇の配役はほぼ固まった。しかし主役である犯人、小原保役がいまだに決まっていなかった。何人かの俳優が候補にのぼったけれど、いずれも駄目だった。既存の役者では、犯人の生い立ちに由来する屈折した心情や、不敵さと気弱さが奇妙に同居した表情を出すことができなかった。

主役の相談を受けていた向田は、テレビのある音楽番組に出ていたフォーク歌手、泉谷しげるを見てひらめくものを感じた。泉谷はテレビ界ではまだ無名に近かったが、その容貌と存在感は独特であった。彼女はかつて状況劇場の根津甚八を気に入り、『冬の運動会』の主役に抜擢したことがあった。今回も鋭い嗅覚が働き、畑違いの人間を推薦する。「キャスティング」というプロデューサーにとって最も大切な仕事を見事に果たしたのである。

向田の勘は的中した。泉谷は犯人像に肉薄する迫真の演技をみせた。彼は初めて出演したドラマで、早くも役者として開眼したのである。彼女にとって、次に気がかりとなったのは、視聴率である。娯楽性に欠け、内容が暗いとの理由で、テレビ朝日はこの作品の宣伝にほとんど金をかけなかった。良質な作品が見殺しにされるのは何とも悔しいと思い、向田はプロデューサーの福富とともに行動に出た。

福富は放送に先駆けて、各界のジャーナリストに、『戦後最大の誘拐・吉展ちゃん事件』の試写会があることを文書で知らせた。一方向田は、知り合いの批評家やテレビ担当の記者たちに、自ら電話をかけた。テレビではまれな傑作なので、是非試写を観てほしいと勧誘したのである。二人の働きかけは見事に功を奏し、放映日の朝、各新聞社はこのドラマに好意的な記事を書いてくれた。

そして向田の心配した視聴率は、二十六パーセントという社会派ドラマとしては異例の高い数字をあげることができた。加えてこの年のテレビ関連の賞を、本作品がほぼ独占する。「芸術祭テレビ部門優秀賞」に続き、「テレビ大賞グランプリ」、さらに福富プロデューサーには「芸術選奨文部大臣新人賞」が贈られた。本田は当時の制作現場を回想しながら、「向田さんは、終始、スタッフにとって心強い援軍であり続けた。……向田さんの存在を抜きにして作品の成功を語ることは出来ない(3)」と心から感謝の言葉を述べている。

b．初のプロデュース作品『わが愛の城』

ある日、文藝春秋の豊田健次は向田から、何か良い読み物がないかと尋ねられた(4)。豊田は自分の担当する野呂邦暢《くにのぶ》の『諫早菖蒲日記』を薦める。仕事が忙しいにもかかわらず、彼女はすぐに読み、その文学世界に引き込まれてしまった。そこには、自分に欠ける郷土愛が感性豊かに描かれており、向田の心を強く揺さぶったのである。

大きな感動を与えてくれた作品を広く知ってもらうため、向田は自分の手でドラマ化しようと考える。そこで幾人かのプロデューサーに当たってみたけれど、色よい返事はもらえなかった。

時代劇で経費がかさむのに、大きな事件も起こらなければ、派手な斬り合いもない。文学性が高くても地味で、テレビには不向きであるとはねつけられた。

そこで向田は一計を案じる。『諫早菖蒲日記』を次回にまわし、野呂のもう一つの時代小説『落城記』を、先にテレビ化しようと考えた。この小説には、合戦もあれば恋愛もある。局側も納得してくれるだろうと見当をつけた。ただし自分はスペクタクルシーンのある作品を書くのが得手ではない。彼女は親友の柴英三郎に脚本を頼もうと決めていた。

ところで向田は、野呂にまだ会ったことがなかった。彼と親しく話をし、ドラマの許諾も得ておきたいと思う。そこで豊田の仲介で、諫早にいる野呂に上京してもらうことになった。昭和五五（一九八〇）年四月二八日の夜、向田は柴や豊田を誘い、彼と食事をとった。初対面だったこともあり、野呂は初めのうち口数が少なかった。しばらくして彼が『落城記』の舞台裏を話し始めると、座は大いに盛り上がる。さらに別れ際、向田は原作者からドラマ化をとても楽しみにしています、と激励の言葉をもらった。

それからほぼ十日後の五月七日未明、野呂は心筋梗塞で急死する。向田はせっかく知り合いになれた友を、こんなに早く失うとは思ってもみなかった。彼女は突然の死に打ちひしがれる。けれども彼の言葉を思い出し、是非とも一周忌までにテレビ化を実現したいと、積極的に動き出した。

向田は自分の仕事そっちのけで、テレビ朝日との交渉にあたる。しかし『落城記』のテレビ化が大作になるのは、誰もが予測できた。実際に、三時間のスペシャルドラマとなる。資金をいかに工面するのか、出資に見合った視聴率を取れるのか、これらが問題となり、局側もなかなか話を前に進められない。プロデューサー勝田康三との話し合いは何回か持たれたけれど、合意には至らなかった。

そうこうするうちに、向田自身に大きな出来事が起こる。昭和五五年七月一七日、彼女は第八十三回直木賞を受賞した。この受賞にともなう騒動は、すでに記述しているので、ここでは省く。多忙にもかかわらず、向田は『落城記』のテレビ化を忘れてはいなかった。彼女は当時編成局長であった小田久栄門に話を持っていった。局内で力のある人物と直談判しようと思ったのである。だが原作者の知名度の低さや、高額な経費などを理由に、きっぱりと断られてしまった。

そうはいっても、向田にとって頼れる人物は小田しかいない。それにもう師走に入り、野呂の一周忌を考えると、時間的な余裕もなかった。都心のどこかで食事をとりながら、もう一度彼を説得しようと決意する。彼女は言わば背水の陣で臨んだのである。その席に、局側は小田と勝田が出席し、向田側には柴と豊田が加わった。

雑談は弾むけれど、双方とも『落城記』についてはなかなか触れない。小田がついに意を決して、向田さんがプロデューサーに就くならやりましょう、と発言する。これは相当思い切った決断だった。今回、向田はシナリオを書かない。このままではドラマの魅力が半減してしまう。彼女には何としても作品にかかわってほしいのである。幸いにして、向田は本作品の企画を最初に立て、局側との難しい交渉にも先陣を切っていた。まさにプロデューサーとしての仕事をすでにこなしていたのである。さらに彼女の場合、直木賞作家の初プロデュースという宣伝文句を前面に出し、世間の耳目を集めることが可能だった。

向田はこのような展開を全く予想していなかった。『戦後最大の誘拐・吉展ちゃん事件』の時と同じように、今回も裏方に徹しようと考えていた。同席していた勝田が、すでにプロデューサーとしてよい働きをしていたからである。そこで小田は、彼はそのままプロデューサーとし、向田さんは総プロデューサー[5]ということでどうだろう、と打診した。勝田をも含めて皆が賛成するので、彼女はその職を引き受けることにする。もちろんその時、次の企画が向田の頭をかすめたのはまちがいないだろう。ここで実績をしっかり作っておけば、先送りになった『諫早菖蒲日記』を自分で脚色し、テレビドラマ化するという夢がかなうにちがいないと考えたのである。


プロデューサーの仕事は、必ずしも向田の思わくどおりに事が運ばなかった。時代劇なので、撮影は京都太秦の東映撮影所で撮ることになる。必然的に、制作にはテレビ朝日だけでなく、東映も加わり、ある種の分担が生じた。キャスティングに関してはテレビ朝日、つまりプロデューサー向田に任された。彼女は萩原健一、岸本加世子、三國連太郎、渡辺美佐子、小林薫など、演技力があって、人柄を熟知した俳優を選んだ。彼らは東映の時代劇では、決してお呼びのかからない役者たちだった。

一方、撮影、照明、美術、装置などのスタッフは東映に委ねられた。向田の方で何か注文があるときは、勝田を通して映画会社に伝えられる。両者に意見の食い違いが生じたのは、監督（演出家）の人選をめぐってだった。彼女は信頼できるテレビの演出家を推薦した。東映側は多くの監督をかかえていたので、当然自社の人間を使ってほしい。そこで中堅の監督、原田隆司を推した。結局、向田が折れるより仕様がなかった。東京から演出家ひとりが太秦に来ても、他のスタッフと協調して仕事ができるかどうか、疑問であった。それにビデオでなくフィルムの撮影⑥では、東映の監督の方がテレビの演出家よりはるかに手慣れていたからである。

向田はシナリオ、小説、エッセイと忙しいなか、プロデューサーの仕事を着実にこなしていく。五月には、脚本を書く柴、豊田、勝田を伴って、諫早へ取材旅行に出かける。柴とは一緒に、シナリオ・ハンティングする意味合いがあった。舞台となる高城跡や、そこに今なお生い茂る大楠などを丹念に見て回った。そして野呂邦暢の住んでいた家を訪れ、墓所をお参りしている。

帰京した後も、向田は柴とたびたび連絡をとっていた。プロデューサーの立場から、彼を励まし、催促するようなこともあっただろう。また同じ脚本家として、アイディアを出してもいる。例えば、西郷家の姫役岸本加世子にナレーションをさせるように勧めている。これは明らかに『あ・うん』や『続あ・うん』のさと子、及び『幸福』の踏子で、岸本の語りに確かな手ごたえを感じたからである。こうして悲運の落城は、少女の繊細でみずみずしい感性を通して語られることになった。

少女のナレーションを導入することで、作品に広がりができる。ドラマは単に城をめぐる攻防戦を描くだけではない。籠城する人物の激しい怒り、恐れ、悲しみ、また喜びを表現する。生き死にの状況下で、本当の姿が見えてくる。少女は慕っていた男の裏切りを知り、逆に身分の低い男の真心に気づく。また母親と名乗れなかった女は、死の直前、娘にこまやかな愛情を注ぐ。これらの情景を思い描いて、向田は作品の題名を決める。二転三転したタイトルを、彼女は最終的に『わが愛の城――落城記より――』と命名した。

もう一つのアイディアは、冒頭に掲げられた主題である。向田は前年（昭和五五年）、テレビドラマ『幸福』の初っ端に、「素顔の幸福は、しみもあれば涙の痕《あと》もあります（以下省略）」と絶妙なテーマを書き、評判をとった。同じ手法を用いて、「この物語は歴史に名を残すような武士は登場しない。下から見た歴史、名も無き人々を描いた作品[7]」とした。いかにも向田らしい文章である。完成した映像では、向田のスチール写真をバックに、前文がテロップで流れた。

向田はプロデューサーとして、太秦の撮影所を三度訪れている。その二回目、八月三日に所内でマスコミ関係者向けの制作発表が行われた。その席で彼女は、作品冒頭のテーマを踏まえて、「下から見上げる時代劇[8]」というキャッチフレーズを使う。これはマスコミが記事の見出しとして用いてくれるのでは、と考えた惹句《じゃっく》である。

『わが愛の城――落城記より――』は殿様や英雄などではなく、常に彼らを〈見上げる〉立場の下級武士や、城内の女性に焦点を当てた作品である。ただこのように地味な企画は、実現までこぎつけるのがなかなか難しい。そこで向田は本作への心意気を示すため、企画料はロハ（ただ）にしたと打ち明け、記者たちを笑わせている。そして最後に、是非とも応援してください、取材なら何でも受けますとまで言った。彼女はこのテレビ映画のため、一つでも多くの話題を作っておきたかったのである。

記者会見の後、向田は試写室で三十分ほどのラッシュ（撮影結果を見るために焼き付けた未編集の映像）を観た。望んだ監督ではなかったので、出来栄えに少し不安があった。フィルムが回り始めると、彼女は画面をじっと見つめ続けた。そして試写が終わると、目頭を押さえながら、「皆さん、素敵じゃありませんか」(9)とさかんにほめたそうである。

この賛辞は向田の真意だったのだろうか。原作やシナリオでイメージしたものが映像からも感じられ、思わず口を突いて出た言葉だったのか、あるいは原田監督が予想以上に上手に撮っていたので、安堵のひと言だったのか。いやそれよりも、作品の出来はともかく、周りのスタッフを激励する意味合いで発したと考える方が妥当な気がする。〈皆さん〉の言葉からわかるように、彼女は自分の感想ではなく、プロデューサー向田として、ほめ言葉を述べたと思われる。そしてラッシュに居合わせた人たちへ同意を求め、自分自身をも納得させようとしたのではないだろうか。

八月一六日、向田は三回目の太秦訪問をしている。陣中見舞いと、ほぼ完成に近いラッシュを観るためだった。彼女は作品の仕上がりに自信が持てない。『戦後最大の誘拐・吉信ちゃん事件』の時ほどの手応えが感じられなかった。だが彼女は手をこまぬいてはいない。このテレビ映画に何かインパクトを与えようと、すでに動いていたのである。

この月の初旬、向田は知り合いの富永孝子に電話をかけている。用件は、『わが愛の城――落城記より――』を芸術祭参加作品にできないか、小田編成局長に相談したいので取り次いでほしいという内容だった。(10)富永がすぐに小田へ連絡をとり、相談は一九日の夜に決まった。これは向田が台湾へ旅行する前日のことだった。

その夜の会合には、向田以外に編成局長と富永、それに脚本を手がけた柴が集まった。この席はまさに彼女の独り舞台だった。要望を述べる段になると、向田は自分の座っていた座布団を横に引き、畳に手をついて、「よろしくお願いします」と深々と頭を下げた。この意表を突いた行動に、居合わせた面々は驚く。こうして彼女は相手の心をしっかり捉まえてしまった。これこそがプロデューサーとしての交渉術なのである。

しかし向田はどうしてお墨付きにこだわったのだろうか。単に作品に箔を付けたかっただけではないだろう。彼女が期待したのは、テレビ朝日の全面的なバックアップである。制作が主として東映にあるため、局内の関心はそれほど高くない。芸術祭参加を一つの契機にして、テレビ局がマスコミへの宣伝活動に力を入れてくれることを願ったのである。向田の嫌う視聴率ではあったが、今回はプロデューサーとして、どうしても高い数字が欲しかった。

小田編成局長は向田の申し出を快く了承する。だが編成局長の方にも頼みごとがあった。来年の正月企画として、評判の『思い出トランプ』から何か脚本を書いてくれないか、という依頼である。これを彼女はきっぱりと断った。この小説集では、短編小説というジャンルでのみ可能な文学世界を描いている。映像主体のドラマなど、とうてい考えられなかったのである。

その代わり、向田は書き上げたばかりの『春が来た』を提案し、何とか了承してもらった。彼女としても『諫早菖蒲日記』のテレビ化のためには、小田との信頼関係をこわしたくはなかったのである。この企画は向田の突然の死で宙ぶらりんになってしまう。けれども同志の柴英三郎が脚本を引き継ぎ、予定どおり翌年の元旦に、久世光彦の演出で放映された。

『わが愛の城――落城記より――』は昭和五六（一九八一）年一〇月一日に放映される。この作品は話題に事欠かなかった。芸術祭参加作品で、向田が初プロデュースし、しかも彼女の死で遺作ドラマになってしまったからである。視聴率は注目作ということもあり、そこそこの数字を得た。しかし芸術祭での賞は獲得できなかった。

作品評価はあまり芳しいものではなかった。その要因は、向田や柴の意図と監督原田のそれとの相違である。前者では、下級武士や城内で働く女性たち、〈名も無き人々〉の悲運に焦点があてられる。彼らは敵の来襲で平穏な暮らしを突然奪われ、戦闘に加わって、ついには城と運命を共にした。シナリオ作家はこの弱者たちに、優しいまなざしを注ぐことを決して忘れなかった。

一方後者は、典型的な東映京都の監督である。時代劇や、やくざ映画を多く撮ってきた。シナリオをなぞってはいても、原田は脚本家とは別な考えを持っていた。最も撮りたいのは、勇壮な戦闘シーンや、城で討ち死にする悲壮なシーンであり、若者の恋慕や親子の情愛などは通り一遍の表現にとどまってしまった。キネマ旬報の「一九八一年度芸術祭テレビ・ドラマ」評で、和田矩衛は原田監督に対し、「落城の悲哀に話を絞り、もっと緻密に人物のこころを描きこむべきであった。演出者の力不足は蔽いようもない[11]」と厳しく難じている。

第四章　『あ・うん』で発揮されたプロデューサー的手腕

a．演出家　深町幸男への高い評価

ここからは、『あ・うん』における向田邦子のプロデューサー的な働きを考えていく。まずは深町幸男と組んだこと自体が、制作的センスを持っていたといえる。彼女はディレクターの人選にとても気を配った。『寺内貫太郎一家』や『阿修羅のごとく』であれば、決して深町と一緒に仕事をすることはなかっただろう。だが『あ・うん』では、深町以外の演出家は考えられなかった。向田は作品に応じて演出家を変え、常に最良の作品を目指したのである。

向田が深町の演出に惹かれるのは、人間の心底を見事に描き出しているからである。それも過剰に表現するのではなく、むしろ抑制をきかせて撮る。ゆっくりしたテンポで、カメラをほとんど動かさず、人物をひたすら凝視する。これだけで彼らの心の内が自ずと明かされることになった。

もう一つは間合いの取り方が秀逸なことである。したがって深町の演出は、人物のアクションよりも、そのリアクションにおいて力を発揮する。反応のなかに、豊かな情感がにじみ出るのである。同様のことは会話にも当てはまり、台詞と次の台詞との間に、深い意味合いを感じさせた。

一つに絞り切れない複雑な思いを、密度の濃い行間のなかに込めている。さらに、この演出家は沈黙に高い価値を持たせた。言葉を発するよりも黙っている方が、ずっと大きな意味があることを知っていたのである。

深町が脚本を尊重していることは、向田もむろん承知していた。おそらくシナリオ仲間の早坂暁からの情報ではないかと思う。しかし以前の深町は脚本に対し、さかんに注文をつけた。これは彼がＮＨＫに入局する前、新東宝で助監督をしていたことと関連がある。映画界では、台本は単に土台であり、そこにどんな家を建てるかは監督の職分である、という考えが当たり前だったからである。

けれども早坂のシナリオと出会い、深町は方針を変えざるをえなくなった。早坂は向田と同様、たいへんな遅筆家で、締め切り当日にならないと脚本が出来上がらない。とても手直しする時間などなかった。もちろん、これが宗旨替えの主な理由ではない。深町はシナリオの出来の素晴らしさに圧倒されたのである。ジェームス三木との対談で、「すごいものを見たっていう……。僕は何もしないほうがいいなということがわかったんですよ[1]」とその時の驚きを伝えている。

これ以降、深町は原則として、シナリオに手を入れないことに決めた。演出家も作品に対して、当然様々な思いを懐く。だが勝手にいじることはせず、何度も脚本を読み返し、作家が意図したものを理解しようと努める。それでも言葉が足りないと感じられたら、台詞を増やすのではなく、ここは演出の出番と取り、映像表現に工夫を加えればよいと考えたのである。

深町の基本姿勢は、『あ・うん』のリハーサルに如実に表れる。芸達者なフランキー堺がある場面の変更を提案した。それに対して、「申し訳ないけどフランキーさん、僕は今回の作品、向田さんが書いた通りにやりたいんです。あなたもいろいろあるだろうし、僕にもイメージはあるけれど、やりたくないんです。脚本のままやってほしい[2]」と説得した。

　向田がこの出来事を知っていたかどうかは別にして、シナリオ厳守の方針はすべての俳優に浸透していた。彼女は『あ・うん』に関して、役者が「ものの見事に台本《ホン》のとおりに演ってくださいました[3]」と感謝している。深町は俳優にアドリブを禁じ、自らもディレクターとしてシナリオを尊重した。尺の都合で、オーバーした箇所を若干カットしたところがあったけれど、台詞に関しては、ほぼ脚本どおりにした。

　向田と深町との間に、もし問題が生じたとすれば、それは間違いなく原稿の遅れであろう。彼女の遅筆はＮＨＫではよく知られていた。『あ・うん』の前作『阿修羅のごとくⅠ、Ⅱ』では、期日までにシナリオが届かぬことが要因となって、演出家和田勉とトラブルを起こす。このドラマは向田の最もすぐれた作品の一つであり、視聴者にも好評であった。それにもかかわらず、二人は喧嘩別れをして、シリーズを続けることが出来なくなってしまう。

　深町はこのような事情をよく知っていた。また早坂との仕事で、遅筆の対応には習熟していた。約束の時間ともなれば、深夜でも原稿の催促をする。そこには彼の人柄がよく出ていて、もろに責めたりはしない。電話に出た向田に対し、「深町です。あなたに惚れています」と言うと、彼女はケッケッケと笑い、「嬉しいです。私も深町さんのこと好きです。早く書きます[4]」と応じた。

　向田が原稿用紙と格闘しているのは重々承知していたので、深町は催促めいたことを一切言わなかった。彼女は往生際が悪く、締め切りが過ぎても机の前から離れない。シナリオの完成度を高めるため、もっと良いアイディアが浮かんでくると確信し、ギリギリまで待つのである。

　事実、『あ・うん』においても、向田は期日を守ることが出来なかった。だが深町はこのような事態を見越して、すでに手立てを講じていた。遅くとも一週間以内には書き終えると見当をつけ、一回目の録画撮りを、彼女には一週早い日付で伝えた。そして本人に漏れないように、俳優には箝口令《かんこうれい》(5)を敷いたのである。このサバ読みが功を奏したのか、原稿は間に合い、撮影に穴のあくようなことはなかった。

　向田の方は深町に対し、もっと大きな目算を立てていた。一年毎として、彼の定年までに、『あ・うん』を何シリーズ撮ることができるか、指折り数えたと思われる。ただテレビ業界は流動が激しい。局は常に若いパワーを必要とし、どんどん新しい演出家を登用する。そうなるとベテランのディレクターは、結局管理職に就かざるをえず、演出からは遠ざかることになった。

　しかし深町はＮＨＫの生え抜きではない。映画畑からの途中入局だったため、上に立つことなどありえなかったし、彼も考えてはいなかっただろう。また上層部は深町の実績を評価し、定年までクリエイティブな仕事に携わることを認めていた。この信頼は、連続ものを制作する際、彼を主導的な立場に押し上げることにもなった。これらの事柄を勘案し、向田は深町と手を組んで、『あ・うん』を育てていく決意を固めていたのである。

b．自宅での打ち合わせ

向田はドラマの打ち合わせに、よく南青山のマンションを提供した。通常、局のスタッフが脚本家の自宅へ足を運ぶことはない。局内か、近辺の部屋が使われる。ところが向田の場合、重要な話し合いでは、『あ・うん』に限らず、彼女のマンションが集まりの場となった。スタッフの方がそこを望んだのである。

部屋は向田の生活空間であり、仕事場でもある。随所に女性としてのセンスが生かされてはいても、どこか雑然としたイメージは拭いきれない。だがスタッフは、このちょっとした生活臭のなかに、居心地の良さを感じた。また彼女の気さくな人柄が緊張した気持ちをなごませてくれ、ここでなら腹を割って、何でも話し合うことができた。

それに話の合間に出される手料理が各人の舌を楽しませる。向田は来客があると、ありあわせの材料でササッと作り、客を喜ばせた。この料理は相手の歓心を買うためではない。食いしん坊の彼女が、皆と一緒に楽しく味わうためのものだった。

このような絶妙の場づくりは、向田にとってごく自然な来客へのもてなしであった。それでも自宅での打ち合わせが、他のどの場所より彼女の要求をスムーズに通したことは確かである。主人と客との立場には、明らかな相違がある。出向く者は、どうしても受け身にならざるをえない。プロデュースの才能を持つ向田なら、立場における優位性をよく知っていたはずである。

打ち合わせにおいても、向田はテレビ局の人間が、人格を持った個人として参加してほしいと願う。視聴者の代表として、といった意見に彼女は耳を貸さなかった。それは無個性であり、無責任の何ものでもない。向田は「良くも悪くも、わたくしも個人でやりますから、局のプロデューサーでもディレクターでも、一人と渡り合いたいですね(6)」と率直に述べている。

向田は自分の考えを遠慮なく言い、また相手の質問にも明快に答えた。しかしこまやかな心配りのできる人だったので、一方的に自分の意見を押しつけたりはしない。たとえ妙案が浮かんだとしても自分の手柄にはせず、協議のなかから出てきたものにする。テレビドラマでは、局側との良好な協力関係なしには仕事が進まないことを、彼女は熟知していた。

とは言うものの、話し合いのなかで、向田のプロデューサー的手腕がいつの間にか顔を出す。彼女は自分の書いたシナリオに、映像を出来るだけ近づけたいという欲求を抑えられない。ドラマをどうしても自分色に染めたい。視聴者が映像を観て、一瞬で向田作品であるとわかるものにしたかったのである。

このような難しい交渉で、いかんなく力を発揮したのは、向田が生来もつ姉貴としての気質であった。彼女はまず豊富な話題で場を盛り上げる。同時にメンバーの微妙な心の動きを見逃さない。黙っている人がいると、すかさず声をかけ、談話に参加させる。逆に口がすべって失言する人が出ても、上手にその場をとりなしてくれた。向田は男性陣の体面が保てるように、さりげない心づかいのできる女性であった。

姉御肌の向田に対して、男性陣は面倒をみてもらう「弟」格に安住(7)する。彼らは励ましや助言を何度か受けたことがあっただろう。また彼女の前だと気を許して、男の弱さやだらしなさをさらけ出すこともなかったとはいえない。彼らは喜んで、しっかりお姉さんのお叱りを受けたり甘えたりした。まさに「賢姉愚弟」を享受したのである。

その姉貴から少し無理な注文をされたとき、男性陣はなかなか断れない。あれこれと思案するも、結局、ここは彼女のために一肌脱ごうと決意する。このような成り行きへ持っていく交渉の巧みさが向田にはあった。もっともそれは単に彼女の話術にあるのではない。日頃の気働きのたまものに他ならなかった。彼らはしかたなくというより、喜んで彼女の依頼を承諾したのである。

c・収録直前に主役のキャスティング

『あ・うん』の交渉は、暮れの二四日になされた最後のキャスティングで山場を迎えた。人選には俳優への好き嫌いや思わく、さらには出演料の問題などが絡み、紛糾することがある。またシナリオ作家が思い描く人物のイメージと、局側が予定していた俳優との間に大きな相違が出てくることもある。ここは向田のプロデューサー的手腕が試される場となった。

通常、キャスティングの席に脚本家が加わることはまれである。例えば橋田壽賀子の場合、俳優の人選に一切タッチできず、テレビ局に一任されていた。彼女は「作者に、主演俳優を選ぶ自由などありはしない。私たちに出来ることは、決められた主役を、どう生かすかだけ(8)」とこぼしている。まずはプロデューサーが人気スターの出演を取り決めてから、彼らにふさわしいシナリオを脚本家に発注したのである。

これに対し『あ・うん』の場合、向田がまず企画を出し、それに局側が乗ったという経緯があった。彼女の思い描く人物にマッチした俳優を、双方で探さなければならない。ここで重要なことは、役者が作中人物に合致するかどうかであって、演じる俳優がスターであるかは二の次であった。

向田はそもそも『あ・うん』では、売れっ子の俳優を使わないつもりでいた。同年の昭和五四（一九七九）年四月から放映したフジテレビの『家族サーカス』で、手痛い失敗[9]があったからである。主演の若山富三郎は他局との掛け持ちだったため、このドラマにあまり時間を割くことができなかった。シナリオは何度も書き直しを余儀なくされ、仕上がりもどんどん遅れていった。その結果、予定表は変更に次ぐ変更で、出演者やスタッフは大混乱に陥ってしまう。当然、視聴率は低迷したままだった。

スター俳優に出演を頼む際、テレビ局はかなり難しい条件でものまざるをえないときがある。当時、スターの掛け持ちはごく普通のことだった。ただ若山の場合、契約を交わした時点と制作が始まった時点とで、スケジュールが大きく狂ってしまったのである。それに向田自身も若山が多忙なことをよく知りながら、出演を強く希望していた。彼の風貌や独特な雰囲気に大きな魅力を感じていたからである。したがって責任の一端は彼女にもあったことになる。

連続ドラマのキャスティングに関しては、プロデューサーが主導権を取ることが多い。しかしこの『あ・うん』では、ディレクターの深町幸男が主として発言した。それは深町がテレビドラマで数々の業績を挙げていたからである。またこれから企画を立てるのではなく、すでに素案の出ている段階では、役者と直接かかわっている演出家の方が多くの情報を持っていることも理由になった。そこでプロデューサーは、俳優に他局との先約がないか、あるいはスケジュールに十分な余裕があるかなどを確認する、裏方の仕事に徹することになった。

スター俳優を使わない点で、向田と深町は全く同じ意見だった。彼女は『家族サーカス』の失敗を繰り返したくなかったし、素晴らしい脚本さえ書ければ、スターに頼る必要はないと考えた。また演出家の方も、戦前の庶民の暮らしを描くドラマなので、スターよりも地味な俳優の方が向田ドラマの持ち味を生かせると踏んでいた。

向田は役者の好みがはっきりしていたので、嫌いな人は絶対に拒否する。それは単なるわがままではなく、彼女の脚本の書き方と密接に関連していた。向田は前もって俳優を決めてから、シナリオを書き進める。いわゆる「あて書き」の手法である。その際、自分の気に入った役者でなければイメージがわいてこない。逆に望みのキャストを得ると、筆が飛ぶように進み、人物はおのずから動き出した。

大方の配役は、これまでの集まりで内々ではあったが、ほぼ決まっていた。今日がその最終確認という日、主役の仙吉を演じる俳優がまだ決まっていなかった。そのような主演者未定のなかでも、向田はシナリオをすでに書き始めていた。期日が目前に迫っていたのである。

深町に「杉浦直樹の門倉役はどうでしょうか」と、まず向田が口を切った。彼女は最初から、杉浦を中心に据えるつもりでいる。キャスティングの話し合いがなされる以前に、もう出演依頼をしていた。杉浦は向田作品に八本出たけれど、事前に彼女から直接話があったのは初めてのことだった。[10]『あ・うん』の成功には、どうしても門倉役の杉浦を押さえておきたい、という向田の強い気持ちがそうさせたのだろう。幸いに、深町は門倉役に反対しなかった。

次に話は仙吉役に向かうのであるが、この役は向田自身が問題をかかえていたので、人選は後回しとなった。またたみ役についても、向田には腹案がなかった。その役に当てはまるような女優がなかなか浮かんでこない。そこで、あまりテレビには出なくてメイクをしない人、という条件を出した。しみやしわが女性の年輪として感じられるような女優を希望したのである。

深町は自分が撮ったドラマ『駅』に出演した吉村実子《じつこ》の名前を挙げた。吉村はかつて、今村昌平監督の『豚と軍艦』や『にっぽん昆虫記』などで野性味あふれた娘役を好演し、日本映画に鮮烈な印象を与えた。当時は家庭に入り、子供の世話に追われる毎日で、確かに白粉《おしろい》気もなかった。それはまた、ほとんどテレビに顔を出さない女優という向田の意向とも合致していた。ただ脚本家は、吉村の演じてきた人物と、たみ役との隔たりに多少の懸念を懐く。しかしそのギャップから、何か大きな可能性が生まれるような気もして、深町の演出手腕にかけてみることにした。

初太郎役に、向田は志村喬を推す。志村は黒澤明監督の映画などでよく知られた俳優であり、テレビドラマ『冬の運動会』や『家族熱』では祖父役を演じてもらった。それにここ数年、彼女は懇意にさせてもらい、ますます彼の人柄に惚れ込んでいた。深町にとっても、志村の起用は願ったりかなったりで、大賛成であった。この名優が黙って座っているだけで、ドラマの厚みがどれほど増すか、よく知っていたのである。

さと子役については、深町が心づもりにしていた女優も何人かいたと思われる。設定が二十歳前の娘であるから、選択には困らない。向田とじっくり話し合いたいと思っていた。けれども彼女は、すでにこの役の女優を決めていた。自分の書いた『源氏物語』で端役として出ていた岸本加世子を強く希望する。岸本は久世光彦演出の『ムー』や『ムー一族』で人気が出たものの、まだ女優としての実績がほとんどなかった。

岸本にとって幸いだったのは、向田がさと子のなかに、自伝的なものを盛り込むプランを持っていたことである。彼女の小柄な体形と表情豊かな大きな目が、若き日の邦子に似ていたのである。それに向田は、岸本が型にはまった演技でなく、自分の感性でのびのびと演じていることに好感をもった。そこに、この新人タレントの大きな可能性を見て取ったのである。向田は作中人物の成長に歩調を合わせ、岸本を一人前の女優に育てたいと考えていたようである。


『あ・うん』を構想した段階で、向田は仙吉役に杉浦直樹をあてるつもりでいた。父の敏雄をモデルに主人公を描く場合、杉浦は最適であった。彼は的確な演技のできる得難い俳優だったし、敏雄を少し男前にした顔立ちなのもよかった。彼女は「西の木」の店主栗崎昇に、杉浦は「お父さんに似ているところがある」[11]ともらし、彼にやってもらいたいけど大丈夫かしら、と尋ねている。栗崎はこの状況から、「『あ・うん』の役のイメージは、最初から杉浦さんだったようです」[12]と述べている。

杉浦が壮年期の父親に似ていると思ったのは邦子だけではない。向田家の人々も同様に感じていた。『父の詫び状』をテレビ化するとき、家族は誰も杉浦の敏雄役に異論を唱えなかった。またこの作品を演出した深町は、杉浦に父親の面立ちがあることを、生前の向田から聞いていたのだろう。演出家は躊躇なく主役に抜擢した。

仙吉役に杉浦を決めたものの、向田の頭に幾つかの問題が浮かび上がった。俳優が敏雄のイメージにぴったりなため、距離を上手にとれない。父親への愛情や思い入れがありすぎて、フィクションを盛り込めないのである。向田は以前、『あ・うん』は『父の詫び状』に近いドラマにする、と深町に約束していた。しかし作家として、前作を模したようなシナリオを書くわけにはいかない。それでは二番煎じになってしまうし、向田家に再び騒動を起こしかねなかった。

向田はふと、小学校低学年の頃、家によく出入りしていたI氏を思い出す。彼は敏雄の親友であるばかりか、短気な父親をたしなめることのできる人だった。そして邦子と弟をとても可愛がってくれ、幼いながら彼女にとっては、あこがれの男性でもあった。この小父さんを核にして、向田は門倉という人物をつくろうと考える。

杉浦を門倉役に回すと、もう一人の主役、仙吉役を誰にすべきか考えなければならない。だが父親役はなかなか見つからなかった。向田は深町に、「うちのお父さんはカッコいい人だって盛んに言って」[13]いたようである。当然、二枚目の俳優を望んでいる。けれどもドラマ作りの決まりとして、登場人物は同じような性格や体形であってはならない。まして主役を張る二人が似かよっていては困る。両者が重ならないように、上手に描き分けることが必須となる。作家は自分の希望とドラマの定則との間で揺れ動き、適切な俳優を決めることができなかった。

それに対し、個人的な思わくのない深町は、ドラマ本位の人選を考える。門倉がスマートで目先の利く経営者であるならば、仙吉は逆に、小太りで風采の上がらぬ月給取りにしなければならない。そこで彼はベテラン俳優、フランキー堺の名前を出した。この提案に、向田は色好い返事をしなかった。

そもそもフランキー堺は、向田の思い描く〈カッコいい人〉ではなかった。それに彼は、コメディアンとしてのイメージが強かった。日活の頃、フランキーは喜劇路線の看板スターであった。東宝へ移ってからも、「駅前」シリーズや「社長」シリーズにレギュラーとして出演していた。向田はコメディが嫌いなわけではない。しかし『あ・うん』を喜劇にするつもりはない。作品のなかで、視聴者が微苦笑する箇所を幾つか用意できても、大爆笑で筋が途切れてしまうような場は作りたくなかった。

さらにもう一つ気がかりなことがあった。喜劇俳優に起こりがちなことであるが、撮影中にフランキー堺が勝手にアドリブを持ち込まないか、という心配である。前述したように、彼は実際に変更を申し出ている。だがこの時は、演出家深町から丁重に断られたのである。

フランキー堺の起用に反対したものの、彼の出演した作品を振り返ってみると、フランキーは喜劇だけでなく、幅広い役柄をこなしていたことがわかった。特にテレビ界にとって画期的な作品、『私は貝になりたい』も彼が主役のドラマだったのである。また昭和五四年五月、例の「向田家のルーツ探し」の折、向田はフランキーと北陸放送のスタジオで会っていた[14]。そこでの印象は悪いものではなく、口髭をはやした彼に父親の面差しがあったことを思い出した。

向田は自分の描いた人物像に固執し、それに合致した俳優をとことん探すタイプである。ところがこれ以上は限界だと知ると、パッと切り替えることも早かった。うじうじとねばったりしない、潔いのである。例えば『寺内貫太郎一家』のキャスティング[15]の時が、やはりそうであった。

父親似の主役が見つからず、久世光彦がかなり強引に小林亜星で決めようとする。この人選に彼女は抵抗した。しかし小林が自ら坊主頭にし、半纏《はんてん》を着て会いに来ると、向田は彼の誠実な人柄に打たれる。と同時に笑い転げて、「これが貫太郎なのね」とすぐに納得してしまった。

仙吉の場合も、貫太郎の時と同じような心理が生じたのではないだろうか。もちろん後者ほど劇的な変化ではない。小林亜星はずぶの素人であったが、フランキー堺は有り余るほどの出演歴があった。向田はあと一歩が踏み出せなかったのである。

そうこうするうちに、金沢で会ったフランキー堺の印象と、深町の説得が向田の背中を押した。それに収録の二週間前にもなって、主役が決まっていないのは異常であった。まして彼女は「あて書き」の手法なので、俳優が決まらないことには、仕事が進まない。向田はついにフランキーの仙吉役を了承した。

ひとたび決断すると、向田の仕事は早い。さっそくその日の深夜、フランキー堺に電話(16)を入れた。ただ今度は別の心配が起こった。収録開始が差し迫るなか、主役級の俳優が果たして空き時間を持っているかどうかである。『家族サーカス』の場合と同様に、ここでも俳優のスケジュールが問題となる。夜分を顧みず電話をしなければならないほど、もはや一刻の猶予も許されない状況だった。

幸いにして、フランキー堺の体は空いていた。彼はこの時期、大阪芸術大学舞台芸術学科の教授を務めていたが、俳優としてはふるわず、あまり仕事をしていなかった。この出演依頼は、フランキーにとって渡りに船の申し出で、やる気満々だった。彼はその場で快諾する。向田もこの交渉を終えて、やっと『あ・うん』の執筆に専心できるようになった。

d．メディアミックスの先駆け

ここからは、小説『あ・うん』における向田のプロデューサー的な働きについて述べたい。その手腕がいかんなく発揮されたのは、中川一政画伯に『あ・うん』の装丁を引き受けてもらうまでの経緯[17]である。彼女は中川氏を長年敬愛し、画伯の個展には欠かさず駆けつける熱の入れようであった。そして有名な書「僧は敲く月下の門」は、すでに自宅マンションの玄関に飾ってあった。

『父の詫び状』を出版するにあたり、向田は文藝春秋出版部担当の新井信に、題字だけでも中川画伯に書いていただけないかしら、と口走ってしまった。この大それた願いを耳にして、新井は驚く。その表情から、彼女は「駆け出しの身がなんと身程知らずなことを言ったものだろう[18]」と思っていることを読み取り、すぐに前言を撤回した。

一度は引き下がったものの、向田は中川画伯の装丁をあきらめてはいなかった。ほぼ二年後、『週刊朝日』が直木賞作家の彼女を聞き手役にした、「女が迫る　異色連載対談」を企画した。その人選で、向田はお目当ての人、中川一政を希望する。昭和五五（一九八〇）年一一月中旬、彼女は神奈川県真鶴にある仕事場で画伯と対談した。

このときの仕事で、向田は好印象を持たれたのだろう。翌年の二月一四日、中川画伯の米寿の祝いを兼ねた誕生会に招待され、中川から祝辞を述べてほしいと指名された。彼女はこのパーティーを好機到来と感じる。画伯と二人になる機会をとらえると、少し遠慮がちに、『あ・うん』の装丁をお願いしたのである。中川の手ごたえは上々で、引き受けてくれそうな雰囲気だった。

三月初め、向田は五月中旬に出版する小説『あ・うん』について、出版部の新井と話し合った。だが彼女はいたって口が重かった。小説の後半部が手つかずだったからである。シナリオが仕上がっていないのだから、当然そのノベライゼーションを書けるはずもなかった。

ところが装丁に話が及ぶと、向田の口は急になめらかになり、再び中川一政の名を挙げた。新井は直木賞受賞後の活躍を知っていたので、今度は彼女の要求をのむしかなかった。しかし中川画伯への手づるがない。しぶい顔の編集者に、向田は晴れ晴れとした様子で、画伯にはもう話しておいたから確認の電話を入れてくださいと言う。承諾を得た二人は、三月二二日に真鶴のアトリエを訪れ、中川に改めて『あ・うん』の装丁を依頼した。

四月になって、新井は『あ・うん』の表紙絵を受け取りに行った。そのとき彼がほとほと困った様子で、「まだ、原稿が半分もないのです[19]」とこぼす。すると中川画伯は「装丁があれば、早く書くよ」と即座に応え、不安顔の新井を安心させた。また実際に、向田は予定した期日に間に合わせたのである。

装丁に関する流れのなかで、新井がとても驚いたことがあった。それは向田のプロデューサー的な能力である。よかれと思うことは、多少の無理があっても推し進めてしまった。対談によって、面識のなかった中川画伯と知り合い、やがて彼の信頼を得て、仕事を頼み込む。だが彼女はその時点で、小説をまだ〈半分〉しか書いていなかった。作品が未完なのに、大家に装丁を懇願する大胆さにびっくりする。さらに、先を見越して手立てを講ずる手際のよさにも感心したのである。

最後にもう一つ、発売日に関連した向田のプロデューサー的な才覚を検証したい。テレビドラマの『あ・うん』は、NHKの「ドラマ人間模様」の枠で、昭和五五（一九八〇）年三月九日から三〇日まで全四回放映された。そしてそのノベライゼーションは、同一のタイトルで、『別冊文藝春秋』三月号に発表されている。

向田は脚本を書き終えるとすぐに、小説に取りかかったと思われる。しかし主役のキャストが決まったのは前年のクリスマス・イブであった。出版までに残された執筆時間を考えると、この小説化はかなりタイトな仕事だったのはまちがいない。初ものを貴ぶ出版界では、鮮度が薄れることをとても嫌がる。この事情をよく知る彼女は、ノベライゼーションを放送開始前後に出したかった。またそれに間に合わせることが、向田のプロデューサー的な手腕でもあった。

ほぼ一年二ヵ月の間をおいて、後編にあたる『続あ・うん』が昭和五六（一九八一）年五月一七日から六月一四日まで全五回、NHKテレビで放送された。そのノベライゼーションは「やじろべえ（あ・うん　パートⅡ）」というタイトルで、『オール讀物』六月号に掲載される。さらに前編と後編を合わせた長編小説は、五月二〇日に単行本として発表された。またこのテレビドラマのビデオは、それぞれ放映された年に、松竹ホームビデオから発売されてもいる。

ところで、単行本が『オール讀物』より前に出版されたことを、奇異に感じる方がおられるかもしれない。これでは新刊本の方が、その原典となる雑誌の発売日よりも早く出版されたことになる。だが当時の出版界の慣例を知っているならば、納得がいく。『小説新潮』の編集者だった川野黎子[20]によれば、中間小説の雑誌では、発売日が実際よりもかなり前に設定されるのが普通であった。したがって『オール讀物』六月号は、単行本の刊行よりも前に、また『続あ・うん』の放映時には、すでに書店の店頭に並んでいたのである。

映像が他の業種と結びつくことで、相乗効果が生まれる。このような手法は随分以前からなされていた。古くは昭和一三（一九三八）年の松竹映画『愛染かつら』が、コロンビア発売の主題歌「旅の夜風」と共に一世を風靡した。戦後の昭和二七（一九五二）年、ＮＨＫのラジオ放送劇『君の名は』が、「女湯が空になる」と言われるほどの人気を博した。これに目をつけた松竹は、翌年と翌々年に『君の名は』三部作を製作し、コロンビアが主題歌を発売した。これは三つのメディアが提携することで、大きな流行を生んだ典型的な例である。

昭和五一（一九七六）年、角川書店が『犬神家の一族』で映画製作に乗り出す。その宣伝方法がとても斬新だった。映画会社は従来、宣伝の一助として、他業種とのタイアップを行ってきた。しかし角川映画は、メディア間の相乗作用による流行の拡大強化を戦略として用いる。いわゆる「メディアミックス」の手法[21]である。角川は「読んでから見るか、見てから読むか」のキャッチフレーズをテレビＣＭに流し、意図的に自社の小説と映画をドッキングさせて、大々的に売り出したのである。

向田はマスメディアを巧みに組み合わせれば、視聴率を上げ、発行部数を伸ばせることを知っていた。おそらく、鳴物入りの「角川商法」よりも前にわかっていただろう。昭和五〇（一九七五）年、彼女は『寺内貫太郎一家』のノベライゼーションを、ほぼ放送日に合わせて出版した。出版界と放送界とをうまく連動させようと企てたのである。ただしこの時は、『寺内貫太郎一家』第二部の放送時に、第一部のノベライゼーションを刊行した。タイトルは同じであるが、中身は半年前に終了したドラマの小説化だったのである。向田のもくろみは思ったほどの成果を得られなかった。

ところが『あ・うん』の場合、前述したように、小説の発売日をほぼ放送日に合わせ、内容もテレビと同一のものになった。この放映と出版を同時に出来るのは、両方に身を置く作家だけである。向田はこのノベライゼーションを嫌うどころか、限られた時間内になんとか仕上げてしまった。そこには作家の仕事を後押しする、もう一人の向田がプロデューサーとして存在していたのである。

第二部

第一章　門倉という人物

a．変転するタイトル

視聴者は初め、『あ・うん』という題名に戸惑いを覚えたことだろう。何を意味しているのか見当がつかないのである。だがドラマが進むにつれ、この『あ・うん』がなんとも愛嬌のある、しかも作品の主題を端的に捉えた名タイトルであったかを知ることになる。

そもそも向田邦子作品の題名には凝ったものが幾つかある。例えば『冬の運動会』は、一見すると突拍子もない題に思えるが、ドラマを最後まで観ると、妙味のあるタイトルだと納得がいく。『家族熱』も変わった題名で、明らかに向田の造語である。しかし現在では、単語の終わりに「熱」を加えて、熱中や熱狂する表現として使われている。彼女は最初、このドラマに「塩の柱」というタイトルを与えようとした。これにスタッフが強く反対し、結局取り下げとなった。確かに、旧約聖書を知らなければわからない題名では、高い視聴率を期待できなかったであろう。

最後に『阿修羅のごとく』を例に挙げてみたい。向田はこの題名が主人公たちの言行にぴったりであると考えた。けれども「阿修羅」の真義が、一般的にはあまり知られていない。そこで、彼女はドラマの冒頭に、「阿修羅」の解説を掲げた。つまりタイトルの直後に、有名な興福寺の乾漆像を映しながら、この諸天の説明を書き加えたのである。

当初、『あ・うん』は「本郷三丁目」[1]という題名であったらしい。これはおそらく、まだ漠然とした構想の段階でつけられたのだろう。向田は場所にもこだわりを持っていたようである。キャスティングが上首尾に終わらないとなかなか書けないように、作品の舞台も具体的に決まらないと執筆は進まない。しかし残念ながら、このタイトルは作家のイメージを大きくふくらませることが出来なかった。

次に向田は「白金三光町」[2]のタイトルを思いつく。子供の頃、彼女は中目黒や下目黒に住んだことがあり、このあたりに土地勘があった。それに「しろがね・さんこうちょう」という言葉の響きがなんとも好ましく思え、作家はこの地に主人公の家族を住まわせることにした。だがこのタイトルも没になってしまう。そもそも向田のドラマでは、地名を題名にした作品など、これまで皆無だった。

今度はドラマの内容から、タイトルを思案する。そして主人公の仙吉と門倉を擬した「こまいぬ」を探り当てた。向田は仮題としながらも、ＮＨＫに提出した企画書にはこの題名を与えた。彼女にとって、〈こまいぬ〉はなじみのある獅子であった。『寺内貫太郎一家』の仕事場で、老石工のイワさんがいつも彫っていた石像だったからである。

撮影が始まって間もない頃、向田やＮＨＫスタッフ、それにフランキー堺や杉浦直樹、岸本加世子も加わって、渋谷で食事会[3]が開かれた。ここでドラマのタイトルがたまたま話題に上がる。そのとき向田はすでに、第一話の「たみの流産」場面を書き終えていた。彼女はおそらくこのシーンを、会食者に話したのではないか。

物語中、この不幸に居合わせた門倉は口を大きくあけて号泣する。一方仙吉は口をへの字に結んで、遠くを見つめている。しかも二人は膝をかかえ、同じ姿勢であった。これを見て初太郎は、「こま犬だな」とさと子につぶやく。このたとえをすぐに理解した彼女は、神社前に置かれた一対の像を思い浮かべ、「こま犬さん・あ、こま犬さん・うん」と声にした。作家は二人の台詞から、題名を「こまいぬ」とした理由を一堂に説明したと思われる。

深町はこのタイトルに不満だった。何かインパクトに欠けると感じていた。しかし「NHK（のディレクター）としては大先生が付けた名前なのでなにも文句をいえないでいました[4]」。すると突然、フランキー堺が「あ・うん」というのはどうでしょう、と言い出した。彼はさと子の台詞「こま犬さん・あ、こま犬さん・うん」を思い出し、それを縮めて「あ・うん」としたのである。その席にいた全員がこの面白い題名に賛成した。そこでさっそく企画書の「こまいぬ」には、訂正の棒線が二本引かれ、『あ・うん』と新しいタイトルが書き入れられた[5]。

b．ファーストシーンは剽窃なのか

連続ドラマにとって、第一回放送のファーストシーンは最も重要である。この導入部の良し悪しが視聴者の選択を決定づけるからである。冒頭部に魅力がなければ、チャンネルはすぐに変えられてしまい、観客は二度と戻ってこない。文字どおり最初の場面で、テレビの前に座っている人の心をしっかり捉えなければならない。

向田は初めのシーンに強いこだわりを持っていた。『あ・うん』においても、これ以上は考えられないほどの見事な書き出しである。背広姿の男が焚口にうずくまり、火吹き竹を使って風呂を沸かしている。この意表を突いた冒頭部に、視聴者はくぎづけになり、知らず知らずのうちに『あ・うん』の世界へ引き込まれていく。

このファーストシーンで、風呂を沸かす男が社長であると明かされる。そういえば着ているものも超一流で、羽振りのよさが見て取れる。それにしても、なぜ社長が風呂焚きをするのか、合点がいかない。このようにひとたび疑問を懐くと、視聴者はそれを追求したくなり、主体的にドラマのなかへ入っていく。向田は巧妙な設定によって観客の心をつかみ、一気にドラマへ参加させてしまったのである。

しかし残念ながら、社長の風呂焚きというシチュエーションは、向田のオリジナルではないように思える。同じようなモチーフが、井上靖の『あした来る人』のなかにすでに出ている。この小説は昭和二九（一九五四）年三月から一一月まで、朝日新聞の朝刊に連載された。関西の大実業家、梶大助は風呂を沸かすのが趣味、というより道楽で、自分で焚かないと機嫌が悪い。家族ばかりか、来客をも風呂でもてなした。この一節[6]は確かにシナリオの冒頭と似ている。この問題を検証するため、少し紙面を割くことにする。

昭和二九年七月二二日、京都大学が学術探検隊を翌春カラコルムに派遣すると発表し、知識人の間で大きな反響を呼ぶ。出国に様々な制約のあった当時の日本では、高峰への探検は夢のまた夢のような話であった。『映画ストーリー』の編集にたずさわっていた向田も、この報道に知的好奇心を刺激される。これ以降、些細な情報にも関心を持つようになった。

カラコルムへの熱意は、探検隊が成果を収め、無事に帰国したのちも続く。昭和三一（一九五六）年六月、長編記録映画『カラコルム』の試写会[7]に、向田は三度も足を運んでいる。そして三度目の試写では、カメラマンのN氏をこっそり連れてきて、コマ撮りをやってもらう。この写真にはスチールでは出せない迫力があったので、『映画ストーリー』七月号の目玉となった。

ところで井上靖は、大学の発表以前に探検隊の話を知っていたのだろう。彼は同大学を卒業しており、しかも作家になる以前は、大阪毎日新聞学芸部の記者として、大学にもよく出かけた。キャンパスにいる何人かの知己によって、井上にはいち早く情報が入ってきたと思われる。新聞記者だっただけに、井上は社会の関心に対して敏感に反応した。彼は連載中の『あした来る人』のなかへ、カラコルムの話を盛り込もうと考える。ただし遠征隊はまだ出かけていないので、現地での活躍は描けない。そこで、出発するまでの準備に忙殺される隊員の姿を点描したのである。

井上の読みは的中し、評判を呼ぶ。カラコルムに興味を持つ人のなかには、新聞小説を読み始める者もいただろう。しかし向田がこの小説を読んだとは考えられない。向田家では以前から朝日新聞が購読されていたけれど、新聞は父親がまず手に取ることになっていた[8]。出勤する邦子には読む時間などほとんどない。それに彼女はそもそも長編小説が嫌いであった。

さらに、カラコルムに惹かれた向田が、社内や喫茶店などで中途から読み出した、という仮説も成り立たない。なぜなら、井上が遠征隊の準備を書き始めたのは、文庫本で冒頭からほぼ三分の一以降なのである。例の風呂焚きのエピソードは、それより前の紙面に掲載されていた。

このままでは、向田と井上には何の繋がりもないことになる。ところが遠征隊の出発した昭和三〇（一九五五）年に、『あした来る人』は川島雄三監督によって映画化された。日活の製作再開一周年を記念する映画ということもあってか、当時としてはかなり長いフィルムで、問題にしている場面も撮られた。彼女はこの映画をきっと観たにちがいない。映画雑誌の編集部ならば、情報はたやすく得られただろうし、映画も自由に観ることができたはずである。

そうはいっても、向田がこの映画に興味があったとは思えない。まして大実業家が貧乏な若い学者のために、風呂を沸かすシーンがあろうなどとは全く知らなかったであろう。彼女の関心はもっぱらカラコルムにかかわる話にあった。しかしこの面白いエピソードが、向田の記憶の片隅に残ったことは確かである。

向田の読書量は相当なものであったが、映画においても、半端な数ではなかった。大学時代に映画館通いが始まり、雄鶏社に入ってからは、フィルムを観ることが仕事になってしまったからである。幾つもの試写を掛け持ちで観て回るので、その数は我々の想像を優に越えるものであった。

そのうえ向田の雑誌『映画ストーリー』は、タイトルからわかるように、公開される映画の筋を、封切り前に知らせるのが主要な仕事であった。グラビア写真を多用して見せ場を紹介し、複雑な内容であれば丁寧な説明を加える。いずれにしてもこの雑誌は、『キネマ旬報』のように、構図の面白さやショット配列の巧みさなど、映像面を中心に論じるのではない。作品の人物や出来事に焦点を当て、物語性、すなわち筋の展開の面白さを伝えようとするものだった。

この雑誌の特徴が、向田の将来に幸いした。シナリオ作家や小説家として活躍する彼女にとって、編集者として九年間におよぶ在職がどんなに貢献したかしれない。浴びるほど映画を観ることで、フィルムの様々なシーンが、次々に向田の頭の中に蓄積されていった。さらに忘れてならないことは、彼女の抜群な記憶力である。ちょっとした事柄でも、面白いと思えるものなら何でも引き出しにストックしたのである。

向田が執筆にのめり込むとき、雑念は消え、記憶の奥底から幾つかの断想がわき出す。そのうちに、ひときわ強く自己主張するイメージが現れ、彼女を捉えて離さない。たとえそのアイディアが他者のものであっても、作家の性がこの心象を要求したのである。

一つのわかりやすい例を挙げたい。『阿修羅のごとく』の「女正月」において、同棲する若い二人がある願いをかなえるために禁欲している。床につく前、布団の間に紐を張り、シーツを下げてカーテンをつくった。この場面からは、フランク・キャプラ監督の『或る夜の出来事』の一シーンがすぐに浮かんでくる。反撥し合う二人が安宿の一室に泊まる羽目になった。男は女の貞操を守りつつ自分のプライドを保つため、二台のベッドの間にロープを張り、毛布を掛けて、その仕切りを「ジェリコの壁」にした。

向田はなぜ不用意に、この設定を使ったのだろうか。剽窃のそしりを恐れなかったのか。よく知られたシーンだから、彼女は当然気づいていたはずである。けれども、なくてはならない光景として、「ジェリコの壁」が頭にこびりつき、離れそうもない。そこで向田はシネマのヒントをありがたく借用し、その後の展開で彼女独自の世界へ溶かし込んだ。作家にとって、先行する着想はあくまでも着想にすぎない。それをいかに発展させ、自身の色にするかが肝心なのである。

同じような状況が『あ・うん』を執筆する際にも生じたのではないか。向田はドラマの冒頭を、普通ではありえないような場面から始めた。社長が親友のために自ら風呂焚きをする。彼女はこれ以外のファーストシーンは考えられないと思ったのだろう。そこで、映画『あした来る人』から得たヒントであっても、そのまま突き進む決意をした。

風呂の着想だけは類似している。しかしそれぞれの社長の描写には、極端なほどの相違がある。映画における社長は、自宅の風呂を焚くのが道楽になっており、家族はもちろんのこと、来客のためにも喜んでする。一方門倉は、自宅で風呂を沸かしたことなど一度もない。無二の友を喜ばせるため、転居先の風呂を焚くのである。二人の服装にも雲泥の差がある。前者は作業ズボンのようなものをはき、その上に古シャツを着ていた。だが後者は、金のかかったモダンな背広姿のまま火を焚きつけている。次々に現れる斬新なイメージが、剽窃などとは言わせないほど、向田独特の世界を作り上げていくのである。

c. 社長の風呂焚き

門倉が風呂を焚く様子を、素晴らしい活写のなされた小説からのぞいてみる。彼は焚口に薪《まき》を入れ、火吹き竹を勢いよく吹いている。当時の風呂焚きは、現在とは違い、根気のいる仕事であった。まずくしゃくしゃにした古新聞を敷き、その上に細い枝や割り木をのせて火をつける。燃えてきたら、太い薪を徐々に継ぎ足していく。またその間火が消えないように、渋うちわ[☆1]と火吹き竹を使って、風を上手に送り込まなければならない。煙が目にしみるし、しゃがみっぱなしなので膝や腰も痛くなる。にもかかわらず、彼は嬉々として薪をくべていた。

　この場の門倉の服装は、読者に鮮烈な印象を与える。英國屋の三つ揃いを着込み、ワイシャツの袖口には宝石の入ったカフスボタンをつけ、足元には黒光りするコードバン[☆2]の新品をはいていた。すべて今日のために、よく吟味した品だったのである。小説のなかで、向田邦子は自ら「そのいでたちはどうみても風呂焚きには不似合いだった」とコメントしている。小使いの大友が何度もやってきて、社長、自分が替わりますと声をかける。しかし門倉はそのたびに、「風呂焚きはおれがやりたいんだよ」と言って断った。

　社長の風呂焚きは、親友の帰京に起因する。主人公の水田仙吉と家族が三年ぶりに、四国の高松から戻ってくる。だが勤務地とその期間が、小説と脚本では微妙に違っている。先に書かれたシナリオでは、さと子のナレーションによって、水田家は五年ぶりに松山から東京へ帰ってくることがわかる。

　その変更理由は、脚本における水田家の設定が、フィクションに比重をかけすぎていたので、それを若干是正することにあった。ドラマでは演出家や俳優など多くの人の協力で、虚を実にすることが可能である。けれども小説では、作家ひとりが創作世界を背負うことになる。向田はこの重荷に堪えるため、自分が経験した事実を小説に投影し、虚実のバランスを図らなければならなかった。

とはいうものの、向田家の出来事を小説にそのまま記したものではない。出発地は、四国の松山から高松に変えてあり、これは事実である。しかし水田仙吉と向田敏雄の赴任していた年数には、大きな開きがある。水田家は三年であったが、向田家は当地に一年しか住んでいない。学期の都合で下宿生活を強いられた邦子も、三ヵ月遅れて帰京した。つまり水田家の三年は向田家の事実ではなく、作者が転居の際に懐く実感である。エッセイ「楠」のなかで、彼女は「父の職業のせいで、生れたときから社宅暮しであった。しかも、三年たつと転勤しなくてはならない」(9)と記している。

親友の水田仙吉が三年ぶりで高松から東京へ帰ってくる。向田はこの事実を読者に伝える前に、「あいつが帰ってくる」、と門倉のわき立つ胸中を明かしている。長旅の疲れをいやすには風呂が一番である。彼は自身で焚いた風呂に、どうしても水田を入れてやりたかった。そして汗の吹き出す骨折り仕事で、久しぶりに会える嬉しさを体感したかったのである。

それにしても門倉の身なりは、作者が指摘したとおり、風呂焚きにはそぐわない。なぜこのような装いをさせたのだろうか。合理的な理由としては、あとで正式な挨拶に訪れるのだが、着替えの手間を省きたくて、訪問着のまま焚口にしゃがみ込んだと考えられなくもない。

いや、もっと門倉の心情と密着した意味合いがありそうな気がする。彼はめんどうな仕事をすることで、再会の喜びを示そうとした。その時、普段着では自分を納得させることができない。

水田への歓待を門倉自身が感じるには、とびきりの服装で着飾る必要がある。下仕事で汚すようなことがあっても、三つ揃いを着こむことが最上のもてなしだと考えた[10]のである。

「サビ落しの灼《や》ける匂いがきつくなった。ブリキの煙突にはじめて熱い煙が廻るときの匂いである」。この文章からは、向田の感覚の鋭さと、それを表現する筆の冴えを強く感じる。そして私たちが忘れてしまった記憶を見事によみがえらせてくれる。それと同時に、〈灼ける〉や〈熱い煙が廻る〉は、単に煙突の描写だけでなく、親友との久方ぶりの再会で、熱いものが次々とこみ上げる門倉の心中を暗示しているようにも思える。

門倉は風呂の煙突を取り替えただけではない。風呂桶も簀《す》の子も檜《ひのき》の新しいものと入れ替え、浴室をかぐわしい木の香りで満たした。門倉の厚情は、風呂場のみにとどまらない。居間には炭火をいけた火鉢があって、鉄瓶がたぎり、茶の道具がそろえてあった。そして部屋の隅には、新しい座布団が積まれている。

大友に幾つか指示を出した後、門倉は腕時計[11]に目をやり、水田一家が東京駅で円タク[☆3]に乗り込む頃であることを確認した。このことから、彼は親友が借家に着く時間を見はからって、準備を整えていたことがわかる。水田家の家族には暖かい部屋で茶をすすり、一息入れてほしい。また水田には真っ先に風呂に入り、旅の疲れをとってもらいたい、と願ったのである。

門倉の尽力は帰京した当日だけではない。「この半月ほど仕事は二の次だった」と書かれている。まずは手ごろな借家を探さなければならない。社宅の手当ては月三十円だった。あと五円足せば気に入った家もあったけれど、水田の暮らしを考えると、贅沢はいえなかった。何軒も家を見て回り、結局、自分の家（広尾）にも近い芝白金三光町の家に決めた。

社宅を見つけてからが門倉の本領発揮である。大きな菓子折を持って、大家宅へさっそく挨拶に行く。畳の入れ替えは大家持ちだったが、襖や障子の張り替え、植木の持ち込みや垣根のつくろいは自由にやらせてもらった。使用人の大友夫婦に心付けを包んで、台所の灰汁《あく》洗いや便所掃除をしてもらう。またチッキ[☆4]や運送の遅れが生じても不自由のないように、当座の所帯道具も調《ととの》えておいた。

d.『あ・うん』の時代設定

これから、門倉修造のモデルについて考察する予定である。だがその前に、向田が『あ・うん』のために仕組んだ時代設定について、是非とも言及しなければならない。自分の体験を巧みに組み入れて、彼女はこの作品を一層魅力あるものにしている。

戦前、向田家が東京に住んでいた時期は三度ある[(12)]。向田邦子は昭和四（一九二九）年一一月二八日、東京の世田谷に生まれた。しかし彼女が満一歳にもならぬうちに、一家は宇都宮へ移っている。二度目は、その地から戻った昭和一一（一九三六）年七月下旬から昭和一四（一九三九）年一月下旬までで、邦子七歳から十歳までの時である。そのあと一家は鹿児島、高松へと転居し、東京へ戻ってきたのは昭和一七（一九四二）年四月であった。前述したように、邦子ひとりが七月に遅れて帰京し、彼女は十三歳になっていた。

向田家における三度の帰京のうち、作者は昭和一七年の高松から東京への転居を下敷きにして、

『あ・うん』の引っ越しを描いている。ところが小説のなかの水田家は、昭和一〇（一九三五）年三月初めに東京へ帰ってきた。しかも邦子を投影したさと子は十三歳ではなく、すでに十八歳になっており、家族と一緒に戻っている。

なぜ向田は水田家の帰京を昭和一七年にしなかったのだろう。前年の昭和一六（一九四一）年一二月八日、日本はハワイの真珠湾を奇襲攻撃し、太平洋戦争に突入した。昭和一七年になると、街頭は戦勝ムードにわき立っていたが、国民の生活は戦時体制の強化により、目に見えて悪化していった。生活必需品がのきなみ統制され、配給制になったのである。

向田は『あ・うん』の冒頭を、勝利に浮かれた街の風景で始めたくなかった。また統制による締め付けで、もはや普通の生活すらままならない家庭の有様《ありさま》から描きたくはなかった。束の間ではあっても、戦前の東京にも落ち着いた平穏な暮らしがあったことを、最初に伝えたかったのである。

作品の時代設定として、向田は昭和一〇（一九三五）年からの数年を選ぶ。満州事変が終息して日中戦争が勃発するまで、大陸では両国の小競り合いがあったものの、国内は一応平和であった。景気も昭和八（一九三三）年頃から急速に良くなる。それを強力に押し上げたのが軍需産業で、誘発されたように、民需も徐々に盛んになっていった。そして昭和一〇年には、主な経済指標が戦前のピークに達した。(13) 必然的に失業も大幅に改善し、人々の暮らしも楽になっていく。またこの頃には、大衆文化が開花して、多くの人がそれを享受するようになった。これらの諸状況を考察して、作者は昭和一〇年を作品の起点にしたのである。

次に、帰京したさと子の年齢がなぜ十八歳だったのか、考えてみたい。新制の高校生の卒業年齢、及び向田の卒業した年齢から推測して、さと子は十八歳で高松高等女学校の卒業式を終え、すぐに東京へ戻ってきたと思われる。しかしこの推論には決定的な誤りがある。高松高等女学校での卒業は、向田が一学期間通っていたので類推できる。[14]けれども昭和一〇年当時の高等女学校は、修業年限が五年で、病気などのアクシデントがない限り、十七歳で卒業する。とすると、さと子の卒業が十八歳はありえない。彼女は学業を終えた一年後に、上京したことになる。

このことは作品からもうかがわれる。門倉がさと子と再会したとき、最初に発した言葉は「別嬪《べっぴん》さんになったねえ。もうお嫁にゆけるねえ」であった。彼は卒業おめでとうとも言わないし、お祝いのプレゼントもしない。卒業式は一年も前のことだったからである。むしろ門倉はさと子の次の関門、結婚のことを気にかけていた。

e．門倉修造のモデル

向田邦子の死から二年後、弟の保雄がエッセイ集『姉貴《あねき》の尻尾《しっぽ》　向田邦子の想い出』を出版した。そのなかに門倉修造についての記述があり、『あ・うん』に関心を寄せる者は一様に驚いた。門倉にモデルがいたのである。

実家にまつわるエッセイを多く書いていながら、向田は門倉らしき人物を一度も登場させていない。また姉に関する貴重な資料を次々と発表した和子も、この人については何の記述もしていない。なぜ二人は父親の親友について、ひと言も触れていないのだろうか。

まず保雄の記述から、モデルとされたI氏の輪郭を描いてみる。彼は「歩く時、手も足も関節から下が長く見える特徴のある動きをした」[15]。声はしわがれていたが、はっきりと聞き取れる声で、子供にもわかるような優しい話し方をした。この説得力は、短気な向田の父親にも、申し分なく力を発揮する。敏雄は子供の前でたしなめられても、この友人には決して腹を立てなかった。

二つのエピソードを紹介する。I氏は門倉と同様に女性関係がさかんで、お妾さんを囲っていた。日曜日など、父敏雄は邦子と保雄を連れて遊びに行き、本宅と妾宅のハシゴをしたらしい。その順番は、まず二号さんの家、それから本宅となっていた。妾宅から出てくるたびに、姉はあそこに寄ったことを今度行く家で言っちゃ駄目よ、と弟に注意した。保雄は小学二年生の邦子がどうしてその辺の機微を心得ていたのか、不思議だと記している。この話はシナリオ『あ・うん』の「四角い帽子」のなかに、人物を替えて取り入れられることになる。

もう一つは向田の転地静養についての話である。彼女は昭和一二（一九三七）年三月に、肺門淋巴腺炎を発症し、長期入院した。敏雄は平癒のため禁煙を誓い、医療費に貯金すべてを使い果たす。夏には東京府西多摩郡小河内村に療養させた。それでも邦子の体調はすぐれず、翌年の夏休みに、伊豆の今井浜で静養させる話が持ち上がった。

しかし三十歳そこそこの敏雄の月給では、転地はとてもむずかしかった。しかも貯金は前年に底をついている。父親がこの計画をあきらめようとしたとき、I氏ともう一人の友人S氏が経済的な支援のみならず、現地との交渉をやってくれたのである。

今井浜の滞在は邦子にとって楽しいものであった。健康は日に日に回復し、水泳もできるようになる。それに厳格な父親とは違って、I氏に思いきり甘えることができた。保雄は「天草採りの大網をかついだ門倉の小父さんにまとわりつく姉の姿を思い出し[16]」ている。そしてこの〈門倉の小父さん〉は、「姉にとっては理想の男性像であり、あしながおじさんでもあった[17]」と書いている。

邦子が発病した肺門淋巴腺炎は、十八歳のさと子が患う病気として、病名も変更せず、『あ・うん』に採用された。また分相応の医者という仙吉の主張を退け、嫁入用の通帳を出させる門倉の話に投影されている。保雄が述べているように、I氏が門倉のモデルであったように思われる。

さらにもう一つ、I氏の門倉説を裏付ける有力な証拠がある。向田はI氏について文章で触れたことはない。しかし対談では気が緩んだのか、つい口がすべってしまった。「父の親友がアルマイト会社の社長さんだったため、弁当箱の試作品をどんどんくれるわけ[18]」と倉本聰に語っている。

〈父の親友〉とはI氏のことであり、彼は〈アルマイト会社の社長〉だった。しかもI氏が弁当箱を増産したのは、昭和一一（一九三六）年以降だと思われる。この年、「学生や工員の間にアルマイトの弁当箱が大流行[19]」したからである。これは向田家の在京した時期とぴったり一致する。向田はI氏の会社や製品までも、作品のなかに取り入れたのである。

ここで大きな疑問が残る。向田家が東京に在住した昭和一一（一九三六）年七月から昭和一四（一九三九）年一月まで、I氏は回想のなかに何度か登場する。だがそれ以降、彼は全く話に上ってこない。鹿児島や高松ではあまりに遠いので、交流が途切れても不思議ではない。けれども一家が帰京した昭和一七（一九四二）年以降も記述がないのである。
もっとも『姉貴の尻尾』のなかに、I氏らしき人物が書かれた箇所がある。戦時中、敏雄の親友が子供の多い向田家の生活を心配し、大量の鍋を持ち込んだ。当時、鍋は貴重品で、なかなか入手できない品物だった。ところが駆け引きなど苦手な敏雄は、それを会社へ持っていき、元値で売ってしまったので一銭のもうけも得られなかった。この話に登場する「もうけ仕事に長けている友人[20]」がI氏なのだろうか。保雄はこの人物を、「親友」とか「友人」と書いていても、エッセイ集の前半で用いた「I氏」という仮名をここでは使っていない。別人である可能性が高いように思える。

ではI氏はどうなったのか。ことさら取り上げるほどのエピソードがなかったので、向田家の話に登場しなかったのであれば、それはそれでよい。筆者は悲観的な見方をする人間なのか、不幸な憶測が先に立ってしまう。例えば彼が病死したとか、事業に失敗し行方をくらましてしまったとかである。また向田家との間に何か行き違いが生じ、両家が不仲になってしまったのではないか、と考えたりもする。だがこれらは何の根拠もない勝手な想像で、別な理由があったのかもしれない。ここで断言できることは、門倉修造という人物は、I氏ひとりのモデルではとても覆い尽くせないことである。

向田はおそらく何人かの人物の側面を借用し、それにイメージをふくらませて門倉像を作り上げたのだろう。核なる部分にI氏がいたとしても、保雄や邦子は、鹿児島へ行くまでしかI氏との接点がない。向田はおそらく彼以外の〈門倉の小父さん〉と出会っていたにちがいない。

その人物は遠くまで探さなくても、すぐ傍に存在した。邦子の父、敏雄である。敏雄はもう一人の主人公仙吉のモデルになっている。しかし門倉にも彼の姿が見え隠れしているように思われる。『父の詫び状』のなかで、敏雄はわがままでせっかちな癇癪持ちの人間として登場する。向田は彼をかなり辛辣に突き放して描いた。その一方で、作者は彼の感動的なエピソードも幾つか書き記している。

敏雄のように強い個性の持ち主は、家族、特に風圧をもろに受ける長女に、過度の緊張を強い、その結果、時には激しい反撥を生じさせることもある。だが激怒する彼の真意を察することができれば、彼女にとって父親は、頼もしい、強く惹かれる存在に取って代わる。彼の肯定面をも理解するようになったのである。

敏雄に称賛すべき点があっても、向田は決してほめたりはしなかった。むしろ控えめに淡々とつづる。そもそも作家が自分の父親を称えたりするだろうか。それほど向田は恥知らずではなかった。創作上の人物であったなら、それは可能であろう。そしてその受け皿が、門倉修造だったのではないか。向田は父親の喜ばしい言行を、門倉の良質な一面として表現する。また彼女の隠していた、あるいは書けなかった賛辞を、主人公へ率直に吐露したのである。

エッセイ「鼻筋紳士録」で、向田は珍しく敏雄をほめた。ただし例によってストレートにではない。彼は父親の名前も知らなければ、頼りになる身寄りもない。また学歴もなければ金もなし、とまずは無い無い尽くしで負を強調する。そのあと、「背の高いこと、記憶力のいいこと、鼻の格好のいいことぐらいしか、自慢の種はなかった[21]」と続けている。

向田は引用箇所で、〈ぐらいしか、自慢の種はなかった〉と過小評価しているが、前述の三つは大いに誇ってよい、ありがたい授かりものだった。〈記憶力〉は、敏雄が保険会社で出世するための有力な武器であった。あとの〈背の高いこと〉と〈鼻の格好のいいこと〉は、身体的特徴で、彼の見栄えの良さを示している。長身で鼻筋の通った男性は、当時の日本において際立った存在だったであろう。

この引用文の背後には、向田の嬉しそうな得意顔が見て取れる。そればかりか、敏雄は彼女が世の男性を見るときの、一つの有力な基準となっていたように思える。さすれば門倉の外貌に父親の姿が投影されたのも、当然のことだったのである。

ここにもう一人、外見から門倉像に寄与した人物がいる。遠く離れたアメリカの俳優、ゲイリー・クーパーである。向田は小学校二年くらいのとき、映画を初めて観た。作品はクーパー主演の『ベンガルの槍騎兵』で、そのときから「恥ずかしながらゲーリー・クーパー一筋なんですよ。圧倒的に好きでしたね[22]」と告白している。

五十を過ぎて少しやつれたゲイリー・クーパーに、向田は特に魅力を感じたようである。そして年齢と共に増したクーパーのはにかみを、彼独特の歩き方で端的に示した。「なんか、自分の背の高いの、手足の長いのまで恥じてるみたいな、手足の始末に困るっていうような歩き方」をする、と表現したのである。彼女はここで、クーパーが内面に懐く、俳優であることへの当惑と、足の運びとを巧みに関連させている。

向田はクーパーが〈手足の始末に困るっていうような〉歩行をすると述べた。これと似た表現が、保雄のエッセイのなかにもある。彼もI氏について、〈歩く時、手も足も関節から下が長く見える特徴のある動きをした〉と記述している。この類似は単なる偶然ではないだろう。両者とも、向田が大好きな映画スターと小父さんだった。彼女を魅了したのは、二人の歩き方からにじみ出るシャイな気質である。長身の男性がときおり見せるはにかみや優しさに、惹きつけられたのではないか。彼らの持つ身体的特徴だけでなく気性も、門倉の造形に一役買うことになった。

さらに門倉の容貌にも目を向けてみる。向田は主人公を、偉丈夫であるばかりか、「羽左衛門をもっとバタ臭くしたようなと言われる美男」と形容している。十五代目市村羽左衛門は戦前の歌舞伎界を代表する二枚目役者で、その美形から「花の橘屋」と称せられた。作者は門倉を称賛する比喩として、当時絶大な人気を誇った羽左衛門を選んだのである。

選択した理由はそれだけではなかった。向田はおそらく、羽左衛門がフランス系アメリカ人と日本女性との間に生まれたハーフであることを知っていたのだろう。出自を踏まえることで、門倉をクーパーにずっと近づけることができる。それをさらに〈もっとバタ臭くしたような〉と描写することで、彼女の心のなかでは、主人公はクーパーとほとんど一致したのである。

ところで、向田はなぜ門倉を華のある人間に仕立て上げたのだろうか。他の人物と比べ、かなり肩入れしているように思える。その理由は、I氏を核にして創った門倉が、ネガティブな要素を抱えた主人公だからである。彼の行動だけを素描すれば、おそらく、鼻持ちならぬ腹黒い男と取られてしまうだろう。作者は何とか門倉を好ましい人物にして、視聴者や読者に好きになってもらわなければならなかった。

門倉が持つマイナスのイメージは二つあった。その一つが女性問題である。女遊びがさかんな彼は、方々に親しい女性がいたし、女給を囲って子供を産ませてもいる。まさに妻泣かせの人物である。ただし当時、男性が浮気をしたり二号をつくったりすることは、不道徳とはみなされなかった。門倉自身も悪いとは思っていないようである。これは向田の生きた時代の人間も、また今日の我々も是認することはできない。

もう一つの負のイメージは、門倉が軍需産業で成り上がった企業家だったことである。侵略戦争を後援することで、三百人もの工員をかかえる工場を経営している。確かに彼は機を見るに敏であった。おそらく軍部にも上手に立ち入っていたと思われる。[23]このような人物に対し、大方の人々は嫌悪を懐いても、決して好感は持てないだろう。

門倉を中心に置くと決めたとき、向田はかなり危険な賭けに出たことになる。一般的な倫理観や社会通念に照らすと、忌み嫌われるような人間を、あえて主人公に据えたからである。彼女は先入観にとらわれた決めつけを払拭したかった。いわゆる杓子定規な善悪ではない捉え方、人間をそのまま丸抱えにする手法で中心人物を描こうとしたのである。

門倉の人物像がうまく仕立て上げられない限り、『あ・うん』の成功はない。彼が気に入られるかどうかで、作品の成否が決まる。そのため、向田は作品の冒頭部に神経を集中させた。門倉をできるだけ早く登場させ、魅力的な人物であることを印象づけなければならない。親友の家族のために借家探しに奔走し、帰京した彼らを喜ばせようと様々な趣向を凝らす。このような主人公の姿に、視聴者や読者がさっそく好意を懐いてくれることを願ったのである。

第二章　水田家のハプニング

a．列車内での水田一家

シナリオでは、列車内における水田家の家族が簡潔にスケッチされている。そのすぐ後の借家の場面で、彼らは詳しく描かれるのだから、車中の描写は必要ないのではないか。実際、小説では列車の場面が省かれていた。しかしこのシーンは短いけれど、かなり重要な情報が盛り込まれている。

前の場面で、背広を着込んだ門倉が、一心に薪をくべていた。視聴者はこれを観て、いったい誰のために風呂を沸かしているのか、知りたくなる。そしてこれほどに厚遇される友人とは、いかなる存在なのか、顔を見たくなる。歓待する人間がいれば、当然それを受ける人間もいるわけで、隠された人物がとても気になる。この視聴者の関心に応えるため、向田は場面転換をはかり、短いエピソードを挿入した。

水田一家は二等車に座っている。この等級は庶民が少し奮発して乗り込む客車である。車内で目を引くのは、金色の痰壺である。この備品は今日では全く見かけない。向田はドラマ『あ・うん』で、これをしつらえてもらうとき、説明に大汗をかいた[1]とエッセイに記述している。ただし映像では、ゴミ入れのような使われ方で、ゴールデンバット[☆1]の空き箱や吸いがら、それにみかんの皮などが山積みになっていて、外見がはっきりしない。彼女の苦心は報われなかったようである。

長旅で疲れ、家族は誰も無口である。家長の仙吉はちり紙を鼻に突っ込み、真っ黒になった鼻の孔《あな》を掃除している。几帳面な質《たち》らしく、その紙を丸めて、窓枠に並べている。女性二人は絶えず口を動かしていた。娘のさと子はおいしそうにゆで玉子を食べ、妻のたみはしきりにみかんを口にはこんでいる。カメラはみかんを食べるたみを大写しで撮り、さらに白い布をかけた彼女の膝には、次に食するみかんが準備されていた。このカットは、帰京した夜、彼女の身に大きな出来事が生じることを暗示している。

仙吉の父初太郎はずっと目を閉じていたが、急にカッと痰を吐いた。しかしカメラは父親を撮るのでなく、その瞬間にじろりとにらみつける仙吉の顔を捉えている。このしかめっ面から、先ほどまで初太郎が目をつむっていたのは、向かいの席にいる息子と目を合わせたくなかったからだとわかる。仙吉と初太郎が居合わせる最初のシーンから、視聴者は二人の関係を容易に読み解くことができる。最後にこの場面は、東京駅をバックにする「昭和十年」のテロップで終わった。

b・水田家の新居

大通りで円タクから降りた水田一家は路地へ入ってきた。地図の書かれた紙を手にした仙吉が先頭に立ち、次にたみ、さと子と続き、最後に少し遅れて初太郎がついてきた。この様子を、門倉が玄関の戸の隙間からのぞいている。そして安堵の表情を浮かべた。彼らが借家へ着く時間を見はからって風呂を焚いたからである。湯が冷めてしまったら、薪をもう一度くべなければならない。そんな面倒を、旅で疲れた人間にさせるわけにはいかない。門倉はぎりぎりまで家に留まって、湯加減を見ていたのである。

「水田仙吉」の表札を見つけたのはたみだった。彼女はずいぶん疲れていたのに、こういうことには目が早い。すぐさま家の外観を見て、「三十円にしちゃ、いいうちじゃないの」、と思わずつぶやいた。このたみの評価について少し考えてみたい。

『値段史年表』(2)によると、東京(板橋区仲宿)の家賃は、昭和七(一九三二)年で十二円、昭和一三(一九三八)年で十三円と記されている。この調査結果を見ると、水田家の家賃はとても高く感じられる。けれどもこれは当時の平均的な家屋の家賃で、間数が多かったり、交通の便がよければ上昇する。それに市区による格差があり、旧市域十五区の方が新たに編入された区(3)より高級と見なされ、価格に反映した。

文献をあさらなくても、もっと比較しやすい事例がエッセイ「隣りの匂い」に書かれている。昭和一一年、向田家が中目黒に転居したとき、家賃は二十五円とある。ほぼ同年で地域も近いのに、ここは五円安かった。しかし家の造りにかなりの相違がある。中目黒の方は文化住宅のはしりの家だった。玄関の横に洋館をつけ、見かけは立派だが安普請で、しかも同じ家が三軒並んでいた。(4)一方、芝白金三光町の家は少し古いけれど、造作のしっかりした二階建てで、部屋数も六部屋と多く、おまけに風呂付きなのである。

門の扉を開けると、仙吉は「おい、子供っぽい真似《まね》よせよ門倉！」とどなった。それには訳がある。六年前、彼が仙台から東京の本社へ転勤になったとき、門倉は駅へ迎えに来なかった。いぶかしく思う水田一家が新居に着くと、彼はばあと言って、いきなり玄関の戸を開けた。その記憶が鮮明にあったからである。仙吉は当時を思い出しながら、「中へ入ると火鉢に火はおこっている、座布団はならんでる、風呂は沸いている。びっくりする俺たちの顔が見たくてさ」、と自分がしたことのように得意気に言った。

少し待ったけれど、門倉が出てこないので、一家は中へ入った。家の中の様子は仙吉が述べたとおり、いや、さらに豪華に準備されていた。それを述べる前に、まず間取りについて触れておきたい。これについては、二人の間で何の取り決めもなされていない。仙吉が具体的な指示をしたわけでもないし、門倉も要望を聞いたりしていない。後者が水田家の成員や事情を熟知していたので、その必要はなかったのである。

一階には六畳の茶の間と八畳の客間があり、その隣の六畳が夫婦の寝室として用意されていた。玄関脇の四畳半にはタバコ盆が置かれ、初太郎の部屋だとわかる。門倉は仙吉と仲の悪い父親の部屋を、夫婦の部屋から離れた場所に指定していたのである。二階の四畳半がさと子の部屋で、そこには一輪挿しに桃の花が活けてあった。その隣には、三畳の納戸兼捨て部屋もあり、申し分のない間取りであった。

家族は次々に部屋を見て回った。仙吉は床の間にある豪勢な籠盛りを見て、息をのんだ。でも嬉しさをストレートに言えない。隣の一升瓶にはられた「祝栄転」の文字にけちを付けている。

寝室に入ったたみは、押し入れをあけて顔を輝かせた。夜具布団が絹布《けんぷ》だったのである。ここでも仙吉は、「チッキが着くまでなんだから、貸布団でいいじゃないか。無駄遣いしやがって」といちゃもんをつけている。しかし浴室に入ると、もはや文句など出てこなかった。彼は湯の中に手を入れ、そのままじっとしている。程よい湯かげんに、門倉の友情を強く感じたのである。

一方たみは、自分の領域である台所を丹念に見る。鍋や釜など、すべてが新品の台所道具だった。やがて米櫃《こめびつ》をあける。白い米がいっぱい入っていて、その上に枡《ます》がのっていた。米の消費量の多かった当時、この光景ほど主婦に満ち足りた気持ちを懐かせるものはない。それに加えて、[てのひらに米をすくい上げてはこぼしている]たみの姿には、ここまで尽くしてくれる門倉へのほのかな情愛が感じられた。

門倉の心遣いに、水田家の家族はすっかり感じ入った。部屋に入るたび、彼らは喜びの声をあげた。だがそのなかに初太郎はいない。それはおそらく、仙吉との折り合いの悪さが影響していたのだろう。そういえば、家族が新居へ向かうときも、彼だけは皆から少し距離をとっていた。

これはひょっとしたら、向田に思わぬ落ち度があったのかもしれない。驚嘆する成員を書き急ぐあまり、初太郎を置き忘れてしまったとも考えられる。そこで演出家の深町は、作家の意を酌《く》んで、この欠落を映像で補った。老人を木戸口から庭へ向かわせ、夕闇の庭木をじっくり眺めさせたのである。この演出は、これから明かされる彼のかつての職種を考えた場合、ごく自然な運びに思える。

ここまでの筋の流れをみてきて、一点気になることがある。小説の門倉は準備が一段落したところで、「こんどはどういう趣向で出迎えようか」と思案する。この思わくの内容がわかりにくい。今回の歓待は、水田一家が六年前に帰京したときと、それほど違いはない。仙吉が証言した事柄が、さらにグレードアップして調えられていただけである。

ただ一つだけ、大きく違うところがあった。それは水田家が新居に着いた場面においてである。前回は一家が着いたところで、いきなり玄関の戸が開き、笑顔の門倉が飛び出してきた。それが今回は、水田家が到着するのを見届けると、肝心の主役は裏口からこっそりと家を抜け出している。これこそが、門倉の考えた趣向だったのである。

今回のねらいは前回と同様、水田家の人々をびっくりさせることにあった。六年前は駅へ行かず、玄関で不意に顔を出して、一同を驚かせた。「今度もそうかしら」と言うさと子に対し、仙吉は当然という顔つきで大きくうなずいた。ところが門倉はいくら待っても出てこない。さと子がシナリオのナレーションで、「今日は一体どうしたというのかしら」と語っている。彼は裏をかき、皆を焦《じ》らしたのである。しかしそれはまた、水田家の人々に会いたい自分の気持ちを、無理やり抑え込むことでもあった。

しかも門倉には別の状況が加わる。新居へ向かう家族の顔を順に見て、「もう一度たみにもどったところで」、彼は見続けることが出来なくなった。久しぶりで目にする彼女に、すっかり見惚れてしまったからである。このままここにいては、何をしゃべり、何をしでかすかもしれない。頭を冷やすことが肝要だった。門倉は急いで玄関の戸を閉め、勝手口から出ていく。今回の趣向は彼にとって、ほろ苦いものとなってしまった。

気を紛らせようと、門倉は行きつけのカフェに入った。五、六人の女給に囲まれて、流行歌を一緒に歌っている。彼は最初こそ陽気に合わせていたが、すぐ物思いにふけってしまい、彼女たちに体をひっぱたかれる。門倉は水田家の人々が喜ぶ姿や、自分を今か今かと待ちわびる顔を思い浮かべていたのだろう。

いや、それだけではない。むしろ、憧れるたみの姿が瞼の裏に現れて、夢見ごこちに陥ってしまったのではないだろうか。この時の心境を、向田は「門倉、遠い目になる」とト書に記す。さらに作者は、彼に呼応させるように、たみが白い米をすくい上げてはさらさらとこぼす様子に、「遠い目になる」という言葉を選んだ。

c．家族の紹介

門灯がつく頃、門倉が水田の新居へやってきた。これでやっと主要な人物が顔をそろえたことになる。これからの場面では、人物紹介が重要な仕事の一つになる。この言葉に合点のゆかない読者がおられるかもしれない。すぐ前の「b．水田家の新居」で述べたではないか、とお叱りを受けそうである。しかし向田が前節で力点を置いたのは、人物の紹介ではない。一家がこれから暮らす家の間取りに焦点を当てたのである。

それ以上に向田が書きたかったことは、門倉への賛辞である。彼が水田家の家族のために骨折ってきたことは、すでに詳しく述べた。それに対し、厚意を受ける側の反応も示す必要があった。部屋を見て回るたびに、家族が発する驚きや感謝の言葉も、作者は是非書き留めておきたかった。

一家の満ち足りた笑顔から、当座の生活に欠かせない日用品はすべてそろっていたことがわかる。門倉は準備万端抜かりなく整えたはずであった。ところがカフェで、ひょんな拍子にラジオがなかったことを思い出す。彼はさっそくこの家電製品をたずさえて、水田の家へ急いだ。ラジオは門倉がたみへの思いをいったん断ち切り、平常心で水田家を訪れるきっかけを与えてくれたのである。

たみの門倉さんという声を聞いて、仙吉が茶の間からすっ飛んできた。はだしで三和土《たたき》☆2に飛び下り、ラジオを持った彼を抱きながら、無言で背中をどやした。これが仙吉の流儀である。彼は勤め人だけに、礼儀は十分に心得ていたが、門倉に対しては、素直に感謝の気持ちを口にできない。ただ殴り続けるだけである。

門倉は玄関に立ったたみの姿に気がついた。だがその後ろにいるさと子へ声をかける。先ほどの妄想がまだ尾を引いていて、たみには話しかけられなかった。一方たみの方も、米櫃をあけたときの思いが妙に引っ掛かって、「門倉さん、このたびは、何から何まで」とよそよそしい挨拶をする。これを聞いた門倉は、感に堪えないという面持ちで、つい「――奥さん――」と呼んでしまう。二人の間に割って入った仙吉が、「水臭い挨拶《あいさつ》すンなよ」と妻をたしなめ、この微妙な雰囲気を消し飛ばしてしまった。

向田はシナリオの「二等車」のシーンで、さと子に仙吉の略歴を語らせている。この場面は全く会話がないので、その空いた音声部を埋めるように、主人公をナレーションで紹介したのである。小説では客車のシーンが省かれているため、仙吉の情報は門倉が正式に水田家を訪問したときになされる。

ここからは小説での人物紹介を見る。まず仙吉である。彼は、すぐそばにいる門倉との比較で述べられることが多い。例えば背の低い仙吉に対し、門倉は鴨居☆3に頭を打たないように、首をすくめなければならない。さらに背広をすっきり着こなす門倉に比べ、「仙吉は何を着ても着映えがしなかった」。また「甲高盤広《こうだかばんびろ》の型崩れした仙吉の靴」が、ひと回り大きなコードバンの新品と対比される。

人との接し方も対照的である。門倉は話術が巧みで、彼がそこにいるだけで周りは明るくなる。しかし堅苦しい仙吉が加わると、たちまち気づまりな雰囲気になり、座がしらけてしまう。何から何まで正反対で、「門倉を花とすれば、仙吉は葉っぱ」であった。

次に初太郎を紹介する。彼は狭い庭に立ち、植えられた木をしばらく見ていた。そのあと家の中へ入ったものの、座敷へは行かず、縁側に座り、顔を庭に向けている。にぎやかな茶の間とは対照的に、その空間だけは別世界のように静かであった。ところで縁側とは、住まいの内なのか外なのか、どちらだろう。この不思議な空間が、なぜか水田家における初太郎の立場を暗示しているように見える。

食事をする段になっても、初太郎は茶の間にくる様子がない。彼は仙吉と背中合わせに座っている。この張り詰めた空気に耐えられず、門倉がとうとう老人に声をかけた。「おじいちゃんのために、ちょいと植木、奮発して入れたんだけどね」と話をふる。だが初太郎は、「こんなのは、木のうちにゃ入ンないよ」とそっけなく答えた。

二人のやり取りに間髪を容《い》れず、「木のはなしはよせ」、と仙吉が口をとがらせた。トゲのある言い方に驚き、門倉は声をひそめながら、「もう虫は起んないだろ」と尋ねる。それに対し仙吉は、「死ぬまで直んないな。(5)あの病気は」と言い放った。ここまでで、初太郎が何度か失敗をしでかし、家族に迷惑をかけてきたことがわかる。さらに「おじいちゃんは『山師』[☆4]です。もと『山師』と言った方が正しいかも知れません」というさと子の説明によって、老人の生業《なりわい》も明らかになった。

視聴者は初太郎の正体を知り、これで不明な箇所にも納得がいく。一家が新居を探しているとき、彼は鳥打帽をかぶり、手元の曲がった杖で信玄袋[☆5]を担いでいた。演出の深町は、他の家族とはちがう身なりから、初太郎のうさん臭さをかもし出している。また門倉が初太郎を喜ばせようと、〈ちょいと植木、奮発して入れたんだけどね〉と言ったのに対し、老人が〈こんなのは、木のうちにゃ入ンないよ〉とつっけんどんに答えた理由もわかる。実際に山師の目から見ると、庭木などは木の範疇に入らないのかもしれない。

初太郎については、さらに仙吉との確執についても触れなければならない。しかしこの場面は人物紹介をメインにしており、二人の反目の理由を述べるのはまだ早すぎる。向田もこのことには言及せず、さと子に「そのわけは、いずれゆっくりお話しします」とナレーションさせている。

この場において、さと子は目立った活躍をしていない。三年ぶりに会う門倉の前で緊張しているのだろう。神妙な顔をして、もっぱら大人の後ろに控えている。また語り手としてのさと子も、ここではまだ客観的なナレーションにとどまっていた。それがこれ以降、さと子を演じる岸本の語りからは、純朴さだけでなく、背伸びした物言いも感じられるようになってくる。

最後のたみは、門倉に如才なく応対しているものの、口数が少ない。「少し大儀そうである」という卜書まで付け加えられていた。これらはすべて、次に起こる出来事の前ぶれを示している。たみは自分の身体の異変に気づいてはいたけれど、恥ずかしくて誰にも相談できずにいた。

話の流れのなかで、その場にいない人物、門倉の妻君子の姿もうっすらと浮かび上がる。門倉の持ってきたラジオについて、仙吉がさっそくけちをつけた。荷物が着けばおれの家にだってあるのにと述べ、さらに「こう豪勢に使っちゃさ」と非難する。すると門倉は、「――遺《のこ》す人間、いないんだから、いいじゃないか」と反論した。門倉夫婦に子供のいないことが明らかになる。また彼の台詞は、赤ん坊を譲ってもらう話の布石にもなっている。

横で聞いていたたみは、気づまりな雰囲気を変えようと、「――奥さん、お変りは」と門倉に話しかけた。明けても暮れても刺繍ですよ、とうんざりした様子で言う。だがその要因が彼の夜遊びにあることを、仙吉はすぐに指摘した。三人の会話から、門倉家の夫婦仲がうまくいっていないことは容易に推測できた。

ここでもう一つ、紹介しなければならないものがある。それは人物ではなくラジオである。向田が門倉にこの家電製品を、わざわざ水田家へ持っていかせたのには大きな理由があった。ドラマのなかで、ラジオの持つ即時性を効果的に使いたいと考えたからである。

ラジオ受信機は昭和七（一九三二）年に一〇〇万台をこえ、昭和一〇（一九三五）年には二四〇万台に達する。廉価で扱いやすい機器が徐々に広まってきたのである。国民は当初、歌謡曲や浪曲、漫才などの娯楽番組を楽しみにし、スポーツ中継に熱狂した。ところが昭和六（一九三一）年九月一八日に満州事変が勃発してからは、事変関係のニュースが多く放送されるようになる。やがて報道部門は、ラジオにおいて重要な位置を占めるようになった。

『あ・うん』は言わば室内劇といえる作品で、外部の出来事は登場人物にほとんど影響を与えていない。これは向田が初めから意図したことだった。できるだけ社会的な時事をドラマのなかに入れず、水田家と門倉家の人間関係を綿密に描こうとしたのである。

しかし『あ・うん』の時代背景となる昭和一〇年から昭和一二年までは、戦前における日本の転換期にあたり、国内はもとより国外でも大きな変化があった。この時代の流れを全く無視するわけにはいかない。そこで向田はラジオ、新聞、雑誌、レコード（歌謡曲）などを活用する。特にラジオは、他のメディアより格段の速報性を持つので、時代の推移をすばやく伝える機器として巧みに取り入れられた。

向田はラジオの活躍する事例をさっそく書いている。門倉の持ってきたラジオが、雑音に交じって軍縮関係のニュースを流していた。仙吉は軍縮会議予備交渉の日本代表であった山本五十六《いそろく》の名前を思い出す。山本はこの交渉で、軍備はできる限り抑え、各国均等にするという案を米英に提示した。だがこの要求を相手が了承するはずもなく、結局、会議は休会に終わってしまった。けれども二月一二日に彼が東京駅に着くと、よくぞ国民の気持ちを代弁してくれた、と多くの人々から熱烈な出迎えを受けたのである。ちなみにこれは、水田家引っ越しのほぼ半月前のことであった。

ところで軍部は、山本の軍縮交渉が不調に終わることを見越して、軍備増産に励んでいた。それは門倉が自分の工場をフル稼働させていることからも明らかである。仙吉はこの軍需景気と山本の交渉との矛盾を突き、「軍縮軍縮は、掛け声だけか？」と疑問を投げかけたのである。

d．たみの懐妊

初太郎はなかなか縁側から立ち上がろうとしない。門倉に促されて、やっとちゃぶ台[☆6]についた。この食卓は彼にとってなじみのないものであっただろう。昔の習慣から、また仙吉と一緒に座りたくなかったので、父親は箱膳で食事をしていた。しかし今日は新居に移った日であり、自分だけ別の席を用意してもらうわけにはいかない。それに気心の合う門倉もいるし、好物のうなぎをいただけるとあって、初太郎はちゃぶ台の前にかしこまった様子で座った。

食事の前に、栄転の祝杯をあげることになった。門倉が初太郎の猪口《ちょこ》に酒瓶を持っていくと、老人は手でふたをし、注がせなかった。この頑なな態度に対して、三つの解釈ができる。一つは仙吉の出世を快く思わず、あえて祝いの酒を拒否したという考えである。だがこの解釈はあまりに狭量であろう。もう一つは、これまで何度か息子に難儀をかけたので、好きな酒を断って身を慎んでいるという読みである。そして三つ目として、初太郎の後の行動をみると、慎んだふりをしているとも取れるのである。

仙吉と門倉が軍縮談議に花を咲かせていると、たみが突然、袂《たもと》で口をおおい、台所へ駆け込んだ。流しでえずいている様子に、仙吉がびっくりして飛んでいく。たみの具合が心配で、もはや食事どころではなくなった。それでも初太郎だけは平然とうなぎを口に運んでいる。仙吉やさと子が見当違いな原因を述べるなか、彼は「生れるんじゃないのか」とぽつりと言った。

初太郎の言葉を聞いて、一同は呆気《あっけ》にとられてしまった。具合が悪そうだったが、まさか妊娠とは誰も考えなかったのである。たみの今日一日を振り返ってみると、車内では喉が渇くと言って、しきりにみかんを食べていた。夕食のうなぎも門倉の心づくしなのに、手をつけようとはしなかった。

さと子はたみの顔に現れた微妙な変化にも気づいていた。しかしそれが懐妊の兆しであるなどとは想像もつかなかった。米をすくい上げてはこぼすたみを見て、「綺麗」だなと思う。今まで、母親にそのような気持ちを懐いたことなど一度もなかった。この日の〈綺麗〉な理由を、「門倉のおじさんの心遣いが嬉しいのだな」と推測し、筆者もさと子と同様に考えていた。

ところがそれだけではないらしい。たみは最近、「急に笑ったり泣いたり、気持がたかぶった」りすることがある。そんなとき「目の下の盛り上ったところが、いつもよりふくらんでうす赤くなっ」た。向田はこのような描写のなかに、妊娠の兆候をにおわせたかったのだろう。作者はこの段落の最後で、「もうひとつわけがあると気がついたのは、しばらくあとのことである」とさと子に言わせている。

たみの懐妊を知った後、登場人物はそれぞれに思いを懐く。仙吉は初めポカンと口をあけ、ぼうっと突っ立っていた。まだ思考回路が十分に働かないらしい。そうはいっても、ぼんやりした頭の中で、一つ気になることがあった。人から「四十の恥かきっ子」と陰口を叩かれるのではないかと恐れていた。

一方門倉も、驚きの事実にどう対処すべきかわからない。たみに何と声をかけたらいいのか、皆目見当がつかなかった。ト書には「奇妙な間があっていきなり笑い出す門倉、酒のコップを仙吉にぶつける」と記されている。彼の態度には、どこかぎごちなさが感じられる。〈奇妙な間〉は心理的な衝撃を抑えるための時間であった。

ひそかに思っていた女性の妊娠を、再会したその日に知ったのだから、門倉にとっては相当なショックであっただろう。彼は心の動揺を吹っ切ろうと、突然大声で笑い、酒のコップを仙吉に割れんばかりに何度もぶつけた。そして唐突に「二人でな、提灯《ちょうちん》行列[☆7]やろうや」と誘った。門倉は個人としての祝福を率直に言い出せないので、公の祝い事にすり替えたのである。

二人が出かけた後、初太郎はあてがわれた四畳半の部屋に入った。彼は自分の発言で大きな騒動が起こったのに、一家の出来事には全く関心がないかのようである。新しい布団の上にどっかと座り、信玄袋から取り出した地図や山林の写真を、虫眼鏡を使いじっと見ている。今までは地方にいたので、山師の仕事ができなかった。東京に戻ったのを機に、昔の仲間とまた一旗揚げるつもりでいた。

暗くした客間では、たみが着衣のまま、座布団を二枚つなげて横[(6)]になっていた。目をあけて天井をにらみ、夕食時の出来事を思い返している。妊娠はめでたいはずなのに、仙吉は驚きのあまり、言葉が出てこなかった。たみも四十近い年齢を考えると、懐妊が恨めしく思えた。それに門倉がいたので、気恥ずかしさもあった。今は誰とも口を利きたくない。そこへさと子がやってくる気配がする。たみは寝返りを打ち、急いで目を閉じた。

たみの懐妊に対するさと子のリアクションが素晴らしい。彼女は流しで空《から》になった重箱をすすいでいた。［新しい台所は、水道の栓ひとつひねるにも使い勝手が判らない。勢いよくほとばしって、顔に飛沫《しぶき》を浴びてしまう］。この女性らしい観察は、引っ越しの日に向田が覚えた実感であろう。後半の文章には、さと子の心情ものぞくことができる。洗い物があらかた終わったので、彼女はほっと一息つき、栓を思いのほか強くひねってしまう。冷たい飛沫が勢いよく顔にかかる。さと子はびっくりして我に返り、恐ろしい現実へ引き戻されてしまった。

一人っ子であったさと子は、生まれてからずっと、仙吉は父親であり、たみは母親であった。妊娠の事実を知ってから、両親が男と女であることを改めて意識する。そして彼らが少し距離のある存在になったように感じられた。もちろん年頃の娘として、性への関心が全くないわけではない。母親に隠れて、『家庭医学宝典』にのっている「妊娠」や「産科」などの項目をこっそり読んだことを思い出した。けれどもそれらの事柄は、「うちには関係のないことだと思っていた」。

さらにさと子は、「母が、子供を生む――何だか急にうちの中の空気がネバついてきたように思えました」と述べる。〈ネバついてきた〉という言葉が異彩を放つ。男女の性的な結びつきや、粘液に包まれた赤ちゃんが飛び出す出産をイメージさせる。どこかに嫌悪感を持つさと子のナレーションは、今までとは少し違って、シリアスな口調に変わっていた。

さと子が洗面器を持って、客間に入ってきた。それを枕元に置くと、無言で出てゆきかける。たみが小さな声で、残ったうなぎを食べるように勧めた。それに対し、「沢山《たくさん》。なんだか、胸、突っかえて――」と断った。十八歳の若さなのだから、本来なら食べられるはずである。だが母親への不信感から、言われたとおりにしたくなかった。それにぎらついたうなぎは、前述の〈ネバつい〉たものを連想させたからである。

逆にさと子は、「あたしよか、お母さん、食べた方がいいわよ。子供の分も、二人前食べろって――よく、書いてあるじゃない」とつっけんどんな口ぶりで応じた。その文面は、例の『家庭医学宝典』からの受け売りのようである。さと子役の岸本は、この箇所で妙に甲高い声をあげていた。気まずい雰囲気は、「母と娘、バツの悪い間」というト書からもわかる。そして娘が部屋を出るとき、演出家の深町は岸本に、障子戸をピシャリと強く閉めさせた。

小説においても、さと子のたみへの見方は厳しい。暗い電球のせいか、「母が急に老けてみえた」と書かれている。ほんの二、三時間前、娘はたみの顔を〈綺麗〉と形容していた。もっともそれは、母親の妊娠を知る前であった。それにしても評価が激変している。それほどさと子にとって、たみの懐妊はショックであり、裏切りに思えたのである。彼女には「汚れた足袋の片方に、もう片方を突っ込んであるのも、妙に猥《みだ》りがましく思えた」。脱ぎ捨てたままよりも、一方を片方のそれに入れる方が礼儀作法にかなっている。しかしさと子の心理状態では、男女の性行為を想像し、〈猥りがましく思えた〉のである。

e・赤ん坊の譲渡

門倉と仙吉が二人だけの提灯行列をする。前者は「万歳！　万歳！」と連呼し、威勢がいい。後者はついていくものの、通行人の物笑いやお巡りのとがめを恐れて、何とか止めさせようとする。だがそれにかまわず、門倉は声を一層張り上げ、「日本帝国万歳！」と叫び、「お国の宝が一人増えンだぞ。『弥栄《いやさか》』じゃないか」と仙吉に向かって言った。彼は男の赤ん坊が生まれることを想定していたようである。

少し酔いのまわった二人は、おでんの屋台に並んで座った。門倉は先ほどとは打って変わって押し黙り、考え事をしているようだった。その彼が「物は相談だけどな」と突然口を開いた。それを待っていたとばかりに、仙吉は「二十年のつきあいだぞ。そのくらい判らなくてどうする」と応じ、名付け親にならせてくれだろ、と聞き返す。見当違いの答えに、門倉は［てのひらで酒のコップを廻しながら］、言うべきかどうか躊躇した。

門倉は思い切って、「生れた子供なあ。大砲がついていたら、……でかしたで引き下るよ。もしも、ついてなかったら――俺にくれないか」と言ってみた。彼はここに来るまで、赤ん坊はてっきり男の子と思い込んでいた。しかし長椅子に腰かけ一息つくと、女の子ってこともありうるのに気がつく。そこで門倉は女の子だったら自分の子供にできないだろうか、と思いをめぐらすまでになった。

〈二十年のつきあい〉にもかかわらず、仙吉は門倉がこのような望みを懐くとは、考えもしなかった。ただ今日、金遣いがあらいことを非難したとき、彼が〈遺す人間、いないんだから、いいじゃないか〉と言い返したことを思い出す。この言葉から、門倉がどんなに子供を欲しがっているかをはっきり知ることになった。

仙吉は黙ったまま、門倉の「エアー・シップ」☆8から一本抜いて、火をつけた。長い間がある。門倉は子供の話だから返答に困っているのだろうと推測し、先回りして「駄目《だめ》か」と言った。仙吉は「――嬉《うれ》しいんだよ」と呟き、「恩賜の煙草でも喫《す》うような手つきで、エアシップの煙を吐いた」。〈恩賜の煙草〉という比喩からわかるように、彼は自分の子供を門倉に貰《もら》ってもらうことが、とても光栄なことに思えたのである。

「女だったら、よろこんで進呈する」という約束を仙吉から得たものの、門倉はたみが許してくれるのか心配だった。仙吉は勇んで、「『もと』は――俺だよ」と大見得を切った。この主張に無理があることは、さと子が例の『家庭大医典』(7)から「妊娠は精子と卵子の結合によってはじまります」という一節を思い浮かべることからも明らかである。仙吉には子供は自分のものという所有意識が強くあり、自分さえ了承すれば、譲り渡しに何の問題も生じないと考えていた。

戦前の日本では、子供を他家へ養子にやる例は決して珍しくなかった。よく知られた例として、夏目漱石は末っ子であったため、幼くして養子に出された。また伊藤整は十二人兄弟だったが、そのうち五人は病死し、七人が残った。それでも伊藤家では、七人全員の面倒をみきれないので、三人を親戚や知人に養子養女として出したそうである(8)。

養子縁組をする主な理由は、子沢山であったこと、また経済的に多くの子供を養えないことにあった。しかし水田家では、さと子は一粒種である。それに一人増えても生活に困るような家計でもなかった。他の人間からの申し出であれば、仙吉はきっぱり断ったであろう。無二の親友からの頼みだからこそ、彼は赤ん坊を〈よろこんで進呈する〉のである。二人は養子縁組の成立を祝い、夜遅くまで祝杯をあげていた。

夜半過ぎに帰ってきた仙吉を、たみが玄関で迎える。彼はよろつきながら、妻を抱きすくめ、自分の中折れ帽子を彼女の頭にのせた。たみは大声をあげる仙吉をなだめながら、茶の間に連れていく。入る際に、二人は足がもつれてつまずいてしまう。すぐさま仙吉が「気、つけてくれよ。大事な預りものに、万一のことがあると、申しわけが」と叫んだ。この台詞の〈大事な預りもの〉とは何であろうか。当時の通念では、家長を受け継ぎ、国のために兵士として戦う男の子を指していると考えられる。だが譲渡を口約束した仙吉にとって、たみの孕む〈預りもの〉とは、門倉の期待する女の子だったにちがいない。

腰を下ろした仙吉は、嬉しさのあまり笑いながら、「門倉の奴《やつ》、……生れた子が女だったら、呉《く》れとさ」と話し出す。さらにたたみかけて、「俺、約束してきたからな」と言い放った。彼は重要な事柄を妻と相談せず、言わば家長の権限で決めてしまった。ここで、仙吉がたみの頭に帽子をかぶせた意味がわかる。彼女につべこべ言わせないという彼の態度が、帽子の扱いに表れていたのである。

思いの外、たみは強硬に反対した。彼女は初め、仙吉の話を「冗談じゃありませんよ」とやわらかにはねつける。しかしそのすぐあと、同じ文意でありながら、「冗談じゃないわよ」とぞんざいな言い方に急変した。激しい怒りが言葉づかいからも感じられる。夫が驚いて、養子に出すのが嫌なのか尋ねると、妻は憤然として「当り前じゃないですか」と言い返した。

ところで小説において、向田はこの台詞の代わりに絶妙な所作で内面を表現している。玄関での帽子と呼応させ、たみは「仙吉のかぶせた中折れをとり、荒いしぐさで卓袱台に置いた[9]」。彼女は身振りによって夫の強引な提案を拒否したのである。仙吉はたみが断るとは思いもよらなかった。彼は「つぶれた中折れの山を直しながら」、妻が納得するような口説き文句を考えていた。

仙吉はまず門倉を絶賛する。地位があり、金もある、いい親戚がいて、弁も立つ、友達も多く、人にも好かれ、さらに背が高くて男っぷりはいいし、女にもてる。このように並べ立て、最後に「今度うまれたら、ああいう男になりたい。心底思うね」と言う。この賛辞は劣等感の裏返しである。仙吉は自分の卑小さをさらけ出すことで、親友の素晴らしさを称えた。その憧れの門倉が赤ん坊を欲しいと頼んできたのである。これは自分たち夫婦にとって、途方もない喜びではないのか、と妻を説いた。

ここまで言っても、たみからは何の反応もない。仙吉の説得はさらに続く。「あいつは、お前『買ってる』よ。あれだけ女にうるさい奴が、お前の言うことだけは聞くじゃないか」、と門倉がたみを高く評価していることを強調した。そして次に「奴は、俺とお前の子だから欲しいと言ってンだよ」の言葉がくる。この台詞はすんなりとは受け取れない。前文との兼ね合いで、〈俺とお前の子だから〉ではなく、〈お前の子だから〉と読めてしまうのである。

　たみは門倉の切実な思いを読み取っていた。自分と結ばれないのなら、せめて私の血を引く子供を大事に育てたいと願っている。門倉の真意を知るたみは仙吉に、「あなた、平気なの」と問い、すぐさま「あたし、嫌だわ」と自分の気持ちを述べている。そして最後に、低くはっきりした口調で、「断わって下さいな」とはねつけた。たみはこの件について、これ以上口にせず、夫にも言わせなかった。

　結論は述べたものの、たみはその理由をはっきりとは言わなかった。一般的にいって、男の理屈など、腹を痛めた女性には通用しない。十ヵ月以上も自分の胎内に宿した赤ん坊を、おいそれと他人に渡したりできない。彼女自身も後に、「育てられないならともかく、おなかいためた子、よそへはやれませんよ」と話している。

　しかしそれだけだろうか、もっと深い訳がありそうな気がする。門倉はあこがれるたみの赤ん坊だからほしい。だが彼女の方は門倉だからこそ渡したくない。たみもひそかに思いを寄せていたのはまちがいない。その女性としての気持ちを押し止めているのが、母親としての立場である。もし養子が成立すると、自分の子供が門倉のそばにいることになり、強く律していた女性と母親との境界が曖昧なものになってしまう。たみはこの歯止めがなくなってしまったら、二人の関係が済し崩し的に進むのではないかと恐れたのである。

　向田は『あ・うん』の企画書のなかで、わざわざ「二つの家の物語[10]」を書きたいと記している。

ドラマでは水田家と同様、門倉家も重要な舞台になる。ここでは後者の生活について若干触れたい。ただしシナリオより小説の方がコンパクトに、また上手に紹介しているので、それを参考にしながら記述する。

門倉の住まいは広尾にある。事業の拡張につれ、家屋はどんどん大きくなった。そのため贅沢な家具調度を入れても、「ガランとし」た印象を与えた。これは何も空間だけのことではなく、そこに住む人間が内面に懐く空虚さをも暗示している。門倉には豪勢な家が「他人のうちのように思えた」。それも当然のことである。家には「寝に帰るだけだから」、くつろいだり、妻と談笑することもほとんどなかった。当主にとって、この邸宅はいつまでたってもなじめない家だったのである。

門倉には五つ年上の妻君子がいる。軍隊から帰った後、彼は肺を患い、三年間サナトリウムにいた。そのとき親切に面倒をみてくれた看護師が君子で、彼は言わば白衣の天使と結婚したわけである。したがって二人は、水田家とは違い、恋愛結婚であった。だが残念なことに、彼らは子供を授からなかった。それが二人の間に溝をつくり、君子の負い目になったようである。

君子は道楽をする門倉に、小言ひとつ述べたことがない。彼がどんなに遅く帰宅しようと、寝着のまま迎えたりすることはなかった。このような君子を、向田は「気性のほうもよく出来た女」と形容しているが、そこには褒めるよりも皮肉ったニュアンスの方が強く感じられる。この微妙な意味合いは、夫の証言によって確かなものとなる。

門倉は酔いにまかせ、「君子のまわりから消毒液の匂いがする」と仙吉に話したことがあった。

病室の前に置かれた白いほうろうの洗面器が目に浮かび、アルコールの強烈な匂いが鼻につく。この〈消毒液の匂い〉は、そもそも門倉にとって、苦しい療養生活を献身的に支えてくれた君子を象徴した匂いだった。ところが今となっては、これが彼に気づまりな感情を引き起こさせた。彼女の清潔好きで几帳面な性格や、しっかりと家を守り貞淑な妻であろうとする姿勢にも、この匂いが付きまとっていたのである。

足をふらつかせながら、門倉は上機嫌で帰宅した。水田家で養子の話が頓挫していることを、彼はまだ知らない。出迎える君子に対し、「たまには、どこへ行ったのかぐらい聞けよ」と言う。まことに奇妙な催促である。夜遊びが当たり前になっているので、妻も夫の行った先をいちいち訊いたりしない。たとえ浮気だとわかっていても、おくびにも出さず、ひたすら穏やかな妻を演じてきた。それが今夜にかぎって、門倉の方から出先を打ち明けるというのである。

門倉は嬉しくて一刻も早くしゃべりたい。それなのに妻はとっさのことなので言葉が出てこない。じれた夫はひと呼吸おいて、「――子供、もらうことにした」とだけ告げた。すると君子は疑って、「もらうんじゃなくて、引き取るって、はっきりおっしゃったらどうなんです」と珍しく口答えする。親類縁者から〈もらう〉のでなく、女給などに産ませた子を〈引き取る〉のだと憶測した。

夫が強く否定したにもかかわらず、君子はさらに「――子供はあなたの子でしょ」と問い詰めた。門倉はこの台詞にギクッとする。たみへの思いを、妻に見抜かれたと思ったからである。彼は反射的に君子の顔を殴り、「人間にはな、口が裂けても言っちゃいけないことがあるんだぞ」

とどなりつけた。

しかし君子には何のことかわからない。門倉は「俺の子だなんて、とんでもないよ。そんな、俺は指一本触れたことないんだぞ。子供はあいつと奥さんの子供だよ」と具体的に述べた。この〈俺は指一本触れたことないんだぞ〉の表現から、図らずもたみへの献身的な愛が明らかになる。たみは彼によって、睦み合う存在ではなく、崇《あが》める対象にまで高められていたのである。

君子は水田家の子供と聞いてびっくりする。たみには十八歳になる娘がいるからである。頭が混乱して黙っていると、門倉は「お前が反対なら、俺ひとりでも育てるからな」と圧力をかけた。妻はすぐさま「誰が反対だなんて言いました」と言い返す。その言葉を待っていたかのように、夫の方は同意したと了解してしまった。

間接的に賛意を述べてしまった後、「君子、少し笑う。嫉妬《しっと》、哀《かな》しみ、怒り、さまざまなものを塗《ぬ》りこめた笑い」になった。向田は君子のどうにもやり場のない複雑な胸中を、単語をたたみかけることで巧みに表現する。一つの抽象的な言葉では、人物の錯綜した思いを丸ごと捉えることなどできない。最後に君子は、この幾つもの感情を、自嘲の笑いで〈塗りこめ〉てしまった[11]のである。

追い打ちをかけるように、門倉は「俺がよそに生ませた子供じゃなし、性《しょう》のわかったとこからもらうんだ。お前だってヤキモチのやきようがないよなあ」と念を押した。この台詞に悪意はないが、君子の心を一層傷つけたのは確かである。〈よそに生ませた子供〉の方が、彼女にとってはるかに気が楽である。門倉がたみに好意を持っていることを知っているだけに、彼女の子が家にいるようなことになると、君子は常に、〈嫉妬、哀しみ、怒り〉に苦しむことになるだろう。心の動揺を隠すように、君子はこの瞬間、くるりと門倉に背を向けた。いつものような落ち着きのある顔をつくれないからである。ちょうどその時、柱時計の時報を告げる音が大きく響く。さらに演出家の深町は、時を刻む秒針の音まで取り込み、君子の不安な心を表現したのである。門倉は妻の苦悩など、何も気づいていないかのようである。彼は「女が生れるように願かけでも何でもやってくれよ」と言い残し、「ダイナ[☆9]」を口ずさみながら奥へ入っていった。しばらくじっと座っていた君子は、気を取り直して刺繍を再開する。だがほんの数秒も経たぬうちに、針で指先を突いてしまった。

類似した情景は『阿修羅のごとく』の巻子にもあった。夫の浮気相手と思われる赤木から、娘の洋子がブローチをプレゼントされる。彼女は娘が台所へ入ったすきに、「ブローチの針ピンで手の甲を突く。プクッと血が盛り上[12]」がった。これは巻子が誤って突いたのではない。明らかに意図して、自分の〈手の甲〉に〈針ピン〉を刺したのである。この衝動は、赤木への嫉妬に起因しているのだろうか。いや、そうではない。彼女が娘にまで接近するのを見逃していた自分に罰を与えたのである。と同時に、巻子は手の甲に〈盛り上〉がった血を見ることで、赤木との戦いを明確に意識することになった。

君子の場合はどうであろうか。彼女が針で指先を突いたのは、おそらく故意ではないだろう。これからのことで頭がいっぱいになり、運針がおろそかになったためである。白い布には「ポツンと赤い玉のしみ」ができた。それにかまわず、君子は刺繍を続けていく。そこには彼女の強い決意なのである。

意志が感じられる。この先どんな困難があろうとも、君子はそれを自分の人生に縫い込んでいく

f・家出騒動

懐妊したたみが、あわてた様子で廊下を走っていく。初太郎が家出したらしい。この場面に、向田は極上のト書を挿入している。「雨戸の節穴から、光が筋になって入ってくる朝の廊下を、たみの素足が寝巻《ねまき》の裾《すそ》をはだけるようにして走る」。

木造家屋特有な薄明かりに、朝の光が〈雨戸の節穴〉から〈筋になって〉〈廊下〉に差していた。そのなかを〈たみの素足〉が駆けてゆく。〈寝巻の裾〉からは白い足がのぞいた。素足のたみには、ほんの一瞬、かすかな色気と楚々とした風情が感じられる。このような表現ができたのは、向田がいつも素足の生活をしていたことによるのだろう。この早朝の描写は、たった一文にもかかわらず、読者にさまざまな想像をかき立たせてくれる。

この素晴らしい描写がなされているのは、シナリオだけである。もっと自由に描けるはずの小説には見あたらない。その理由は不明であるが、逆に読まれることのほとんどないト書に、このような示唆に富む文章が書かれていたことに驚きを感じる。これは向田のシナリオが文学的に質の高いものであったことを裏付けている。

演出家の深町は、このト書の素晴らしさをよく知っていたはずである。廊下は確かに一枚紗をかけたような薄暗さである。彼はそこにたみの素足を走らせた。だが肝心の朝日が節穴から差し

込んでこない。曇った画面を斜めに切り裂く光のショットがない。向田が紙面に描いたような映像は、凄腕の深町をもってしても再現できなかったのだろうか。

たみが夫婦の部屋に飛び込んできた。寝ている仙吉を揺り起こし、初太郎が家のどこにもいないと告げる。夫は少し驚いた様子であったが、わざと冷たく、「毎度のことだ。ほっとけ」と言うなり、また布団にもぐり込んだ。

けれどもたみには気がかりなことがあった。昨日、引っ越しの荷物が届いたとき、門倉の小使いはまめまめしく働いているのに、初太郎が何も手伝わないので、つい小言をいった。よく聞こえるような大声で、「男手のないときに限って荷がつくんだから――」と皮肉ったのである。それでも老人は聞こえないのか、庭の植木を見つめ、根方に巻きついたつるを取り除いていた。たみは自分の当て擦《こす》りで居づらくなったのではないか、はたまた庭木を見て、例の「病気」が起こったのではないかと心配したのである。

気をもむたみに引っ張られて、仙吉は初太郎の部屋へ入る。布団の上には寝巻がきちんとたたんであった。布団の中に手を突っ込むと、まだぬくもりが残っている。そこにさと子が「おじいちゃん、また家出？」と言いながら入ってきた。これ幸いと、仙吉は娘を最寄りの駅まで走らせることにする。初太郎が始発の電車を待っているかもしれないと考えたからである。

向田家でも、このような家出騒動[13]があったのだろう。もっとも騒ぎを起こすのは祖父ではなく、祖母であった。祖母きんは未婚の母で、父親の違う二人の男の子を産み、その長男が邦子の父敏雄である。きんは敏雄に扶養されるようになってからも、ぷいと家を飛び出すことがあったらしい。彼女は働き者であったが、自分の気持ちに正直で、一度思い込むとそれを抑えることができなかった。後先の考えもなく行動し、幾重もの苦労を背負い込むことになったのである。

向田が『あ・うん』のなかに、祖母を登場させなかった理由は、『父の詫び状』の二の舞を避けたかったからである。きんに近い人物がドラマに出ていたなら、弟や妹からまた猛反撥を食らったであろう。だが作者は『あ・うん』を、どうしても自伝を加味した作品にしたかった。それには被扶養者の存在と親子の確執を欠かすわけにはいかない。そこでこの役割を果たす人物として、祖父を登場させたのである。

以前、向田はエッセイに、「私自身のホームドラマには、祖父は、欠落して、姿を見せない[14]」と書いていた。しかし（早すぎる）晩年になると、祖父役で悩むことはなくなった。黒澤映画で名を馳せた志村喬を指名できたからである。志村は期待にたがわず、『冬の運動会』の健吉や、『家族熱』の重光で、難しい老人役を上手に演じてくれた。

この二作品において志村の演じた老人は、老いの哀しみを味わいながらも、まだ生活のなかに楽しみを求めている。健吉は若い女性を囲い、重光は老いらくの恋に夢中になった。彼らは家族には内緒で、艶《つや》のある老後を送っていたのである。

向田は『あ・うん』で、この二人とは異なる老人を登場させる。それは老人像にバラエティーを持たせるためだけではない。向田家への配慮から、初太郎を祖母きんとは正反対の人物にしたかったのである。確かに初太郎は色恋沙汰とは無縁で、ストイックな生活を送っている。

初太郎という人物像に、大いに貢献したのが志村喬だった。向田は以前から知っていた志村を、昭和五一（一九七六）年の夏、彼のファンであった澤地久枝と植田いつ子に紹介する。これがきっかけで、彼は女性三人と親しくお付き合いをするようになり、彼女たちを「花の応援団[15]」と呼んでいた。

向田は志村と誼《よしみ》を得たことで、俳優としてだけでなく、彼の平素の姿をも知ることができた。彼女はこの素顔の志村に確かな手ごたえを感じたのだろう。初太郎像には小細工などせず、志村の人となりをそのまま借用させてもらおうと考える。これは俳優の持つ人間としての魅力に触発され、作家が登場人物を造形した典型的な例である。

向田はなぜ初太郎の職業を山師にしたのだろうか。その要因を考えてみる。彼女はエッセイ「楠」のなかで、「私の書くものには、滅多に木が出てこない[16]」と書いている。それは父親の仕事と関係がある。生まれたときから社宅生活で、ものの三年もすれば転勤しなければならない。庭に植木があっても、それは会社のものであって、自分たちの木ではない。このような環境にあった彼女は、木への愛着も、また育てる喜びも持てなかった。そして向田家の暗黙の了解として、すぐに引っ越しをするのだから、庭木を新たに入れないことになっていた。

しかし前述した鹿児島の同窓会で、向田は級友が子供の生まれるたびに、恩師に植樹をしてもらい、その木々が今では大木になっていることを聞く。そのとき彼女は、涙がこぼれそうなほど自分を憐れみ、それと同時に、自分にはないものをはっきりと知ることになった。

また『わが愛の城』のシナリオ・ハンティングに諫早へ行った時も、向田は同様な心境に陥った。高城跡にそびえ立つ大楠は、とてつもなく大きくて迫力があった。にもかかわらず、あたたかく包み込んでくれる優しさも持っていた。この巨木から、彼女は「抱きついて泣く木を持つこともなく過ぎた人間にとって、妬ましくなるほど[17]」のやすらぎを得たのである。

向田は今まで木と無縁であった自分の人生を悔いるかのように、初太郎を樹木と深くかかわる人物にする。彼は老山師で、「木を見るとき葛桜《くずざくら》のような」目が別人のように輝いた。根元につるが巻きついていると、生育を妨げないように必ず取ってやった。このような樹木への愛着は、向田家の当主敏雄や、彼から造形された仙吉には全く理解できぬ性向だったにちがいない。

両者は生業にも大きな相違があった。仙吉は会社員のため、数年ごとに転勤しなければならない。その代わり、移るたびに地位や給料が少しずつ上がった。一方、初太郎は杉や檜の生長をじっくり見すえての仕事である。しかも誰にも拘束されることがない。だがひとたび目算が狂うと、身を持ち崩すようなことが起こる。彼もそのような辛酸をなめた一人であった。このように対極の人生を歩んできた二人が、一つ屋根の下に住むことで、作家の願う適度な緊張感がかもし出されることになった。

ここでドラマに戻ることにする。この家出騒動のさなかに、よく出来た「コメディー・リリーフ」が顔を見せる。リリーフとは息抜きの意味を持ち、緊迫した場面にちょっとした喜劇的要素を挿入することで、過度の緊張感を緩和する働きがある。

布団のぬくもりから、仙吉は初太郎がそう遠くまで行っていないと判断する。たみが「一番電車、まだじゃないの」と言うと、仙吉は「何時だ、上りは」とすかさず訊く。引っ越しをしてからまだ間がなく、舅の家出など思いもよらなかったので、たみは返答につまる。あわてた彼女は自分に非があるかのように、「あ、しらべてない」と答えてしまった。さらに今度は過失を帳消しにしようと、「あたし、ひとっ走り駅まで」と言い出す始末である。この時たみは、自分が身重であることを忘れていた。

そこで仙吉は娘のさと子に行かせようとする。すると彼女は、「信玄袋とお金、持ち出してるかどうか、調べてからでいいじゃない」と、もっともらしい意見を言う。しかし母親が行くのを急かせると、「ひとりでいくの？」とつい本音をもらした。さと子は自分だけで祖父を説得するなど、とてもできないと思っていたのである。

電車が出てしまうことを恐れて、たみは「一円上げるから――」と駄賃で釣ろうとする。それを聞いた仙吉は、すかさず五十銭で十分だと値引きした。一刻を争う場面で、とんだ交渉ごとである。母親の「あとでお父さん、追っかけさせるから」というひと言で、さと子はやっと走り出した。だが門をあけて、アッと声をあげる。当の家出人は庭でのんびりと焚火をしていたのである。

さと子の声を聞き、仙吉とたみは急いで庭へ出る。初太郎は淡々とした様子で、運送の際に使った木枠や縄を燃やしていた。仙吉はそれを見て怒りが込み上げてきたけれど、その場では何も言わない。それが木戸口を出たとたん、「朝っぱらから、焚火をするこたアないだろう。人騒がせな真似《まね》するなって言えよ」と大声で叫んだ。面と向かって言えなかった分、怒りが倍増し、馬鹿でかい声になったのである。その後、彼は玄関の格子戸をピシャンと閉め、中へ入ってしまう。初太郎の方も、息子に背中を向けたまま、身じろぎもしなかった。

引用した仙吉の台詞は、しごく真っ当な言い分である。ただ最後の〈言えよ〉に、誰もが奇異を感じるだろう。彼は初太郎への文句や苦情を、本人に直接言わず、たみを介して伝えようとする。しかし彼女はこのぎくしゃくした関係に首を突っ込みたくないので、「『おやこ』でしょ、自分で言って下さいよ」ときっぱりはねつけた。

似たような状況は『冬の運動会』にもあった。父親の健吉が夜中に外出して戻ってこない。当主の遼介は妻あや子に、彼女の落ち度であるかの如く、行き先ぐらい聞いておきなさいとなじった。それに対し、あや子は「ジカに聞けばいいでしょ。『おやこ』じゃないの[18]」と辛辣な言葉を浴びせる。どちらの作品でも、父親と息子の間に会話がなく、嫁がパイプ役を務めていた。本来最も親密であるべき親子が反撥しあっている。向田はわざわざ「おやこ」と鉤括弧つきの平仮名にすることで、言葉を強調し、間に立つ女性の苦悩をにじませている。

寝室へ戻った仙吉は、布団に腹ばいになり、タバコを吸っている。そこへたみが受け取ったばかりの新聞を持って入ってきた。彼女を待っていたかのように、仙吉の罵倒が再開する。「おい、焚火するんならな、山の地図や地下足袋《じかたび》や、信玄袋、燃せって、そう言え！」。ここでも〈そう言え！〉と述べており、父親への文句は妻任せである。

たみは仙吉の気を静めようと、舅はもう山師などしないと述べる。足腰だって弱くなっているし、それに「第一、お金がなきゃ動きとれないでしょ」と説得した。しかし逆に、この言葉が火に油を注ぐことになり、夫は「持ち出されないように、気、つけろ」と、いっそう大声で言い出す始末である。たみはあきれて、「『おやこ』で――やあねえ」[19]と〈おやこ〉を再び持ち出した。さらに作者は、ここでさりげなく、初太郎の盗みをほのめかしている。

仙吉の怒りはまだ続く。最も借りそうな相手である門倉にも、初太郎にだけは金を貸さないでくれ、と念を押したことを妻に話して聞かせた。このことも、後に発覚する「借用証」の伏線になっている。仙吉は手元にある新聞をちらっと見て、昔じいさんが取り引きした山で首吊りなどして新聞ダネにでもなってみろ、笑われるのは俺だからとまで言い放った。

仙吉は初太郎の悪口を、さんざん並べ立てた。仮定とはいえ、父親の死まで口にしている。彼にそれが出来たのも、雨戸という遮蔽物があったからだろう。種を明かすかのように、「たみ、黙って雨戸を一枚繰る」。そのとたん、仙吉はあわてて口をつぐんでしまう。聞こえたのか聞こえなかったのか判然としないが、庭では初太郎が座敷に背を向け[20]、黙々と焚火をしていた。

第三章　たみの流産

a．カフェの女給　禮子

割烹着[☆1]姿のたみが井戸端で、たらいに洗濯板をもたせかけ、洗い物をしている。映像では、当時の一戸建ての家を模して、手漕《こ》ぎポンプで汲み上げる井戸を庭に設《しつら》えていた。

そこへ、木戸から狐の襟巻をした洋装の禮子が入ってくる。緑色の（映像では赤色）ハイヒールをはき、唇には真っ赤な紅をさしていた。その装いから、彼女が水商売の女性だとすぐにわかる。しかもできる限りの盛装をして、敵陣へ乗り込んできた様子が見て取れる。まず服装で相手を威圧しようとする魂胆なのだろう。確かに割烹着のたみと派手な格好の禮子とは対照的であった。

禮子は庭へ入るなり、たみに向かって、水田の奥さんかとぶっきらぼうに尋ねる。彼女がうなずくと、若い女は一気にまくし立てた。初対面にもかかわらず、たみのことをよく知っている。「差し出がましい真似《まね》、しないで下さいよ」と先制パンチを食わせ、「男と女のことに、クチバシはさまないでもらいたいわね」とたたみかけた。

〈男と女のこと〉とは家庭の外の、夜の遊びのことをいう。その世界は自分たちの領域であって、素人にとやかく言われたくないと声高に非難したのである。そして「あんたのおかげで、あの人切れてくれっていうのよ」とひどく腹を立てる。それでもたみは、「あの人……」と言ったきりで、事情がよくのみこめない。〈あの人〉が夫だとは思えないし、誰だか見当もつかない。

　禮子はいらつきながら、さらに話を続ける。「水田の細君に子供が出来て、それ、もらうことにしたから切れてくれっていうのよ。父親になる男が身持ちが悪くちゃ申しわけないから、これからは、キレイに生きたい」。ここまでの説明で、たみも、また視聴者もやっと納得がいく。仙吉は赤ん坊を譲る話が駄目になったことを、まだ門倉に伝えていなかったらしい。安請合《やすうけあ》いをしてしまったので、親友になかなか言い出せなかった。それを知らない門倉は、準備をどんどん進めていたのである。

　それにしても、門倉が禮子との関係を断つ理由に驚かされる。これまで毎晩のように遊び歩いていた男が、これを機に〈身持ち〉をよくし、〈キレイに生きたい〉と宣言した。これはたみの子供をもらうからだろう。この別れの口実に対し、禮子は「チャンチャラおかしい」と言い、さらに「カンジンより[☆2]」をたとえに持ち出して、「そう簡単に切れますかよ」と居直っている。門倉と彼女は単なる客と女給という間柄ではなさそうである。

　禮子は目黒駅前にある「バタビア」というカフェで働いている。カフェといえば、今日の私たちは通常の喫茶店を思い浮かべる。しかし当時は、喫茶店からキャバレーまでを含めて、カフェと呼んでいた。『あ・うん』にも二種類のカフェが登場する。ドラマの後半に、さと子が恋人と

二、三度利用する店は、コーヒーを飲ませるカフェである。禮子のいるカフェは、客に酒を出して、女性が給仕するカフェであった。向田は混乱を避けるため、前者を喫茶店、後者をカフェと表記し、区別している。

向田はカフェ「バタビア」について、シナリオと小説では異なった側面を描写している。シナリオでは、口あけなので門倉の他に客がいなかったけれど、もう営業を始めていた。ボックス席に、彼を囲んで五、六人の女給が座っている。映像の彼女たちは華やかな洋装である。だがなかには着物姿で白いエプロン[☆3]をつけた女性もいた。門倉の隣には、当然といった様子で、禮子がはべっていた。座を盛り上げようと、女給たちは当時はやっていた歌謡曲「二人は若い[☆4]」を歌い出す。この曲はデュエットで歌うラブソングなので、「バタビア」のような店には打ってつけであった。

この曲の途中で、女性が「あなた」と歌えば、男性は「なんだい」と答えることになっている。ところが門倉は、たみのことを思い浮かべていて、禮子の呼びかけに上の空であった。彼女はいきなり男の手をつねり、「誰のこと、考えてたのよオ」と問い詰める。門倉はとっさに、聖徳太子、百円札だよと言い逃れをした。

禮子は門倉に女がいると直感する。そこで白状させようと、彼の腕を何度も叩き始めた。周りの女性たちは、痴話喧嘩を見るなんてまっぴらといった様子である。年輩の梅子が、「こわれたラジオじゃあるまいし、叩いたって音は出ないって」と口をはさみ、何とかやめさせた。この女給のおかげで、門倉は難を逃れる。とその時、ラジオをまだ買っていなかったことに気づき、彼は急いで店をあとにした。

今度は小説で描かれたカフェの様子をのぞいてみる。ここでの「バタビア」はまだ開店前なので、女給たちは客の門倉をほったらかしにしている。彼女たちは眉をひいて化粧をしたり、支那そばをすするのに余念がない。この店はもともと［畳屋だったというはなし］で、夜は電飾や色ガラスで［せいぜい妖《あや》しげに見せているが、昼間は地金を見せ］、くすんだ、悪く言えば貧相な店内であった。けれども門倉は、逆にこの寝ぼけたような［気のおけなさ］が好きだった。

子供の頃、向田はカフェの昼間の様子を見聞きしたのではないだろうか。彼女は一年生の二学期から三年生の二学期まで、目黒区立油面《あぶらめん》尋常小学校に通っている。その学校の行き帰りに、近所のカフェの前を必ず通らなければならなかった。それは住宅地から本通りへ向かう道の途中にあって、夜の店としては「素人《しろうと》くさいものだった(1)」。それでも並びの店とは別な雰囲気を漂わせていた。

向田はカフェの中に、「千夜一夜物語」のような世界があるものと思っていた。だが閉ざされたドアの前には、泥よけマットと並んで、歯のちびった下駄が干してあったのでがっかりする。それでも店内は違うだろうと、彼女は想像をふくらませた。一度だけドアが開いていたので、のぞく機会があった。中は背もたれのあるベンチばかりが目につき、「真昼間のせいか期待に反して妙に殺風景に見えた(2)」。

小学生の頃に見たカフェが、そのままカフェ「バタビア」というわけではない。しかし筆者は、目黒の〈素人くさい〉店が、以前〈畳屋〉だったカフェではないかと推測する。昔の業種が〈畳屋〉と特定されていることに、妙にリアリティーがあるような気がしたからである。しかも向田はその後ろを、〈～だったというはなし〉と続けている。低学年の生徒が転業の事情など詳しく知るわけがない。彼女は近所の噂話を聞きつけ、それをずっと記憶していたのだろう。

ところで店名「バタビア」は、実在した店から採ったものではなく、おそらく向田がドラマのために考えた名前だと思われる。インドネシアの首都ジャカルタは、オランダ領時代、バタビアと呼ばれていた。彼女はこの旧称を、昭和十年代の世相を反映する言葉として選んだのではないか。

当時の日本は大陸での戦争が長引き、手詰まり状態だった。この難局を乗り切る方策として、南方海洋に進出する、いわゆる「南進政策」がしきりと口にのぼるようになった。その象徴的な地名がバタビアである。『続あ・うん』では、仙吉がその地の支店長になる話が持ち上がる。「バタビア」は当時の社会状況を反映した巧みなネーミングだったのである。

門倉が女給たちの身支度をぼんやり見ていると、いきなり「あったかい塊[3]が隣りに飛んできてぶつかった」。禮子が勢いよく体をぶっつけてきて、彼の横に座ったのである。そしてすぐさま吸いかけのタバコを取り上げ、自分の口にくわえた。接客にしては、あまりになれなれしい大胆な振る舞いである。

その事情は昨年のクリスマス・イヴの晩に起因する。門倉はその日、カフェ「バタビア」を借り切って散財した。そして閉店後に禮子を連れ出して、ねんごろな関係になってしまったのである。これ以来、門倉は禮子の客となり、もっぱら彼女が相手をするようになった。

山本夏彦(4)によると、カフェの女給は若くて人並みの器量であれば、誰でも勤まったらしい。芸者のように芸を覚える必要もなかった。以前は女中だった娘が、その日のうちに働けたのである。その代わり、女給は給金がもらえず、チップだけが頼りだった。そこで客にしきりに飲食をすすめ、自分たちも勝手に飲み食いをする。後で店から、割り戻してもらえたからである。女給のなかには、この不安定な収入を補うため、禮子のように特定の客と誼を結ぶ女もいたのである。

禮子はハンドバックから百円札の束を取り出すやいなや、腹立ちまぎれに放り投げた。これまでの関係を金で解消しようとする門倉に憤慨し、さらに素人女に出し抜かれてしまった自分に対しても我慢がならない。しかもたみと情を交わしたわけでなく、単に赤ん坊を譲り受けるというだけで、自分と門倉の関係が切れてしまうことに、どうしても納得がいかなかった。

ところがたみは何も言い返さない。それどころか、たらいに落ちた百円札を急いで拾おうとし、はずみで転んでしまう。膝をすりむき、たらいの角で下腹をしたたかに打ってしまった。禮子はうめいている彼女をあわてて抱き起こす。たみは痛みをこらえながら、濡れた札を早く拾い上げるようにと促した。訪問者はこのやり取りで、いらいらした気分が少し晴れたようである。

百円札を乾かそうと、たみは禮子と一緒に、濡れた札(5)の上に碁石を一つずつのせた。そして冷静になった彼女を見て、そんなに悪い人じゃないと感じる。たみは誤解を解きたい気持ちもあって、お茶を入れるので座敷へ上がるように勧める。しかし禮子はかたくなに拒み、縁側にお尻を半分ほどのせた。お札が乾くまでの間、二人は初対面とは思えないほど、打ち解けて話をすることができた。

　たみは「育てられないんならともかく、おなかいためた子、よそへはやれませんよ」と言って、赤ん坊の譲渡を否定する。さらに、主人に断ってくださいと言っておいたのに、とも付け加えた。ここまでの話を聞いて、禮子は仙吉が門倉になかなか本当のことを言い出せなかったのだと推測する。門倉から、二人が無二の親友であることを聞かされていたからである。

　心配事が解消すると、禮子は急に口がなめらかになった。店で門倉がたみのことを話すとき、「男の子が大事にしてるアメ玉、口の中で転がすみたいに言ってるわ」と形容する。〈アメ玉〉とは大切な人、たみのことを指し、彼女を〈口の中で転がす〉ように愛《いつく》しんでいると言ったわけである。この〈アメ玉、口の中で転がす〉は、向田にとって最高の愛情表現であった。

　ここでは単に比喩として、禮子が〈アメ玉〉を用いたにすぎない。だが『冬の運動会』では、惹かれあった二人が愛を確認する場面で、〈アメ玉〉による愛撫が演じられた。菊男と日出子は、「口の中のアメ玉をあっちへやったりこっちへやったりしながら、ガラス戸越しに向いあって立っている(6)」。二人の間には〈ガラス戸〉があり、口には大きな〈アメ玉〉を頬張っているので、話すことができない。けれども愛情には、語らずに思いを伝える方が、語ることよりも大きな力を持つときがある。

　『あ・うん』の「弥次郎兵衛《やじろべえ》」にも、〈アメ玉〉が上手に使われた箇所があった。逢い引きをしていたとして、さと子が仙吉に頬を殴られた後の場面である。すっかりしょげて上がり框《かまち》☆5に腰かけていると、初太郎が軽く彼女の頭を小突き、袂《たもと》からチリガミにくるんだ大きなアメ玉を取り出した。さと子はそれを口に入れると、「大きく頬をふくらませ、右、左とやっているうちに、わけのわからない涙があふれて」きた。

〈わけのわからない涙〉とは、人を愛することを父親に理解してもらえない悔し涙なのだろうか。あるいは、祖父が自分にそっと寄り添ってくれた嬉し涙なのだろうか。いずれにしろ、さと子の心の内はわからない。ただ彼女が〈大きく頬をふくらませ、右、左とやっている〉アメ玉が、初太郎の慈愛を象徴していることは確かである。

乾いた百円札の束を、どちらが返すかで、たみと禮子はまた押し問答になる。ただし今度は大事には至らずに済んだ。そもそも、金銭を受け取った者が返すというのが道理である。第三者が返却するのでは筋が通らない。そんな理屈がわかったのか、禮子はほどほどの所で引き下がった。門倉との関係が今後も維持できるならば、彼女にとっては万々歳である。他の事柄など、もともと些細なことであった。

門倉が禮子の非礼を詫びにすっ飛んできた。たみが膝小僧にけがをしたと聞いたからである。しかし肝心の下腹部の強打には何も触れていない。禮子は二度目の口論のとき、たみが膝をすりむいたのを知るけれど、下腹部の異変は外見からではわからず、門倉に話さなかった。これはまた向田の得意な手法の一つでもある。大きな事件が予定されているときは、できるだけ情報量を減らし、満を持して一気に事を起こすのである。情報が限られているときほど、ドラマの人物も視聴者も大いに驚くことになる。

門倉がしきりに謝るので、たみは「今度の人悪くなさそうじゃないの」、と禮子を持ち上げた。そこで彼は「気は強いけどね」と少しくさす。それを聞いた仙吉が、「気が弱くちゃ、職業婦人として、やってゆけないだろ」とかばった。この三者の掛け合いが実になめらかで、テレビの前に座る者も愉快になってくる。

ところで小説のたみは、〈職業婦人〉という言葉に引っ掛かりを覚えたようである。［カフェの女給も職業婦人というのかと、たみは少し笑った］と書かれている。もちろん禮子を侮蔑しているのではない。彼女の思い描く〈職業婦人〉像は全く別種のものである。女給と同じ洋装ではあるが、社会の新しい領域で活躍している女性をイメージしていたのである。例えば教師、銀行員、電話交換手、タイピスト、デパートの店員、バスの乗務員などであろう。

門倉は禮子からたみの意向を聞いてはいたが、どうしてもあきらめきれず、赤ん坊の話を蒸し返した。もっとも彼がたみを前にして懇願するのは、今夜が初めてであった。〈『もと』は俺〉と大口をたたいた夫よりも、腹を痛める本人に心をこめて願うべきだったと反省している。あわてたのは仙吉である。彼は過日交わした門倉との約束を果たさなかったばかりか、その結果を報告していなかった。この場を何とか取りつくろうとして、仙吉は「あとで二人だけで」と目くばせをした。

それを見たたみは、男たちの行動を封じるように、「門倉さん、それだけは勘弁《かんべん》して下さいな」とはっきり断った。短い婉曲な表現であっても、そこには彼女の強い意志が感じられる。それでも門倉は懸命に説得する。そして今の自分が持つ最大の切り札を出してくる。「奥さん――

大事に育てますよ、どんなことをしても一生、不自由は」と、ここまでは控えめに話している。だが言うべきかどうか迷った言葉をどうしても口に出してみたくなった。そしてついに「いや、贅沢三昧《ぜいたくざんまい》――」と言ってしまった。

この文言が仇となる。たみはすぐさま、「それが困るんですよ。苗字《みょうじ》がかわったって、姉妹には変りはないわけでしょ。同じ姉妹でデコボコがあっちゃ」と言った。同じ腹から生まれた姉妹なのに、姓のちがいで格差が生じるのは困ると述べている。これに似た考えが、『阿修羅のごとく』にもあった。羽振りのよい咲子が、巻子の家で子供たちに気前よくお小遣いを与える。それを見て、巻子は「きょうだいや親戚《しんせき》は、平均てことがあるのよ」とたしなめ、お金を返させた。

それでも門倉はまだ断念できず、「デコボコがまずいんなら、同じにしますよ」と言い、たみに何度も哀願のまなざしを向けた。ところがいきなり、交渉ごとは御破算になる。彼女の身体が急変し、それどころではなくなった。たみは額に脂汗をかき、お腹を押さえながら、急にうずくまってしまう。そして二人に、すぐこの部屋から出ていくように険しい声で言った。

リンゴの入った紙袋をかかえて、さと子は玄関の戸を開けた。門倉が来ているのに「水菓子[☆6]」を切らしていたので、たみが使いに出したのである。もちろんこの時、彼女はまだ床に伏していなかった。さと子は母親に指示された八百屋へ行ったけれど、その店は早じまいをしていた。仕方なく表通りの青物屋まで行かなければならなかった。だがそのおかげでビッグニュースを聞き、それを皆に知らせようと、急いで家へ帰ってきたのである。

さと子は入るなり、「ねえ、聞いた？　忠犬ハチ公、死んだのよ！」と叫んだ。ハチ公は昭和一〇（一九三五）年三月八日早朝、十三歳で息絶えた。この老いた秋田犬は、主人の恩を忘れない犬として国民的アイドルとなり、前年には渋谷駅頭に銅像が立った。容態の悪化が伝えられるようになると、マスコミがハチの動静を報道するようにもなっていた。

忠犬ハチ公の死は、国民に大きな反響を呼ぶことになるが、『あ・うん』を研究する者には、引っ越し日を推定する手掛かりを与えてくれることになった。向田は玄関脇の木蓮を上手に使って、春の推移を表現している。水田家の人々が新居へ移ったとき、さと子は木蓮が二つ三つ蕾をつけているのを目にした。そして彼女がリンゴを買って帰ってきたときには、その木蓮の蕾が割れ、［暗紫色のはなびらが一枚垂れてい］た。日ごとに春らしくなってきたのである。

向田は小説において、時の移りゆくさまを丁寧に描いた。さらにそのなかに、ハチ公の死という国民的関心事を挿入する。〈暗紫色のはなびらが一枚垂れてい〉るの後に、作者はそれが［犬の舌に見えた］と書き、話を老犬の死へ持っていく。〈はなびら〉を〈犬の舌〉にたとえるとは大胆な発想ではあるが、向田文学ではそれほど珍しいことではない。ここで問題となるのは、忠犬ハチ公の最期という歴史的事実である。

向田は胎児の死とハチ公の死を、パラレルに示したかったのだろう。水田家の悲嘆と国民の哀傷が二重写しになることを願ったのである。これによって、引っ越し日をかなり絞り込むことができる。たみの流産は、忠犬ハチ公が死んだ日、つまり三月八日の夜である。したがって引っ越しは、八日より前となり、しかも門倉のカフェでの夢想から、三日の雛祭り以降であると判明する。

新居の準備を終え、カフェで一服していたとき、門倉は雛人形が飾れなかったことをとても残念に思った。仙吉たちの上京がもう十日も早ければ、豪華な飾りつけが出来たからである。無人の客間に雛壇や緋毛氈《ひもうせん》があるのを見て、水田家の人々がびっくりして喜ぶ様子を思い描くと、いっそう未練が残った。

以上の描写から、水田家の引っ越し日は、三月四日から七日までの可能性が高い。しかし実際には、この期間に思わぬ出来事が次々と起こった。もう一度、たみの流産までに生じた事件を検証してみる。それにより、引っ越し日を特定することが出来るかもしれない。

引っ越しの夜、たみの懐妊がわかる。祝杯をあげていた屋台で、門倉が女の赤ん坊なら譲ってくれと頼み、仙吉はそれを快諾した。二日目の夜、門倉は禮子に、子供をもらうから別れてくれと、手切れ金を渡した。三日目の朝、禮子が水田家へ押しかけ、札束をばらまく。たみはそれを拾おうとして下腹を強く打ってしまう。その夜、禮子は門倉に金を返し、たみのけがを伝えた。四日目の夜、禮子の無作法を詫びにきた門倉は、たみの流産を見届けることになってしまった。

筆者の計算では、引っ越しの日から流産までに四日が経過している。流産の日はハチ公の死と同じ三月八日であるから、逆算していくと、三月五日が引っ越しの日となる。これ以外の仮説として、例えば三日目の夜、禮子から事情を聞いた門倉が、その日のうちに水田家へ謝りに駆けつけたと推定した場合、どうであろうか。だがそうすると、駆け込んだ日が三月七日になってしまい、彼はたみの流産に立ち会わなかったことになってしまう。それにこの数日間は、時間があまりにタイトである。一日のうちに幾つもの出来事が起こるのは、不自然に感じられる。時間的なゆとりが必要であろう。これらのことを考慮して、水田家の引っ越しを三月五日とした。

b．たみと「こま犬」

さと子は玄関で、見慣れない靴が二足あることに気づき、上り框に座っている初太郎に尋ねた。老人は医者と看護婦だと答え、さらに「子供は、流れたらしいな」と付け加えた。これを聞いて孫娘は、ハチ公の死で皆を驚かそうという魂胆など、すっかり失せてしまった。

医者と看護婦を送り出し、さと子が玄関の戸を閉めていると、だしぬけに男の号泣が聞こえてきた。門倉が［縁側の障子の外で］大声を上げ、泣いているのである。仙吉は少し離れた位置にじっと座っている。二人は［同じ姿勢で、膝を抱き、暗い夜の庭を見ていた］。

初太郎はこの様子を見て、「『こま犬』だな」とつぶやいた。〈こま犬〉とは、神社の鳥居や社殿の前に置かれている、獅子に似た一対の石造りの獣像のことをいう。門倉と仙吉は〈同じ姿勢で、膝を抱き（映像では、深町の指示で二人とも正座）、暗い夜の庭を〉凝視していた。〈こま犬〉は似たような格好をしているが、一頭は口を開いて「阿《あ》」、他の一頭は口を閉じて「吽《うん》」という口の形をしている。同様に、門倉は口を大きく開いてオイオイと泣き、仙吉は真一文字に口を結んで悲しみに耐えていた。

向田は門倉と仙吉が正反対の性格であるのに、いつも同じ行動をとることから、神社の石像を思い浮かべたのだろう。二人はこま犬のように常に一対であり、離れようにも離れられない。そ

してこま犬が内陣に安置された御神体を魔物から護《まも》るように、彼らは〈縁側の障子〉の内にお

られる自分たちの女神を大切に庇護しているのである。(7)

このあと、教育勅語の一節が語られることになる。ただしシナリオと小説では、語る人物が違っており、内容も若干の相違がある。前者の場合、さと子がたみ、仙吉、門倉の微妙な関係をおぼろげに察知して、「門倉のおじさんて」と言いかける。その口を封じるように、初太郎はまず「『夫婦相和シ』」と述べ、次に「『朋友《ほうゆう》相信ジ』」と続けた。彼は三人の気持ちをよく知り、またそれぞれの関係や立場もわかっていた。だがそれを孫娘にあからさまに言うのでなく、勅語の一節を用いて、社会常識的なレベルにまで薄めて語っている。

初太郎のような人物がいることで、作者は水田家の出来事を客観的に、また批判的に描くことが可能となった。彼は見聞しながら、その渦中にいない分、冷静な判断を下すことができた。それは何もたみの妊娠だけではない。門倉の手厚い歓待ぶりや、息子夫婦との会話や所作から、彼ら三人が特殊な関係にあることにも気づいていた。しかし初太郎は、そのことを自分の胸の内に納め、決して誰にも言わなかった。

向田はシナリオでは、傍観者としての初太郎に発言させているが、小説ではさと子に、思い出として語らせている。〈こま犬〉の譬《たと》えから、［不意にさと子は、教育勅語の一節を思い出した］と続く。けれども話の流れとしては、初太郎が言い出す方が自然である。作者もそれがよくわかっていたので、わざわざ〈不意に〉という副詞を挿入したのである。

教育勅語について、向田には鮮明な記憶があった。祝日のたびに、小学生は登校し、儀式に臨

まなければならなかった。白い手袋をはめた校長が、桐箱から教育勅語を取り出し、おもむろに読み始める。その間、学童は頭を下げたまま聞くのである。これは楽しいというより、緊張した思い出として残っていたのだろう。

国民教育の基礎として、教育勅語は徐々に神聖化されていく。向田が小学校の高学年になった頃には、生徒は勅語を暗誦するように求められた。その名残であろうか、『阿修羅のごとく』の綱子は「兄弟《ケイテイ》ニ友《ユウ》ニ夫婦相和シ朋友相信ジ」と諳《そら》んじ、その後を巻子も続けようとした。(8)

巻子と綱子は、鷹男に「修身が好きだね」、「ねえさんも古いね」とちゃかされる。だが二人にとって、子供の頃に覚えた教育勅語、特に中段に示された身近な徳目は、折に触れて口にする大切な教えだった。向田も彼女たちと同様の教育を受けていた。その体験を、さと子の思い出として、自伝的な要素を加味した『あ・うん』に盛り込みたかったのである。

流産に立ち会った門倉と仙吉は、それぞれの流儀で嘆き悲しんだ。彼らに対して、当のたみはどうしていたのだろうか。彼女については驚くほど簡潔な描写しかない。シナリオのト書には、「天井を見たままのたみ。その目尻《めじり》から涙が流れている」とだけある。流産した本人が最も辛いにもかかわらず、取り乱した様子もなく、現実をそのまま受け入れていた。

小説では、［横になっているたみの目尻から、急ぎ足で涙が落ちた］と書かれている。〈急ぎ足で涙が落ちた〉の件は、門倉の号泣に促されて、たみが泣いたかのようである。もちろん、先ほどまで宿していた命あるものを失ってしまった悲しみは感じられる。しかし我が子を喪失した悔しさよりも、何か安堵した気持ちの方が感じ取れてしまうのである。

そもそもたみは、胎児に対する配慮が少し欠けていた。散らばった百円札を、いくらお札だからといって、あわてて拾うことはなかった。それに妊婦にとって、かがんでの洗濯は体を冷やすので避けた方がよい。年頃の娘がいるのだから、二階で琴を弾くさと子に、代わってもらうべきだったのではないか。

今回の出産に対し、たみがどのような気持ちでいるのか、うかがわれる箇所が小説に出てくる。琴の師匠を見つけるのにかまけて、身重の自分のことをすっかりおろそかにしていた。向田はたみの心の内を、［本当は琴の師匠より産婆を先に探さなくてはならないのだが、たみは一日のばしにしていたのである］と記している。

〈一日のばしにしていた〉のは、助産婦に十八年ぶりの妊娠を告げるのが億劫だったからである。「おめでとう」の言葉をかけられても、必ず好奇の目で見られるにちがいない。それにこの懐妊は、水田家の家族に歓迎されていなかった。たみ自身も、どうしても産みたいという気持ちにはなれなかった。自分たち夫婦の年齢を考えると、生まれた子供の成長を楽しむより、不安を懐く方がはるかに大きかったのである。

禮子の出産が近づいた頃、たみが彼女のアパートを訪ねた。前者がお札をばらまいて、流産させてしまったことを詫びると、後者は「いいのよ、四十の恥かきっ子ですもの。ああなった方がかえっておたがい、よかったのよ」と述べている。この台詞からは、相手への気づかいが伝わってくる。気兼ねせず、元気な赤ん坊を生んでくださいよ、と禮子に言ったのである。しかし〈ああなった方が……よかった〉は、たみの本心であっただろう。

作者の向田も、たみの赤ん坊が無事に生まれたなら、かなり困ったにちがいない。彼女は視聴者の意表を突くため、金のかかった背広姿の門倉に風呂焚きをさせた。そして第二弾として、たみの妊娠を題材に選んだ。それは戦争成金の風呂焚きよりも、はるかに大きな驚きをもたらす。またそれにより、向田のドラマには珍しく、生臭い素材が持ち込まれたことになる。

けれどもこの素材が、その後の筋の運びを難しくすることは明らかである。もともと出産は、向田の領域にはない。ある対談で彼女は、「友だちのところとか、妹のところに子供が生まれますでしょう。そういう話の仲間に入れてもらえませんね。お産の話とか……」(9)と述べ、自分がこの種の話に全く場違いな人間であることを白状している。結婚もせず、出産もせず、生涯を独身で通した向田にとって、乳飲み子をかかえた女性はかなり書きにくかったと思われる。

たみが出産したならば、授乳、おむつ、夜泣きなど赤ん坊の世話に忙殺され、彼女は門倉家との交流を深める余裕など持てない。まして門倉との心に秘めた交際など、夢物語になってしまうだろう。これらはすべて、普通の生活があってこその話である。

向田は第一話の終盤を迎え、たみの流産を決断しなければならなくなった。いやむしろ、当初から赤ん坊が流れてしまうことを想定していたのかもしれない。女主人公の妊娠は大きなインパクトを与えたけれども、筋の展開を考えると、子持ちの女性ではさまざまな制約を受けてしまう。たみのさらなる活躍を期待するには、流産もやむをえなかったのである。

第四章　主人が不在時の出来事

a・肌着に巻き付けられた賞与

第二話「蝶々」に入る前に、冒頭部が見事な出来栄えであったことを、改めて強調しておきたい。連続ドラマの初回は、通常、時や場所を提示し、主要人物の性格や境遇、及び彼らの相互関係を紹介して、最後に作品の方向を提示することで役割を終える。本ドラマの第一話も、これらの情報をすべて提供していた。

ただし『あ・うん』の場合、それだけではない。導入部に必要な条件をすべて満たしただけでなく、妊娠という題材を用いて、発端から結末まで一つのまとまったドラマとなっている。言わば連続ドラマの初っ端に、極上の一話完結ドラマがあるようなものである。したがって本論においても、この第一話「こま犬」を特別な一話として、論述に多くの紙面を割いた。

しかし第二話になって、向田は連続ドラマ本来の手法に戻ることを余儀なくされた。続きものである以上、長いスパンで作品を考え、視聴者層を広げ、彼らを飽かすことなく、テレビの前に座らせておかなければならない。そのためには、複数の筋を作ってドラマにふくらみを持たせ、面白いエピソードを次々に投入することが肝要であった。この基調は第三話以降においても変わらない。

ところが、雑誌『別冊文藝春秋』に「あ・うん」を執筆する段になると、向田はシナリオをそのまま下敷きにして書いてよいのかどうか躊躇した。たまたま冒頭部では、あるいは冒頭部だからこそ、小説はシナリオに近い形で収まったものの、両者ではその表現手法に相違があるし、彼女自身も小説としての独自色を出したいと考えたからである。これはかなり難しい仕事であった。その苦闘の跡が雑誌に掲載された小説によく表れている。この問題を本論でも採り上げるが、論考は幾つかの例を示した後になる予定である。

たみの流産からほぼ四ヵ月がたち、東京は暑い夏を迎えようとしていた。仙吉は駅から吐き出された多くの人にまじって、帰宅を急いだ。「猫背でヒョコヒョコ歩」く彼の額には、汗が吹き出していた。

仙吉が会社へ行くときの持ち物として、向田は「弁当を入れた風呂敷《ふろしき》包み」を描写する。これはおそらく、当時のサラリーマンに羨望《せんぼう》を懐きながらも、揶揄《やゆ》する言葉として使われた「腰弁」☆1を念頭において書いたのだろう。その彼が背広の内ポケットをしきりにさわり、ふくらみを確認していた。

一方、水田家では、初太郎が仙吉の帰りを見はからって、いつものように便所掃除を始める。老人は「縮みのステテコ」姿で、戸を半開きにし、金かくしを希塩酸でのろのろと洗っていた。自分がただ飯食らいの居候ではないことを、息子にアピールしたかったのである。

たみは袂で鼻と口を押さえながら、やめてくれるように、何度も初太郎に頼んだ。それには理由があった。汲み取り式の便所は、そもそも相当に臭かった。それに夏場である。さらに希塩酸で便器をこすったりすると、耐えがたい臭気が周りに漂うことになる。夕食前に便所掃除をすることは、最悪の行いであった。

　それに、たみにはもう一つ困ったことがあった。当時の主婦にとって、便所と風呂場が汚れているのは最も恥ずかしいことだった。その便所掃除を舅《しゅうと》がすると、嫁はいかにも「お引きずり」☆2に見られてしまう。彼女は世間体を気にして、やめるよう初太郎に懇願した。

　何度言っても初太郎が掃除をやめないことを、たみはとっくに承知していた。それでも繰り返すのは、「ご近所の手前、言うだけは言っとかないと」と考えていたからである。つまり隣家の人々に、自分の弁明を「聞かせるために言って」いたわけである。

　転勤族の水田家は、地域との関わりがとても薄かった。その土地に馴染み、良好な人間関係ができるまで、しばらく時間がかかった。その間、ご近所から後ろ指を指されるようなことは避けなければならない。仙吉が夜遅く流しの真似をして、ヴァイオリンを弾きながら帰ってきた時がそうである。彼の声を聞きつけて、たみは外へ飛び出し、「お父さん、なにふざけてんですか」と強くたしなめた。これは隣家の迷惑を考えての叱責である。

　さて、仙吉の声が外から聞こえるやいなや、初太郎は急に「大働きの様子」、たみとさと子は玄関へすっ飛んでいく。当主は帰り道での〈猫背でヒョコヒョコ歩〉きとは打って変わり、ここではもったいぶった様子で、女性たちの挨拶にうなずき、妻に帽子と弁当の包みを渡した。

たみに「ちょっと、来い」と言った後、仙吉は便所[1]掃除をする初太郎を一瞬見て顔をしかめるが、かまわず部屋に入っていった。妻は老父のことで怒られると思い、緊張した面持ちで、小走りに追いかけた。そんなときに限って、彼女はしくじりをする。主人の中折れ帽を落とし、それを踏んづけてしまった。

仙吉の前に座ると、たみは初太郎の便所掃除について釈明しようとする。ところが彼はそれを遮り、ひと呼吸おいて、「――出たぞ」と言い、もののしく内ポケットから賞与を取り出した。予想外の展開に、たみの顔は一気にほころんだ。仙吉はボーナス袋の封を切らずに帰ってきたのである。

たみが角封筒を押しいただき、神棚に上げようとすると、仙吉は「中、見てから上げろよ」と促した。妻を喜ばせたいと思い、見たい気持ちを何とか抑えて家に帰ったのである。是非ともたみに封を切ってもらいたかった。その夫の心情を察したように、たみは指をなめて、ゆっくりと札を数え始める。そして台所で鍋を温めているさと子に、「……随分、多い……」と教えてやった。

仙吉はめったに会社の話をしない。ただ今日は妻の嬉しそうな表情から、自慢話がしたくなった。「本社の連中も、べんちゃらばっか言う人間じゃ、仕事は出来んてことが、判ったんじゃあ」と笑った。日頃は地方からの転勤者として、職場の人間にさげすまれることがあったが、仕事は口先だけの者よりはるかに出来る。それを本社の上役も気づいたのだろう。このようなことを、仙吉は得意顔になって家族に聞かせた。

誇らしい顔でしゃべっていた仙吉が、急に声をひそめた。初太郎が神棚をじっと見つめているのに気づいたからである。彼はたみに用心するように言う。彼女は夫をにらみながら、「一軒のうちで――」と言ったきり、言葉をのみこんでしまった。その後は当然「やあねえ」がくるはずだった。すでに用いられた「『おやこ』で――やあねえ」の文言のバリエーションである。ただ今回は仙吉の警告に現実味があったので、非難めいた言葉が出てこなかった。

その代わり、たみは「――あした、一番で、積んできますよ」と返した。郵便局が開くと同時に貯金するつもりでいる。だが仙吉はそれまでが危ないし、全部を貯蓄するわけにもいかないと文句をつける。結局、彼女の肌着に賞与を巻くことになった。


夫婦が警戒する要因は、初太郎の前歴にあった。彼は一流の物産会社に勤め、かなりの地位にまで昇る。その後、杉や檜などの売り買いにのめり込んで会社を辞め、一獲千金を夢見る山師になった。少しは当たったこともあったが、見込み違いが続き、妻を貧困のなかに亡くし、息子仙吉を昼間の大学へやることも出来なかった。しかしそれだけでは済まなかった。仙吉が大学を出て、そこそこの給料を得るようになった頃、資金繰りに困った初太郎は息子の通帳を持ち出し、ついには蓄えをすべて失うような事をしでかしたのである。

この時点で、初太郎は本当にボーナスを盗むつもりでいたのだろうか。今までの所業から、真っ先に疑われるのは自分である。すぐにばれるような悪事を、おいそれと働くわけにはいかない。しかも彼はその金をつぎ込むべき山の情報を、まだ得てはいなかった。悪心を懐くのは、昔の山師仲間と出会い、もうけ話を具体的に聞いてからのように思われる。

いつも初太郎の身近にいる女性二人も、今回の盗みに関しては半信半疑だった。おじいちゃんの好きなさと子は、そのような素振りはなかったと言う。一方たみは、舅をそれほど信用してはいない。彼の姿が見えなくなると、すぐに腰巻きと襦袢《じゅばん》姿になり、賞与をお腹に巻き付けた。だがそれは、仙吉の言葉を頭から信じていたためでもない。「なんかあってからじゃあ――おたがいにもっと、やだものねえ」という自分の信条に従っただけなのである。

b．「寝台戦友」

このとき、仙吉は門倉家にいた。彼は先日来、夜になると友人宅へ出かける。以前は門倉の方が水田家に来ていたので、たみもさと子もいぶかしく思っている。仙吉は尋ねられると、いつも口をにごし、その目的を明かさなかった。実は、家族には内緒で、門倉とヴァイオリンを習っていたのである。

この稽古をしている期間中、向田はその習い事と並行して、大きなエピソードを五つ盛り込む。一つ目は門倉と仙吉が出会って親交を深める「寝台戦友」時代の回想、二つ目はさと子の病気である。三つ目は禮子の妊娠報告と出産準備であり、四つ目が初太郎の盗みとなる。そして五つ目は君子の自殺未遂事件である。これらの挿話は一見ばらばらに見えるが、作者は巧みに関連を持たせ、その全体をヴァイオリンの稽古が覆う構造にしている。本論ではそれぞれのエピソードを検討しながら、二人の上達ぶりを見ることにする。

門倉と仙吉が並んで、「蝶々」をヴァイオリンで弾いている。先生はペチョーリンスカヤ女史で、白系ロシア人である。おそらくロシア革命で祖国を離れた芸術家のうちの一人であろう。多くは亡命先としてアメリカを目指し、日本は経由地であったが、彼女のように居つく人もいた。門倉は器用に何とか弾いている。仙吉の方は、食い入るように先生の手つきを見ているけれど、全く音にならない。茶を入れる君子は懸命に笑いをこらえている。それならば助勢しようと、彼女はあごや肩、指を使ってヴァイオリンを弾く真似をする。寂しい夜の多かった君子には、我が家がこんなに賑わうのがとても嬉しいのである。

ところで、向田はヴァイオリンの練習曲として、なぜ「蝶々」を選んだのだろうか。この唱歌は筆者も幼児の頃、遊び友達と一緒に何度も歌ったことがある。歌詞は明るく軽やかで、なじみやすい旋律と相まって、幸福感を懐かせてくれた。

蝶々　蝶々　菜の葉にとまれ
菜の葉に飽いたら　桜にとまれ
桜の花の　花から花へ
とまれよ遊べ　遊べよとまれ

しかし戦前生まれの向田や登場人物たちは、戦後世代とは別な思いで、「蝶々」を口ずさんでいたのではないか。通常歌われる一番の歌詞が、戦後になって一部変えられた。我々は「花から花へ」と習ったが、本来は「栄ゆる御代に」と書かれていた。この一節があると、蝶が花を自由に飛び交う情景が一変し、妙に国家主義的な色を帯びてくる。音楽教育家、伊沢修二はこの箇所について、「童幼の心にも自ら国恩の深きを覚りて、これに報ぜんとするの志気を興起せしむるにあるなり」(2)と強調した。小学生の邦子は聡明なだけに、歌詞の意図をよく理解し、歌唱に興ずるだけでなく、愛国心をも培ったのであろう。

苦い思いがあっただけに、向田は「蝶々」の一番をすべてテレビで流すのは、少し問題だと考えた。けれども〈蝶々　蝶々　菜の葉にとまれ／菜の葉に飽いたら　桜にとまれ〉ほど、『あ・うん』の人物関係を的確に言い当てた言葉はなかった。そこで彼女は歌詞の前半のみを借用し、後半を切り捨てた。だがノベライゼーションする際、当時の時代風潮を伝えるものとして、後半の歌詞も是非必要と考え直す。それに媒体が電波ではなく、活字なので、何の支障も生じないと推察した。その結果、雑誌及び単行本では、「栄ゆる御代に」の一節の入った歌詞が採用されたのである。

稽古が終わった後、門倉と仙吉はペチョーリンスカヤ女史に、二人が軍隊で知り合いになったことを話している。仙吉がレッスン用の黒板に、「寝台戦友」と書いて、「寝台」とはベッドだと説明した。門倉の方は「戦友」は「軍隊のときの友達」と説いた。すると女史は「寝台のフレンド？」と言って、おかしな目つきになった。

「寝台戦友」の意味を、外国人の女史は誤解してしまったが、軍隊を知らない戦後の人間にとっても、なかなか理解できない。仙吉や門倉のように、陸軍に入隊した者はまず内務班に入れられる。内務班とは、初年兵に軍人としての所定の訓練を授け、軍隊内の規律や約束事を教えるための組織である。初年兵はここで特定の二年兵に預けられ、様々な指導を受ける。そればかりか、彼と寝台を並べて寝たのである。[3] 二人は一組と見なされ、いわゆる「寝台戦友」という間柄になった。

「戦友」とはいうものの、門倉が否定しているように、苛烈な弾雨下を共に潜り抜けた戦士ではない。兵舎で同じ釜の飯を食った軍隊仲間のことをいう。しかし身の危険はなかったにしても、兵営生活は生易しいものではなかった。厳格な規則での集団生活や、容赦ない教練にも耐えなければならない。最も辛いのは、班内で頻繁になされた制裁である。仙吉が述べるように、「一人が銃なくせば、二人一緒にビンタ」であった。

ここで問題を一つ提起しておきたい。向田はシナリオの冒頭で、門倉と仙吉を共に四十三歳と紹介した。けれども内務班で二人一組になるのは、初年兵と、彼の世話を任された二年兵（やせたかしの場合は三年兵だった）である。兵営生活を考えると、二人が同じ年齢であったとは考えられない。おそらく作者が「寝台戦友」の意味を少し取り違えたのではないだろうか。ただし本論では、向田の意図を汲んで、二人を同年として論を進めていく。

c．さと子の病気

上機嫌で帰宅した仙吉は、さと子が病気であると聞かされる。微熱があり、少し前から体がだるくて、寝汗をかいていたらしい。さっそく町医者に診てもらうと、その見立てでは、肺門淋巴《りんぱ》腺炎《せんえん》☆3（肺結核の初期）の疑いがあるということだった。

目黒区立油面尋常小学校に通っていた一年生の三学期に、邦子自身がこの肺門淋巴腺炎にかかった。さと子との間に年齢差はあるものの、向田は自分の体験を作品に書き込んだのである。ドラマはあくまでも架空であるが、ずっとフィクションとして押し通すことに、作者は不安を感じていた。そこで自分の身の回りに起こった真実を書き加えることで、精神的なバランスをとろうとする。まして向田は『あ・うん』に、自伝的要素を加味したいと考えていたのだから、このエピソードの採用は当然であった。

本筋から少し離れるが、水田家ではなぜ子供が一人だけだったのだろうか。戦前の家庭では、兄弟姉妹が五人から八人位いるのが普通であった。逆に一人っ子の家は珍しかったと思われる。向田が自伝に近いものを目指すなら、『父の詫び状』と同様、邦子以外の二人の妹と一人の弟の構成になったのではないか。

それを断念した理由の一つは、プライバシーの問題である。向田家の成員がそろって登場するドラマになると、当然、家族の反撥が予想される。それだけは何としても避けたかった。それに『あ・うん』は、父親を頂点とした家族の営みを描く作品ではない。門倉、たみ、仙吉の壊れそうで壊れない奇妙な三角関係と、それを見て成長するさと子の恋を活写することが主眼である。他に兄弟姉妹がいなくても、彼女一人の登場で十分であった。

もう一つ、向田が子供を一人にした理由には、当時の風潮に対するある種の揶揄をも感じられる。そもそも一人の女性を、二人の男性が「あ・うん」のようにかしずく設定が時代の流れに抗《あらが》っていた。同様に一人っ子も、この時代にはそぐわない家族構成であっただろう。政府は「産めよ殖やせよ国のため」と、出産をさかんに奨励していた。昭和一〇年、「人口自然増が一一〇万人に迫り、空前の人口増加(4)」となり、翌年には、山形市が十人以上出産した多産婦二十四人を表彰した。女性が子供を産む機械のように見なされていたのである。

さと子の医者のことで、仙吉と門倉が珍しく口喧嘩をしていた。この言い争いは、邦子の父が果敢に下した決断を、二人の人物に分けて描写したものである。門倉は町医者でなく、大学病院に入れるべきだと主張した。これは敏雄が邦子を白金の国立伝染病研究所へ入院させた事実を踏まえている。仙吉の台詞「何様の娘じゃないんだよ。医者も身分相応ってもンが」は、当時親戚から受けた陰口をそのまま書いている。次に門倉は、さと子の嫁入支度用の貯金通帳を出せと要求した。この箇所は、家を買うための貯金を、敏雄が医療費に使ってしまったことと呼応している。

門倉がこれほど躍起になるのは、彼自身も若い頃、肺病で何年も棒に振ったことがあったからである。決心のつかない仙吉に対し、彼は「俺、さと子ちゃんかついでも連れていくからな」と宣言した。このような事情から、門倉がさと子の付き添いとして、仙吉に代わってたみと一緒に大学病院へ行くことになったのである。

レントゲン室の前で、たみと門倉はさと子を真ん中にして順番を待っていた。両端の二人は緊張した面持ちで、病院に入ってからひと言も口を利かない。しかし看護婦がさと子の名前を呼ぶと、三人は「ハイ！」と言って一斉に立ち上がった。それを見て彼女は、「あ、ご両親は、こちらでお待ちになって下さい」と指示する。あわてた門倉が「あ、あの、ぼくは父親ではない――」と言いかけて、すぐに口をつぐんでしまった。

　向田作品のなかで、看護婦が人物の関係を取り違えるドラマは他にもある。『あ・うん』よりほぼ九ヵ月前に放映された作品『愛という字』[5]である。主婦直子がひょんなことから、画家守田の胃カメラ検査に同行することになった。看護婦が「守田さん」と呼びかけると、直子は彼と同時に立ち上がり、さらに「奥さんはそこでお待ち下さい」と言われても否定せず、無言で守田の上着を受け取っている。直子は彼に、サラリーマンの夫にはない魅力を感じ、束の間ではあるが、画家の妻になりきったのである。

　看護婦の勘違いを、門倉もあいまいなままにした。とっさにせよ、さと子の〈両親〉でありたいという気持ちが頭をよぎったからである。これまではさと子が真ん中にいたこともあり、平静でいられた。だが彼女はレントゲン室に入り、たみと二人きりになってしまう。門倉は身勝手な夢を懐いたので、もはや彼女をまともに見ることができない。その門倉の心境を察知したたみも、当惑の表情を隠せなかった。

　二人はベンチの端と端に座り、正面を向いたままで何も話さない。たみが沈黙を破って、折りたたみ式弁当箱を話題にする。さらに話をふくらませようと、夫の高い評価（「あれ、うまくいったら、また門倉ンとこ、伸びるぞ」）も付け加えた。それでも門倉は「それが、なかなか

——」と言ったっきりで、話にのってこない。妄想をしたこともあって、彼の口は重かった。それに「仙吉抜きで門倉がたみと出掛けたのは、これが初めて」だった。

レントゲンを撮り終えたさと子は、依然として固い表情の二人に、「何か目に見えないものが流れているような気がして、少し息苦しくなりました」と述べている。彼女は門倉とたみの間に漂う男と女の気配を鋭敏に感じ取ったのである。

ところが向田は、〈少し息苦しくな〉るような場面で、たみにとんでもない動作をさせる。彼女は話が途切れてしまうと、思い人の前でポリポリと身体をかきだした。そのうち我慢できないほど痒《かゆ》くなったのだろう。頭の中が湿疹のことで一杯になり、話を再び始めるとき、「汗疹《あせも》」と思いがけない言葉を発してしまった。この場面以前にも、たみの汗疹はたびたび登場した。筆者はそれを単に笑いをとるギャグと考えていたが、ここでもう一度考え直すことにする。

シナリオを含め文学では、精神性があまりに重視され、肉体はないがしろにされてきた。向田は女性としての感性から、身体への嘲《あざけ》りに異議を唱える。もっと身近な触れることの出来るものを描きたいのである。『あ・うん』では、妊娠や流産といった女性の身体にかかわる事柄を、不快にならないギリギリのところまで描写した。

同様に、向田は皮膚感覚の痒みにもこだわる。仙吉と門倉がさと子の入院先でもめているときも、たみは着物の上から手を動かしていた。これを見て仙吉はかんかんに怒る。それに対して門倉は、「人間なんてそんなもんだよ。おふくろが死んで、胸がつぶれるってのはこのことか、と思うくらい参ってたって、腹もへるし、眠くもなるんだよ[6]」とたみをかばった。どんな状況にあっても、生理的なものは止めようがない。そのような彼であるから、レントゲン室の前でたみが患部をかいても平気である。彼女のしぐさを見て、門倉は幻滅するどころか、ますますたみをいとおしく思った。

さて、さと子の診断結果は、恐れるようなものではなかった。邦子の場合は、三十八日間の入院、転地療養等で九ヵ月の休学、結局完治するまでに約一年近くもかかった。ドラマでは、入院先をめぐって大喧嘩があったのに、「滋養をとって半年ほどブラブラしていればよい」という診断で、話はたちまち尻すぼまりになってしまった。

向田はさと子の入院生活を長々と書くわけにはいかなかった。このドラマの主題は、たみ、門倉、仙吉に生じる三角関係であり、主要な舞台は水田家になる。ナレーション役のさと子が入院してしまうと、その説明や感慨を綴ることができない。それに彼女の成長を描いていくには、病室にいるより、社会や家庭で人と交わっている方が、はるかに好都合だったのである。

d・禮子の懐妊

門倉は街角で、出合いがしらに馬力《ばりき》☆4とぶつかった。怪我をしたにもかかわらず、急いで水田家へ向かう。彼が勢いよく玄関の格子戸《こうしど》を叩いたとき、たみは着物を脱ぎ、ポンポンと天花粉《てんかふん》をはたいているところだった。例の湿疹が痒いのである。門倉の声を聞いて、あわてて着物をはおり、帯を体に巻き付けながら小走りに玄関へ出ていった。

ここから、たみと門倉による絶妙なコメディーが展開する。門倉は開口一番、「出来ました！」

を二度繰り返す。たみは何のことかわからない。じれったそうに、彼は「出来たんですよ」ともう一度叫んだ。たみは病院での話を思い出し、「折りたたみ！」と自信を持って返答する。だが門倉は地団駄を踏んで大きく否定し、「赤んぼ！　子供！」と勢い込んで言った。

たみは驚いて、「えッ！　奥さん、おめでた？」と尋ねる。君子との間がぎくしゃくしていることを聞いていたからである。〈奥さん〉という言葉で、門倉は急に威勢が悪くなる。小さな声で、「いや、あっちじゃない」と言い、モゾモゾと小指を出した。たみがけげんな顔をすると、彼が「奥さんも知ってる——あの——」と言いながら、もう一度小指を出したので、やっとカフェの禮子だとわかった。

向田は再度、妊娠問題を取り上げる。たみの懐妊では視聴者をびっくりさせたが、本章一四八頁で述べたように、作者は筋の発展を考えて、初めから流産で終えるつもりだった。それに対して禮子の場合は、無事に男の子を出産させる。彼女が子供を持つことで幾つかの問題が生じ、ドラマは一層おもしろみを増していくのである。

たみが禮子の懐妊を知った段階で、門倉は奇妙な台詞（「生ませても、いいでしょう。いけないですか。——」）を口走った。妻の君子には決して言えないことを、なぜ友人の妻に尋ねているのだろうか。まるで出産の決定権がたみにあるかのようである。

同意を求められて、たみは困惑する。元よりそのような権限などないからである。ただ彼女には言っておきたいことがあった。君子と禮子の間に、格差を作らないという約束である。これはたみの信念でもある。赤ん坊の譲渡に彼女が強く反対したのは、二人の娘の間にデコボコが生まれることを恐れたからである。

ところが門倉はたみの懸念を見越していた。「糟糠《そうこう》の妻☆5」のたとえ話を持ち出し、「だから女房をどうこうしようって言ってるんじゃないんだ。……——あっちはちゃんと立てた上で」と弁明している。そこまで言われてしまうと、たみにはもう述べることは何もなかった。

門倉の弁に気圧《けお》されて言えないままだったが、たみは彼のズボンについた血が気になっていた。話が途切れたところで、怪我の様子を尋ねる。馬力とぶつかったときの傷と聞いて、座敷に上がるように勧めた。しかし門倉はモジモジして靴を脱ごうとしない。病院で二人きりだった時の情景を思い出したからである。彼は「奥さん、ひとりのとこ——いや（口の中で）水田がいないのに——上るわけには」としどろもどろの口調で拒む。たみは消毒が先決とばかりに、彼を強引に引っ張り上げようとした。

そのとき、奥の方から物音がした。たみはハッとして、急いで茶の間に駆け込む。門倉も何が起こったのかわからぬまま、彼女の後を追う。敷居をまたいだところで、二人は立ちすくんでしまった。初太郎が二重になったさらしの腹巻きからボーナス袋を取り出し、百円札を抜き取るところだった。あろうことか、老人は嫁の肌着から盗みを働いたのである。

e・初太郎と山師仲間

ここで、初太郎が盗みをするまでの経緯を述べておきたい。仙吉がボーナスを持ち帰った日、夫婦は彼がそれを盗むのではないかと怪しむ。賞与袋が供えられた神棚を、初太郎が遠くから見ていたからである。心配するのも無理はない。彼らは以前にも痛い目にあっていた。娘のさと子は、おじいちゃんにそんな素振りはなかったと証言する。だがともかく用心のため、たみは袋ごと肌着に巻き付けることになった。

初太郎が本当に盗むつもりだったのかは不明である。確かに金は欲しい。しかし金を持ち出したりすれば、今度こそねぐらを失うことになる。そのようなリスクを冒してまで、やる必要があるだろうか。そもそも彼には、盗んだ金の投資先があったわけではない。今はまだ自重の時だった。

そこへ金歯が登場すると、状況は一変する。通院しているさと子が、薬瓶を持って自宅まできたとき、山師仲間の金歯を見かけたのである。彼はゴミ箱[7]のフタを開け、生け垣を折った枝で中を突ついていた。その様子を彼女に見られてしまうと、歯をニイッとむいて会釈をし、足早に立ち去っていった。しばらくして、季節はずれのウグイスの鳴き声がする。それを聞いて、昼寝をしていた初太郎はむっくりと身を起こした。

初太郎を誘いにきた男は、金歯と呼ばれている。ちょっと奇妙な呼び名であるが、よく考え抜かれたあだ名である。向田は子供の頃から、周りの人の顔立ちや動作などを見て、どんぴしゃりな愛称をつけることが得意だった。金歯の相棒として登場するイタチも、『思い出トランプ』の「かわうそ」と同様に、その動物の特徴を捉えてつけられたものだろう。

金歯というあだ名は、大儲けした時期に、すべての歯に金をかぶせたことからきている。資金が必要になったとき、この金歯を売って補うのである。面白い発想であるが、これは向田のオリジナルではない。第一次世界大戦による好景気で、多少なりとも泡銭《あぶくぜに》を得た成金は、それを誇示するかのように、金の指輪や金時計など、金のつくものを買いあさった。その延長で、金の義歯を入れるという悪趣味な流行(8)が生まれたのである。

さてこの金歯はゴミ箱のフタを開け、何をしていたのだろう。このシーンを観た視聴者は、一瞬ギクリとしたはずである。それもそのはず、これは戦前の泥棒がよく使った手口で、台所の生ゴミを見て、盗みに入る家の経済状態を探ったのである。

これをまねて、金歯は水田家の金回りを調べていた。そこそこの生活をしているとわかると、今度は鳥の鳴きまねで、初太郎へ誘いの合図を送った。このとき、金歯は大きなしくじりをしている。ゴミ箱をのぞいているところをさと子に見られたし、その目的をたみに見破られてもいる。さらに仲間への合図を、二人に聞かれてしまう。当然、彼女たちは舅の行動に目を光らせるようになった。

女性たちの心配をよそに、初太郎はこっそり金歯やイタチに会っていた。その場所として、彼らは東京駅の一、二等待合室(9)を選んだ。なかなかの選択眼である。後にさと子と辻本がデートの場所に選ぶ純喫茶や、女給がサービスするカフェなどには行かない。ここは無料で、何時間いても文句を言われることがなかったからである。

しかもこの待合室は、それなりに上品な雰囲気をかもし出していた。むしろ三人の方が周りの目障りだった。彼らは羽振りのよい時に買った服を着込んではいたが、時代遅れで、くたびれた代物である。周囲の身なりの良い人々に比べると、かなり場違いな印象を与えた。車掌が顔をしかめながら、三人のそばを通り過ぎていった。

この儲け話は、金歯が持ち込んだものらしい。彼は天竜川の地図を広げ、指で示しながら、符《ふ》帳《ちょう》で説明する。ここではどうやら金歯がリーダー格になっているようだった。彼は三人でこの仕事をやらないかと提案する。二人が黙っていると、金歯をむき出して、自分はこれを売ると決意のほどを示す。イタチもすぐさま話に乗った。そして初太郎に返答を迫ると、彼は二人の甲に手の平を重ね、同意のしぐさをした。

すぐにイタチが初太郎の金回りを心配し、「あては、あンのかい」と訊いてきた。「水田初太郎、やせてもかれても」と大見得を切ったとたん、彼は咳込んでしまう。この時点では、金策の見通しがまだ立っていなかった。そのあてのない不安な気持ちが、咳となって現れたのである。

f・初太郎の盗み

初太郎は仲間に大言を吐いた以上、何とか金を作らなければならない。しかし落ちぶれた山師に、おいそれと金を貸す人間など、まわりにはいなかった。結局、今までと同様、身内から盗む以外に手立てはない。今回は金の在《あ》り処《か》を知っている。ただ昔気質の彼にとって、嫁の肌着から金を盗むのは、簡単なことではなかった。

いつもは慎重なたみに、たまたま気のゆるみが出た。ボーナス袋を肌身離さず持ち歩いていたが、彼女はそのせいで汗疹に悩まされていた。あまりに痒いので帯を解き、風を入れ、天花粉をはたき、ほっと一息ついているところだった。ちょうどこのとき、初太郎は昼寝をし、さと子も午後の安静のため、二階で横になっていた。

そこへ門倉が突然やってきた。たみは着物をかき合わせ、帯をしながら玄関へ向かう。そのため大事な賞与の入ったさらしの帯は、茶の間に置いたままになってしまった。奥からの物音で門倉との話を中断し、急いで部屋に戻ってみると、寝ているはずの初太郎が百円札を手にしていた。

たみは初太郎めがけて突進し、百円札をむりやり取り返そうとする。だが老人は札をつかんだまま、「盗人《ぬすっと》でいい。殴《なぐ》るなり蹴《け》るなり好きにしてくれ。だから――」今回だけは見逃してくれと哀願した。途方に暮れて、たみは後ろに立っている門倉に助けを求めた。

初太郎の腕をつかんだ門倉だったが、強引に百円札をもぎ取ることはできなかった。老人の悲しい心情を知っていたからである。返却という形で、事を穏便に収めたかった。そこで彼は、札を握りしめる老人の指を一本ずつ開いていく。次にワニ皮の財布を内ポケットから取り出し、百円札を出そうとした。これは門倉にとって最も簡単な解決策であり、これまでも何度か初太郎に示してきた厚意である。切迫した状況だったので、今後一切老人には金を貸さない、という仙吉との約束をすっかり忘れていた。

しかしたみは二人の取り決めをはっきり覚えていた。門倉が初太郎に金を渡そうとするのを、きっぱりと断る。彼女はこれが元で、夫と門倉が仲違いすることを恐れたのである。強い決意の表れたたみの目を見て、彼は貸すことをあきらめ、金を札入れに戻した。落胆した初太郎は鼻水をすすりながら、ニセ札でも作るかと自嘲気味に言って、部屋を出て行こうとする。その寂しそうな後姿を見た門倉は、「ニセ札もいいけど、証文の方がいいんじゃないかな」と呼び止めた。

びっくりするたみに、門倉は証文を認めてくれるよう懸命にお願いする。今日は禮子の妊娠を知ったためでたい日であるとか、馬力にぶつかって血を流した怪我に免じてとか、彼は何でも口実に使って説得した。この必死の懇願に、たみもついに根負けし、しぶしぶ百円を差し出す。こうして門倉は仙吉になり代わって、水田家の騒動をうまく収めた。嫁とのやり取りをつぶさに見ていた初太郎は、門倉の目をじっと見つめながら、お札を固く握りしめていた。

ところで、初太郎はたみから百円を借りたけれども、その金でひと山当てるような勝負ができたのだろうか。仲間三人の金を集めたにしても、元手が少なすぎる。貸家が三十円だったことを考えると、資金の脆弱さは明白である。おそらく向田もこの問題に気づいたのだろう。シナリオのすぐ後に書かれた雑誌『あ・うん』では、〔百円やそこらで、どれほどのことが出来るのか〕という文章を入れている。またここでのたみは、門倉のとりなしを振り切って、初太郎の借金をはっきりと断る。結局、雑誌では、天竜川の儲け話そのものが立ち消えになってしまった。

雑誌のあと、向田は単行本を出すにあたって、シナリオの筋を再び採用する。百円札をめぐる初太郎、たみ、門倉のやり取りが面白く、捨てるのは惜しいと感じたからである。門倉の説得が功を奏し、たみは舅に金を貸すことにした。その際、作者は軍資金が百円では心もとないと思ったのか、借用証には〔金参百円也〕の記述を入れる。さらに〔自分もいくらか用立てるという門倉〕の件をも挿入した。これによって、仙吉との約束を破ることになるが、門倉も初太郎に資金を援助することになり、どうにか元手に関する問題は解決したことになる。

g．禮子の住居探し

禮子の妊娠が明らかになってから、門倉と仙吉は彼女を受け入れる準備を進めた。まず「バタビア」で、禮子と一緒に働く女給たちとのお別れ会を開く。しかし予想に反して、かなり荒れた会になった。彼女たちは禮子を喜んで送り出したりはしない。自分たちが安住している世界から抜ける女に対して、本能的に牙をむく。また禮子も優越感をあからさまに誇示する。門倉が胎児への悪影響を心配するほどの大騒ぎであった。

最大の難問は、門倉が禮子以外に付き合っていた女性といかに手を切るかである。たみの赤ん坊をもらい受けるときは、身ぎれいにしたいという殊勝な口実をもうけて、彼自らが別れの交渉にあたった。今回は禮子の妊娠という生々しい理由なので、本人が出向いては穏当な話し合いが難しい。そこで仙吉がその任を買って出ることになった。

門倉が手をつけた女性は、仙吉が考えていたよりはるかに多かった。彼はその一人一人と連絡をとり、金包みを渡さなければならない。彼女たちのなかには、増額を要求するような女給もいただろう。だが最も困ったのは、人前で泣き出してしまう女性だった。水商売の女であっても、門倉に心底惚れていたらしい。こうなると金銭上の問題ではないだけに、説得するのに時間がかかり、仙吉は精根疲れ果ててしまった。

自宅へ帰ると、仙吉は気晴らしに、ステテコ姿でヴァイオリンを弾く。つっかえつっかえの演奏なので、とても聴けた代物ではない。たみはこれ見よがしに、両方のこめかみに頭痛膏をはる。それでもやめないので、薬箱のフタを強く閉じたりした。さと子によると、彼女の苛立ちは下手なヴァイオリンだけではなかったようだ。仙吉が門倉の二号さんに、「いろいろ世話をやくのが、少し面白くないらしいのです」。疲れたとぼやく夫の口調に、何か弾んだものを嗅ぎ取って、「けっこうたのしかったんじゃないんですか」と皮肉たっぷりに言ったりした。

仙吉はそんなたみのやきもちから逃れるため、『宮本武蔵』第二巻の一節を、声を出して読んでいる。妻が意地悪いことを言い出しそうになると、彼はすばやく武蔵の後ろに身を隠した。この様子を見ていたさと子は、「吉川英治の『宮本武蔵』はずい分、人助けをしているみたいです」とコメントしている。

向田はこの設定が好きだったようである。『蛇蝎のごとく』の第二話では、浮気をしている夫の石沢に、妻の環がちくちくと嫌みを言う。夫は夕刊で顔を隠し、紙面を読んでいるようなふりをする。その様子を見て、妻はさと子のナレーションと同じように、「夕刊てのは、ずいぶん、人助け、してるなあ(10)」とからかった。

ここで少し寄り道して、シナリオのト書「仙吉、吉川英治の『宮本武蔵』第二巻をよみ出す」について考察する。『宮本武蔵』は昭和一〇年以降、国民に最も広く読まれた小説だった。その意味で、向田は主人公の読み物として、適切な選択をしたといえる。

しかしこのシーンの想定される年と、作品の刊行年との間に食い違いが生じている。水田家が上京してからの時間推移をたどると、ドラマの現在は昭和一〇（一九三五）年の「初夏の夜」になる。一方、この長編小説は昭和一一（一九三六）年から順次出版された。ただし仙吉の読んだものが新聞小説であったならば、辻褄が合う。『宮本武蔵』は朝日新聞に昭和一〇年八月二三日から連載されたからである。もっとも季節は〈初夏〉ではなく、晩夏になっていた。

向田がなぜ新聞小説にしなかったのかは不明である。映像を観ると、仙吉はたみに背を向け、本ではなく新聞を手にしている。演出家が間違いに気づき、指示したのだろう。さらにト書の指示に従い、小説の一節を仙吉に朗読させる。それはおそらく、当時評判をとった徳川夢声の朗読が念頭にあったからかもしれない。仙吉が夢声の口調をまねて読み上げているように聞こえたからである。

もしこの仮説が正しいとすると、また大きな時間のずれが生じてしまう。前述したように、仙吉の似非《えせ》朗読は昭和一〇年八月である。ところが『宮本武蔵』のラジオドラマ初放送(11)は昭和一四(一九三九)年で、しかも夢声を含む分担制であった。二度目は昭和一八(一九四三)年になされた。この時は伴奏音はなく、夢声が一人で朗読した。二回目の『宮本武蔵』は爆発的な人気を博し、彼自身も朗読話術に独自の境地を開いたのである。夢声の『宮本武蔵』といった場合、この昭和一八年放送のことを指す。したがってドラマの現在との間に、八年の隔たりがあったことになる。

再び水田家の内輪喧嘩に戻る。たみは仙吉を責めるけれど、彼女の本当の腹立ちは、亭主ではどうすることもできない。真に悔しいのは、憎からず思う門倉に赤ん坊が出来たことである。禮子その人を嫌っているわけではない。彼の子供を産める彼女が羨ましいのである。それに門倉との交流が、赤ん坊の誕生によって損なわれることを恐れていた。おそらく彼も同様のことを心配して、たみに許しを請うたのだろう。

小説の初太郎は、たみの鬱屈した心情を見抜いていた。門倉が愛人の懐妊を「おおっぴらにめでたいなんていうと叱られるかな」と控えめに発言すると、彼女は「やっぱりおめでとうございますでしょうねえ」と応えている。この他人行儀な返答に、老人は「口ではめでたいと言っているが、門倉と禮子の間に子供が生れることを、お前さん心底から喜んじゃいない」と見透かしていた。

仙吉は禮子関連で、もう一つやらなければならない仕事があった。それは彼女の住まいである。上京の折、水田家は借家探しで門倉の世話になった。その恩返しとして、今度は仙吉が汗をかかなければならない。門倉が周旋屋回りで苦労したのは、三十円の家賃でしっかりした造りの家を見つけることだった。今回は金の心配はない。出産を控える禮子が快適な生活を送れるかが重要である。仙吉は幾つかの物件を見ていくうちに、文化アパート[☆6]が彼女には最適であると気づき、さっそく契約した。

昭和十年頃の木造アパートは、部屋代が十円で一間しかなく、台所と便所は共同使用であった。それでも人気があったのは、カギ一つでプライバシーを守ることが出来たからである。一方、鉄筋の文化アパートは、家賃が三十円以上もしたが、それぞれの住戸には台所、便所、浴室がついていた。身重の禮子にとって何よりうれしいのは、炊事のすべてを座敷の延長上にある板間で済ませられることだった。

h．君子の自殺未遂

大きな出来事が次々に起こるので、つい忘れがちになるけれど、二人のヴァイオリンの練習は続いていた。前述したように、仙吉は家族に嫌われながらもおさらいをしている。門倉の方はどうであろうか。向田はこの場面を、とても簡潔なト書だけで済ませている。「こちらもヴァイオリンの稽古／弾んで「蝶々」の曲／じっと聞く君子」。

門倉は〈弾んで「蝶々」の曲〉を弾いている。自分の子供が出来るので、心が浮き立ち、音が〈弾んで〉いるのである。彼が練習している場所は、レッスン室にも使っている居間だろう。では君子はどこにいるのか。〈じっと聞く君子〉のニュアンスから、夫の近くにいるとは思えない。彼女がいつも刺繍をしている茶の間であろう。君子は門倉と距離をおいて、「蝶々」の歌詞に思いをめぐらせていた。

禮子の懐妊を、君子はおそらく知っていたのではないか。外出をあまりしない彼女なので、自分で探ったわけではない。興信所からの情報である。向田は『阿修羅のごとく』のなかで、興信所に勤める人物の活躍を描いていた。次作の『あ・うん』においても、この職種を活用しない手はない。所員は表には現れないが、背後で活動していたにちがいない。

ト書では〈じっと聞く君子〉とあるが、映像の彼女は門倉のヴァイオリンに合わせ、歌詞をかみしめるように口ずさんでいる。演出家は、単に耳を傾けるだけでは君子の心情を描出できない、と考えて声を出させたのだろう。蝶々は門倉で、菜の葉を自分とみなしている。やがて移り気な蝶々は菜の葉に飽いて、華やかに咲く桜へ向かう。まだ若く、出産を控える禮子を桜になぞらえたのである。

一方、禮子のお産の準備は着々と進む。たみは門倉に子供が生まれるので、若干のわだかまりを持っていた。しかし仙吉の説得が功を奏したのか、あるいは気持ちの切り替えができたのか、今では積極的に出産前の手伝いをしている。戌の日、彼女は禮子のアパートへ行き、岩田帯☆7を締めてやった。その由来を妊婦に説明し、さらに身重のときにやってはいけない事を話して聞かせた。ところで、これらの情報は、興信所から君子のもとへ逐一報告されていたのである。彼女は仙吉やたみも禮子に肩入れしていることを知り、ひどく動揺した。

手をこまぬいていては駄目だ、と君子は考える。何らかの手立てを講じなければならない。そこで彼女は「絽《ろ》の羽織の改まった身なり」をして、仙吉の家へやってきた。客間へ通されると、大きなカステラを差し出すなり、「このたびは、いろいろとお世話になりましたようで」とお礼を述べる。後ろめたいところがあるだけに、二人はどきりとして顔を見合わせた。

仙吉は探りを入れるように、「あの、門倉、なにか」と尋ねた。君子は夫から何も聞いてはいないと言った後、門倉の「持つべきものは友達だなあ」の一言を意味ありげに伝える。さらに続けて、「あたくしが気の利《き》かない分、こちらさまで、代って下すってると思って、あ、これだけはごあいさつをしておかなくては心残り」と言ったなり、話を中断した。

水田夫婦は君子の話に冷や汗をかきながら、いつ爆弾が落ちてくるかとはらはらしていた。だが〈心残り〉まで言って、彼女は急に軍歌「戦友」に話題を変え、歌い始める。二人はおや、と思いながらも内心はホッとし、声をそろえた。第一番を歌い終わると、君子は「いい歌。何度聞いても涙が出て来て。特にあたくし『あとに心は残れども』ってあそこ大好き」と感想をもらした。

たみは布団を敷き、仙吉は足の爪を切りながら、昼間のとっぴな訪問を思い返していた。君子は確かに、二人が禮子のために骨折ったことを知っていた。それで皮肉まじりにお礼のあいさつをしたのである。それにしても紋付まで着て、ばかでかいカステラを持ってくる必要はない。君子の真意がわからなかった。

夜具の支度をしながら、たみはふと「戦友」を思い出し、鼻唄で歌い出した。君子が好きだと言った第六番である。「あとに心は残れども／残しちゃならぬ此《こ》の身体《からだ》／それじゃ行くよと別れたが／永《なが》の別れとなったのか」。これを聞いていた仙吉は、君子の本心にはたと気がついた。

君子は〈心残り〉まで述べて、突然その言葉の連想で、「戦友」の一節を思い浮かべたのだろう。〈あとに心は残れども〉がぴったりそれに符合する。後ろの〈それじゃ行くよと別れたが永の別れとなったのか〉では、詞の人物と君子の立場が逆になるが、差し迫った死を伝えるには十分な文言であった。また彼女が紋付の着物を身につけていたことにも納得がいく。仙吉は君子の自殺を確信すると、寝巻姿に下駄ばきで家を飛び出していった。

自殺の準備は整っていた。遺書も書いたし、昇汞水《しょうこうすい》☆8も手に入れた。昼間身につけた腰巻きも、君子はきれいに洗い、竹竿に干した。そのうち門倉がきっと助けに来てくれる。仙吉から状況を聞いた夫が駆けつけて、自殺を阻止し、自分の行状を詫びると夢想したのである。

今か今かと待ちわびるけれど、門倉は帰って来なかった。君子の妄想を嘲るように、どこかで赤ん坊が泣き出した。彼女は気を取り直して、もう一度腰巻きのしわを伸ばし、遺書を確認した。そして最後に、ビンのラベルに大きく書かれた昇汞水の文字をじっと見つめていた。

仙吉が玄関から飛び込んできたのは、まさにこの時である。彼はすぐにビンを払い落とそうとして、君子ともみ合いになる。二人が畳の上に倒れ込んだ後、仙吉は全身で彼女を押さえ込み、やっと毒物を取り上げた。彼は門倉に代わって、君子の自殺を防いだのである。

君子は胸がはだけるのもかまわず、仙吉にしがみつき泣き始めた。普段の気丈な振る舞いとは打って変わり、人間としての弱さをさらけ出す。日々抑えつけていた寂しさ、悲しさが一気に噴き出した。そしてついには自分の人生に見切りをつけたのか、「あたし生きてるの、いやになった」ともらす。仙吉は絶望の淵に沈む彼女を何とか助けたいと思い、力いっぱい抱きしめた。

ところで、君子は本当に死ぬつもりだったのだろうか。たぶん初めは、狂言自殺を考えていたのではないか。彼女は仙吉の家で、ひと言も自殺などには触れていない。ただ「戦友」を歌い出し、〈あとに心は残れども〉の一節がある第六番が特に好きだと言った。これにたみが同調して、「あたしも――」と口をはさむと、シナリオには「君子、フフと笑う」のト書が添えられていた。

このかすかな笑いから、君子の意図がうっすらと読み取れる。自分が帰った後、仙吉夫婦は何のためにやって来たのか話し合うだろう。たみはそのとき、好きだと言った第六番を歌うにちがいない。そうなれば、察しのよい仙吉が自殺に気づき、阻止の手立てを講じてくれるはずだ、と考えたのである。

君子は［なにかを待っている］ように、服毒自殺を引き延ばし、［玄関のドアも縁側のガラス戸も、みな開けて］おいた。これは門倉が彼女の危地を知るまでの時間を作り、彼が速やかに駆けつけるための方策であった。だが大きな計算違いがあった。水田夫婦の話し合いは、仙吉が風呂から上がり、床につく直前だったのである。もっと早く事態を察知し、門倉に連絡してほしかった。

この誤算から、君子の自殺は真実味を帯びてくる。いくら待っても門倉はやって来ない。彼のみでなく、世間からも見捨てられたような気がした。自分の状況があまりに辛くて惨めなので、彼女は〈生きてるの、いやにな〉り、本当に死にたいと思った。ちょうどその時、仙吉が飛び込んできて、君子を助けたのである。

向田は仙吉を命の恩人のままにしておかない。危機状況にある君子を救うには、確かに彼女を強く抱きしめるしかなかった。ところがもつれ合うなかで、一瞬自分の立場を忘れ、「仙吉、男の目になる」。長襦袢姿の君子を欲望の対象として見てしまった。

それまで仙吉は君子を苦手にしていた。妙に取り澄まし、隙のない振る舞いに、近寄りがたいものを懐いていたからである。かつて、彼はたみに言ったことがある。門倉にないものの一つとして、真っ先に「いい」女房をあげていたくらい、君子に低い評価を下していた。その彼が、今日はどうしたのだろう。

変化は仙吉よりも君子にあった。日頃の落ち着いた物腰とは裏腹に、この場の彼女は絶えず何かに怯えているようで、心身ともに無防備だった。揉むように身体を仙吉に寄せ、すすり泣く君子を、小説が巧みに描写している。［はだけた君子の衿元《えりもと》から、白い胸がのぞいている。子供を生んだことがないせいか、……白桃のように大きく豊かである。目の下に大きな二つの白桃が息をして、すこしひしゃげて上ったり下ったりしている］。

〈白桃〉は「かわうそ」に登場する厚子の夏蜜柑と形容された胸を思い出させる。仙吉ならずとも、気をそそられる場面である。そのせいで、彼の声はいつになく、上ずってしまった。仙吉は情のおもむくまま、このまま突き進んでよいのかどうかわからない。先を決めかねていると、玄関に人の気配がした。

上がり框の前で、門倉は立ちすくんでしまった。なぜ汚い下駄が三和土に脱ぎ捨てられているのか、合点がいかなかったからである。我に返った仙吉が、急ぎ足で奥から出てきた。昇汞水のビンを突きつけながら、「女房、泣かすようなマネしちゃ、ダメじゃないか。気つけろ、バカ！」と、依然として上ずった声のまま怒鳴りつける。後ろめたさがあり、さすがに門倉の目を見ることは出来なかった。それでも反っくり返った姿勢で玄関を出ていった。もっとも彼がどんなに動揺していたかは、間違えて門倉の靴をはいて帰ったことからも明らかである。

帰宅しても、仙吉は君子の〈白桃〉のような胸がまだちらついていた。先日、門倉の関係した女性に手切れ金を渡す話をしたとき、たみに「浮気の気分味わったでしょ」と、そんな実感はなかったのに嫌みを言われた。それが今日は、ほんの一瞬とはいえ、浮気が現実になってしまったのである。この罪悪感を追い払おうと、風呂に入っていたたみに、「今、帰った」と声をかけたくなった。

脱衣所で、仙吉は奇妙なものを見つけた。風呂場のガラス戸がほんの少し開いていて、そこから白いさらしの紐が籠の中まで伸びている。ちょっとした好奇心から、腹巻きの中をのぞいてみると、よれよれになった札と一緒に、例の借用証が出てきた。そこには連帯保証人、門倉修造の名前も書かれてあった。

物音に気づいたたみが、ガラス戸から顔をのぞかせた。仙吉が証文を腹巻きの中へ入れるのを見てびっくりする。必ず雷が落ちると覚悟した。一升瓶の酒をコップについでいる夫に、彼女は真っ先に君子のことを尋ねた。初太郎が縁側に座っているので、借用証の話はできるだけ後にしたかったからである。一方、仙吉は親友の細君については触れたくない様子で、いきなりもう一つのコップを妻につき出して、酒を注いだ。

あわてたたみは、「あら、あたしはダメよ。のむと、足の裏までかゆくなるから」と断る。この台詞はエッセイ「楽しむ酒」のなかの、葡萄酒を飲む母親せいを彷彿させる。そこでは「小さい赤いグラスがカラになる頃、母の顔は代りに赤くなります。どういうわけか足の裏がかゆくなったといって足袋を脱ぎ、笑い上戸になりました」(12)と記されている。

『あ・うん』のたみが、向田の母親をモデルにしていることは推察できる。たみは控えめでありながら、自分の意見を持ち、情に厚く、家政の切り盛りも上手である。だが時として、おっちょこちょいな側面も見せる。これはまさに向田の母親にそっくりである。けれどもこのシナリオでは、具体的にせいをうかがわせるような記述があまりない。ここでは作者がたみの飲酒上の弱みを、懐かしい思い出から上手に借用したと思われる。

酒の行く先はたみではなく、縁側に座っている初太郎であった。仙吉は例のように、自分でコップ酒を渡さず、妻に持っていかせる。それでも彼女には「なんだか、変」なのである。君子を助けに行く直前、彼は寝床のそばで爪を切っていた。たみが「夜中に爪切ると、親の死に目に逢《あ》えませんよ」と忠告する。仙吉は自分の前を父親が通り過ぎていくのに、「逢いたかないね」と吐き捨てるように言った。夫にどのような心境の変化が起こったのだろうか。

腹巻きから出てきた借用証を見ても、仙吉は腹を立てなかった。逆に安堵した。初太郎は金を盗んだのではない。正規なものでなくとも、彼が証文を書いたことが嬉しかった。父親に泥棒のような真似だけはしてほしくなかったからである。すでに金が初太郎の手に渡ってしまっている以上、仙吉は父親と悶着を起こすことはやめようと考えた。それよりも同じ空間で酒を飲み、彼の最後の勝負にエールを送ってやろうと思ったのである。だが応援の言葉はとうとうかけられず、無言のままであった。

水田家と門倉家にはびっくりするような出来事が次々と起こったけれど、それぞれが大過なく収まった。そして季節はいつのまにか夏の終わりになっていた。ヴァイオリンの成果を披露する日がいよいよやってきた。会場は水田家の客間である。今まで門倉家の居間をレッスン場として使っていたが、晴れの舞台は、是非ともたみのいる前で演奏しなければならない。

さと子の説明によると、母たみは父といるとき、「暮しにくたびれた三十九歳の女」である。門倉と二人きりになると、「学校の先生みたい」になる。それがこの二人の間にいるときは、「くだものみたいに瑞々《みずみず》しく見え」るのである。さらに娘は三人の関係を、「蝶々」の歌詞になぞらえる。蝶々がたみで、菜の葉が仙吉、そして桜が門倉になる。敏感な彼女は、これより先のことを想像するのが怖くなると述べていた。

このシーンの最後は、「うちわで仙吉をあおぎ、三度に一度ぐらい門倉にも風を送っているたみ」で終わっている。このト書を奇妙に感じる人がいるかもしれない。普通は客人に風を多くあて、主人には控えめにするものである。向田も誰かにそのことを指摘されたのだろう。ノベライゼーションする際、仙吉の前に［汗っかきの］という言葉を付け加えることで、疑問を解いている。

しかし向田の真意は別にあったのではないだろうか。二重奏において、「桜」の門倉は華やかに弾くのに、へたくそな仙吉は「菜の葉」に甘んじている。その夫を何とか盛り立てようと、うちわの回数を増やしたようにも取れる。あるいはたみのもっと屈折した思いが現れたのかもしれない。好意を懐く門倉に対して、彼女は常に平静であろうと努める。特に仙吉と一緒のときは、内に秘めた恋心とバランスをとるためなのか、不器用な夫に肩入れしているように見える。

この場面を、テレビではどのように撮ったのだろうか。たみは個別にあおぐのではなく、うちわを左右に大きく振り、風を送っていた。確かにこうすることで風は均等に届く。けれどもこのあおぎ方からは、たみの微妙な胸の内をのぞくことはできない。

この第二話「蝶々」の解釈を終えるにあたって、気づいたことが二つあった。一つはエピソードがとても豊富なことである。第一話で十分な下準備がなされたので、ここでは向田が頭に浮かんだアイディアを次々と作品に取り入れたような印象がある。『あ・うん』全四話のうち第二話は、言わば展開部をなしており、まだラストへ向かう流れを考える必要がない。何の縛りもなく自由に、ドラマを膨らませることに専念すればよい段階である。その結果、ほんのひと夏の季節なのに、多くの挿話が盛り込まれることになった。

もう一つは、仙吉と門倉が互いの役割と場所を交換していることである。門倉は水田家へ頻繁に出入りしているが、主人のいないところで、たみと二人になるような場面は今までなかった。おそらく仙吉に対する遠慮の気持ちがあったのだろう。しかし第二話になると、彼はたみと一緒にさと子の付き添いをしている。また初太郎の盗みでは、たみを説得し、事を丸く収めた。門倉は病院の看護婦に「ご両親」と呼ばれるほど、仙吉の代役を十分に果たしていたわけである。

一方、仙吉は門倉の家へ行く機会がなかなかなかった。それが突然始まったヴァイオリンのレッスンにより、友人宅へ自然に入っていけるような状況が生まれる。この伏線のおかげで、仙吉は主人が不在の門倉家で、君子の自殺を食い止めるという重要な役割を演じた。その直前に君子の妄想で、門倉が止めに入る場面があることからも、二人の役割交換がなされたことは明らかである。

◇シナリオから小説へ「蝶々」◇

ここでは、向田がシナリオをいかに小説へ変容させたのか、考察してみたい。確認のため、対象となる小説をもう一度記す。

一つは、文藝春秋の豊田が『あ・うん』の試写会でドラマに感動し、ノベライゼーションを快諾した作品である。掲載されたのは、昭和五五（一九八〇）年三月号の雑誌『別冊文藝春秋』であった。本論ではこの小説を、便宜上、「雑誌」と記載している。

もう一つの論述対象は、およそ一年二ヵ月後の昭和五六（一九八一）年五月二〇日に出版された小説『あ・うん』である。これには『あ・うん』の前編と後編が収録され、帯には「向田邦子初の長篇小説」と記されていた。こちらの本は、本論では「単行本」と表記している。

シナリオの第一話「こま犬」は、書き出しがすばらしく、ドラマ全体の根幹を明確に示している。ノベライゼーションする際、向田はこれ以上の導入部は作れないと思ったのだろう。そこでシナリオの設定はそのままに、人物や空間などの紹介に力を注いだ。本論においても、たみの表情や性格、「バタビア」の店内の様子などを、小説から借用させてもらった。

これらからわかるように、「こま犬」のノベライゼーションは新たに説明が書き加えられたものの、シナリオをほぼ踏襲していたといえる。それゆえ第一話の終わりでは、◇シナリオから小説へ◇のコーナーを特に設ける必要がなかった。

ところが第二話「蝶々」になると、向田は大胆な企てを試みている。単なるノベライゼーションから何とか脱したい、という気持ちが強く働いたのだろうか。

シナリオでは、「蝶々」の出だしが仙吉のボーナスや初太郎の便所掃除から始まっていた。しかし雑誌や単行本では、ヴァイオリンの稽古から始まり、しかもレッスン場所が門倉家から水田家に移されていた。


この二つの変更のうち、まずエピソードの順番が変わったことについて考えてみたい。小説において、向田はなぜヴァイオリンの稽古を「蝶々」の初めに置いたのだろうか。その理由は、［門倉は、たみを笑わせたかったのだ］という文章が明かしてくれる。作者は前話の最後に、たみの流産を描いた。その試練とのつながりで、彼女が笑顔を取り戻すきっかけを与えておきたかったのである。

シナリオでは、ヴァイオリンの稽古は門倉家でなされていた。けれどもなぜ仙吉がたびたび親友の家へ出かけるのか、たみは知らなかった。訪問理由を尋ねても、はぐらかすばかりで、夫は夕食をかっ込むと、そそくさと出ていった。このような展開では、〈たみを笑わせた〉いという門倉の意図は希薄なものになってしまうだろう。

ここには、連続ドラマと小説との相違がよく表れている。前者であれば、どんなに衝撃的な出来事が起こっても、視聴者はそれを和らげる一週間の時間を持つことが出来る。だが後者では、暗い内容の第一章が終わると、それに続く次章がすでに用意されている。たみだけでなく読者にも、何らかの笑いが必要だったのである。

変更した理由がもう一つ考えられる。シナリオのとおりにすると、小説にした場合、構成面に破綻が生じてしまう。脚本では、初太郎が仙吉のボーナスに目をつけるシーンから、盗みを働くシーンまでの間隔が長いのである。その間に主要なエピソードだけでも、たみの腹巻き保管、寝台戦友の説明、さと子の病気、禮子の妊娠報告などが入ってくる。

テレビの場合、このように多彩な挿話が盛り込まれていても、それほど不自然な印象は感じられない。それは場面転換の際、映像がその場で必要となるものを取り込んでいるからで、詳しい状況説明など不用にしている。

一方小説では、新しい出来事が起こるたびに、その場の様相を文章で最小限伝えなければならない。もっともこれがエッセイなら、行空けも可能である。ただし小説では多用できない。ほんの僅かな言葉であっても、作者には余分に書き込むことが苦痛であり、また読者にはわずらわしく感じられる。それを解消するには、できるだけ飛躍を避け、出来事に若干の必然性を持たせることが肝要となる。向田はおそらく以上のことを勘案し、設定変更を行ったのだと思われる。

次にヴァイオリンのレッスン場が、なぜ門倉家から水田家に変わったのか考えてみたい。明らかなことは、この移動によって、仙吉、たみ、門倉の間柄が一層親密になることである。小説ではこの三人の曰《いわ》く言い難い関係が前面に出て、筋を引っぱることになる。

たみが君子に代わって、レッスンでの世話を引き受ける。君子はヴァイオリンの稽古があることなど、何も聞かされていなかっただろう。門倉の楽器は水田家へ置いたままにしてあったし、妻には内々で行う方が、彼には万事都合が良い。何しろレッスンの目的が、親友の妻を笑わせることにあったのだから。

　ところで向田が『あ・うん』の企画書をＮＨＫに提出したとき、前述したように、「二つの家の物語」が重要なテーマの一つであった。だが実際にシナリオを書き始めると、門倉が水田家を訪問することが多く、かなりの片寄りが出てしまった。そこで作者は、ヴァイオリンのレッスン場を君子のいる門倉家にした。それが小説を書く段になると、再びレッスン場を水田家へ移してしまう。向田はバランスを崩してでも、仙吉、たみ、門倉の三角関係に焦点を当てたかったのではないだろうか。


　ここからは、シナリオと小説の相違を具体的に検討する。小説においては、成立に従い「雑誌」、「単行本」の順番でシナリオと対比する。ただし両者がほぼ同一の文章の場合、向田が『あ・うん』の完成稿とみなした「単行本」で代表させることにする。

　三ヵ月前、たみが流産して間もない頃、門倉がヴァイオリン二丁抱えて水田家へやってきた。彼はこの楽器を習うことに決めたから、お前も付き合え、と仙吉に強要した。そればかりか、［稽古日《けいこ》は毎週土曜の午後、場所は、ここを貸してくれ、本式でいきたいから先生も白系露人の女史を頼んできた］と言うのである。女性たちは［随分強引なことをするものだ］と思ったが、やがて門倉の目論見《もくろみ》に気がついた。沈みがちなたみを笑わせたいのである。

　門倉と仙吉がなぜヴァイオリンの稽古を始めたのか、シナリオにはその事訳が全く記されていなかった。しかし小説では、その理由が少し奇妙で強引に見えるけれども、門倉の意図は明確に伝わってくる。思ったとおり、この場のたみは実によく笑う。彼の狙いが当たったのである。たみとさと子が笑いを必死でこらえる場面が随所に出てくる。半ドン[☆9]で家に帰ってくると、仙吉はあわただしく昼食を済ませ、さらに「威勢をつけると称して生卵をのむ」。小さな楽器を弾くだけなのに、まるでこれから殴り込みに行くような有様である。二人はおかしくて仕方がない。

レッスン前の雑談で、先生のペチョーリンスカヤ女史の歌った唱歌が皆の笑いを誘う。先生は日本語もかなり達者なのだが、母国語でない悲しさ、「ひよどり越え[☆10]」の一節「鹿も四足《よつあし》、馬も四足」を「イカも四足、馬も四足」と歌ってしまった。これに似た失敗談は、向田の『眠る盃』や『夜中の薔薇』等のエッセイにも出てくる。確かに、耳から入る歌詞は思い違いが起こりやすい。作者は自分の体験をもとに、巧まずしてユーモアをかもし出す女史を描いたのである。

仙吉と門倉がヴァイオリンを持って先生の前に立ち、音を出す段になると、たみとさと子は今にも吹き出しそうになる。とうとうその場にいられなくなり、台所へ逃げてしまった。このようなことが何度かあったのだろう。ある時、笑いで身をくねらせている二人の姿を、水を飲みに来た仙吉が見つけてしまう。彼はかんかんに怒り、「そんなに笑いたけりゃ、朝のうちにしっかり笑っとけ」とどなりつけた。この言葉で、二人はまたもや身をよじって笑い転げた。仙吉の理屈に合わぬ命令は滑稽であり、まさに向田の父敏雄の台詞を彷彿させる。

二人がヴァイオリンのレッスンを受けるようになって、たみにも大きな変化が生じた。土曜日は彼女にとって特別な日になる。仙吉が会社へ出かけると、さっそく花を活け、髪の手入れを入念に行った。髪に鏝《こて》をあてる描写が実に生き生きしており、みごとである。おそらく向田は幼い頃、母せいが髪を整えて美しくなっていく様を、まるで魔法を見るような思いで眺めていたのだろう。この時のたみは、「瞼の下が赤くふくらみ、目がうるんだようになった」。それは彼女が嬉しさを隠しきれずに見せる表情である。引っ越しの日、門倉の用意した米をすくい上げてはこぼしている場面と同じ面容なのである。

親しくなった女史に、仙吉と門倉は二人がどうして知り合いになったのかを話した。この件はシナリオにもある。だがノベライゼーションになると、向田は「寝台戦友」の説明を、「ボーナス」や「便所掃除」より前の段階で読者に知らせるべきだと考えた。第一章では、二人が無二の親友であることはたっぷりと描いたけれど、そのきっかけを記す場がなかった。この点を考えると、第二章がヴァイオリンのレッスンで始まるのは、実に好都合だったのである。

レッスンが土曜日の午後になったおかげで、向田は門倉と初太郎の間柄も無理なく描写できるようになった。テレビではこの場面がないため、初太郎が百円を盗んだシーンにおいて、視聴者は門倉の熱の入った弁護に少しばかり違和感を覚えた。二人の日頃のつきあいを知れば、彼の言動にも納得がいく。

門倉が仙吉には内緒で初太郎に会っていた。彼は社長なので、勤め人の仙吉と違って時間の自由がきく。家長より一足早く水田家へやって来ることが多く、そのような時には老人の部屋を必ずのぞいた。そして初太郎が最も華やかだった頃の話に耳を傾けるのが常だった。年寄りにとって、門倉は山の話を聞いてくれる貴重な話し相手であった。

二人は気質において、相通ずるものがあったようである。向田は後半「芋俵」のなかで門倉に、初太郎は「依怙地だったけど骨があった」と言わせている。引用の文言は、勝負師には欠くべからざるもので、門倉自身もこの資質に恵まれていた。工場を経営する人間は時流に遅れず、常に次の一手を考えなければならない。経営とはある種のギャンブルである。彼の判断が自分の家族だけでなく、従業員すべての運命を決めてしまう。初太郎が破産したように、門倉も会社を一度つぶすことになる。そのような男だからこそ、老いた敗者の気持ちを理解することが出来たのである。

　これ以降は「便所掃除」、「ボーナス」、「さと子の病気」など、シナリオの第二話前半に書かれた物語が、「初太郎の盗み」までほぼ踏襲される。もしドラマ『あ・うん』を観た人に、小説はつまらないかと尋ねたならば、必ず否定の答えが返ってくるだろう。なぜなら、向田はノベライゼーションする際、小説らしい楽しみをあちこちに用意していたからである。

　例えば、さと子が肺門淋巴腺炎の疑いを持たれたときの心持ちである。シナリオでは人物の内奥を描くことが出来ない。小説のさと子は、一般論として、「水虫より頭痛」、「おなかが悪い」より「胸が悪い」というように、病気は身体の上へいくほど上等になると考える。そして九条武子[☆11]になぞらえて、血を吐いて死ぬ悲劇の佳人になる自分を夢想した。

　けれども浮ついた気持ちでなく、死を実感したとき、さと子は「大きくて太い樹の幹に抱きついて、声を上げて泣いてやる」と決意する。この感慨は、向田が感動して読んだ野呂邦暢の『落城記』の一節と関連しているのだろう。その文中に、本丸のすぐ側に立つ樹齢千年の大楠が出てくる。城と運命を共にする覚悟の城主の娘は、私は死んだりしない、「私は楠である」と言い切った。『あ・うん』の放映から一年後、向田はエッセイ「楠」において、自分を「抱きついて泣く木を持つこともなく過ぎた人間[13]」と批判している。作者はさと子と同じ希望を懐きながら、結局それがかなわなかったのである。

　さと子はレントゲン室の前で、門倉が家族に［気の利いたみやげものを買って来］ることをふと思い出した。シナリオにはこのような回想がない。門倉の贈り物が脚本に出てくるのは、『続あ・うん』の「四角い帽子」になってからで、その行為にはあまり大きな意味もなかった。小説ではなぜレントゲンの順番待ちのシーンに、わざわざ〈みやげもの〉の話が出てくるのだろうか。門倉は仙吉にも、さと子にも、また初太郎にまで、高価な品物を買っている。［しかし、たみには、帯締め一本買ってきたことはなかった］。この時まで、さと子にはその事情がわからなかった。門倉は金品でたみの歓心を買うつもりはない。もっとも他の女性には、金に飽かして無茶をしたこともあったが、親友の妻とは精神的な繋がりでいたかった。

　ところが病院で、門倉はたみと夫婦に間違えられてしまった。そこで彼は一層自制しようと努める。あえて彼女と口を利かず、距離をおいて座った。このような振る舞いのなかに、さと子は土産物のない理由を読み取った。［買わないことが門倉の気持[14]だったのだ］と理解したのである。

　初太郎の盗みの一件で、シナリオと小説との間に大きな違いが出てくる。そもそも小説では、初太郎に関連した金歯のゴミ箱探りや、東京駅の待合室での儲け話などは書かれていない。筆者はこの一連の山師の話をとても面白いと思う。しかし向田は、小説ではこれらのエピソードを出来るだけ除こうとした。

禮子の妊娠を知らせにきた門倉に、たみが玄関の間で応対にあたっていた。その隙に、昼寝をしていたはずの初太郎が、脱ぎ置かれたさらしの帯から百円札を盗む。物音に気づいて、二人は茶の間に駆けつけ、何とかお金を取り戻す。ここまでは、シナリオとほぼ同じストーリーである。

それがこの後、雑誌『あ・うん』ではたみが強情を張り、百円を貸さなかった。これは思いもよらぬ展開である。おそらく山師の話をなるべく削除したい思わくからきたものだろう。だが初太郎に金を貸さないことで、おいしいエピソードが書けなくなってしまった。門倉が思いついた証文の話、その借用証を仙吉が脱衣所で見つける話、仙吉が貸与には触れず初太郎に酒をふるまう話、これらはすべてよくできた挿話であり、削除するのは何とも惜しい。

さらに大きな問題は、初太郎の存在意義が半減することである。彼はドラマのなかで重要な役割を二つ担っていた。一つは仙吉との親子間の確執であり、もう一つは老いてもなお山師の仕事に執念を見せることである。それが雑誌では、百円の借用を拒まれ、初太郎の計画は頓挫した。元手がないと、この仕事は全く立ち行かないからである。老人はこの後、山師仲間と二度集まるが、話題はもっぱら景気のよかった頃の自慢話で、具体的な儲け話は出てこなかった。

君子の自殺未遂においても、シナリオと雑誌では大きな違いがある。シナリオの場合、君子が改まったいで立ちで水田家に出向き、お世話になったとお礼を述べる。なぜ感謝されているのかわからぬ二人に、今度は急に「戦友」を歌い出した。君子が帰った後、仙吉はこの軍歌の一節から彼女の真意を読み取る。彼は下駄をつっかけ、門倉家へ大急ぎで駆けつけた。

単行本の『あ・うん』も、ほぼシナリオに倣《なら》った展開になっている。ただし脚本にはない、小説ならではの面白い説明が書き加えられた。この日の君子は落ち着いた物腰で、微笑まで浮かべている。門倉によると、［腹立ててるときほど機嫌のいい顔］をするという話であった。

水田夫婦が警戒していると、君子は仙吉と門倉が親友になる「寝台戦友」って素晴らしいと言い出した。二人はこの文言の前半に意味を置き、［夫の寝台の、つまり女の世話までしていただいて、と言われているようで］、身を固くした。けれども彼女は後半に力点を置いていたらしく、［そういえば、あの歌も題は『戦友』でしたわね］と述べ、夫婦の関心を軍歌へ向けた。

これに対し、雑誌では君子の訪問などなく、門倉家の耳の遠いばあやが、奥様の様子がおかしいと仙吉の家へ知らせに来る。それを聞くと、彼はあわてて家を飛び出した。ここには君子の持って回ったお礼の口上も、また彼女の歌う「戦友」もない。したがって仙吉による軍歌の謎解きもなかった。雑誌のストーリーは余分なものがないだけにとてもすっきりしている。しかし何か大きなものが抜け落ちたような気がしてならない。

君子の屈折した言行は、『あ・うん』にとって貴重である。「陽」のたみに対し、彼女は翳りを帯びた「陰」に近い存在である。この二人の静かな戦いが、作品に緊張と活気をもたらすことになる。だが雑誌は、君子が活躍する場面を除いてしまったので、このバランスが大きく崩れてしまった。

第五章　青りんご

a．さと子の見合い

第三話「青りんご」に入ると、季節は秋になっていた。さと子が松茸を持って門倉家へやって来る。到来物ではあったが、良いものを選んで竹籠に入れてあった。玄関横には、「家に負けずモダーンで大きく立派な犬小屋」があり、毛並みのいい西洋犬がふいに顔を出した。悲鳴を聞き、門倉が飛び出してくる。彼女は父がこれと同じ犬を飼いたいと言って、母と喧嘩していると話し、さらに何でもおじさんの真似をすると付け加えた。

家に入ると、門倉がさっそく仙吉の健康を尋ねてきた。これまで頻繁に往き来していたのに、この所とんと連絡がないのである。さと子は言い淀んで、曖昧な返事をする。実際、「父はあまり元気ではないのです」が、その要因が何なのか、彼女にはまだわからなかった。

水田家の夫婦のいさかいから、元気のない理由が少し明らかになる。夕暮れ時、仙吉が縁側に座り、ぼんやり庭を見ていた。その隙に、たみが抽斗《ひきだし》をあけて預金通帳を調べる。かなりの額が引き出されていた。すぐに通帳を持って夫の前へいき、「おじいちゃんじゃないかと思って」と言う。犯人が初太郎でないことはわかっていた。仙吉が自白しやすいように、わざと祖父ではないかと聞いたのである。思ったとおり、彼は素直に白状した。

しかし金を何に使ったのか言わない。仙吉は「俺の稼《かせ》いだの、何に使おうと、俺の勝手だろう」とまで言い放った。この台詞は、彼の日頃の方針に反する。水田家では、たみが家政を管理し、預金通帳は仙吉も自由に見ることが出来る抽斗に入れてあった。仙吉が財布のひもを握っていたのではない。彼女は出費先をどうしても知りたくて、せんだって言い争った犬を買ったのでは、と問い詰める。するとゾウやキリンを買うわけじゃあるまいし、と怒鳴りつけられた。たみは癇癪などで動じたりはしないが、「このくらいじゃ、焼石《やけいし》に水なんだよ」と弱々しくつぶやいた夫の言葉が気にかかった。
二、三日後の昼下がり、禮子が産婆の帰りに水田家へ立ち寄った。母子ともに経過が順調なことをたみに知らせにきたのである。それだけ述べると、彼女はすぐに帰ろうとする。そこへ奥から寝巻姿の仙吉が現れた。「仇《かたき》のうちへ来てもお茶ぐらい飲むもんだっていうじゃないの(1)」と引き留め、座敷へ上げた。
昼間に仙吉が家にいるので、禮子は少し怪訝《けげん》な顔つきになった。彼はすかさず、風邪で会社を休んだと弁明した。だが本当に風邪で欠勤したのだろうか。たみは結婚して初めてかしらと言うし、さと子は「今までだと、三十九度あっても、這《は》ってでも行ったのに。どうかしています」と語っている。二人は仙吉が感冒で休んだとは考えていない。何か出勤しにくい事情があるのだろうかと案じていた。

禮子はようやく場の雰囲気に慣れ、生まれてくる赤ん坊の話をしている。そこに玄関の方から、

「ごめん下さいまし」という声が聞こえてきた。仙吉夫婦は目と目を見かわして、来訪者が君子であることを確認する。禮子は二人の様子から相手を察し、裏口から出ますのでと小声で言った。仙吉が拝みかけると、たみはそれを遮って腕を上へ向け、娘に「お客様、お前の部屋」にお通しして、とすばやく指示を出した。

たみは小走りに玄関へ向かい、上がり口にある禮子のぞうりを後ろへぽいっと放る。さと子はそれを素早く拾い、[2]〈お客様〉を二階へ連れていった。二人が上がっていくのを見届けると、たみは「ちょうど、着替えしてたとこ――すみません」と言って、衣紋《えもん》を整えながら戸を開けた。

この場のたみは、慌てふためく仙吉とは対照的に、状況を冷静に判断し、的確な指示を出している。彼女は賢いうえに、大胆な行動をとることも出来た。向田は小説において、このようなたみを「隅に置けない芝居上手である」と高く評価している。もう一人、忘れてならないのは、母親と同様に機敏な動きを見せた娘さと子である。この二人の見事な連係プレーがあったからこそ、君子と禮子の鉢合わせを何とか回避できたのである。

君子はさと子に縁談を勧めるため、水田家へやって来た。勘の鋭い女性であったが、まさか二階に夫の妾がいるとは気づいていない。今は見合いの合意をとることに神経を集中させていた。戦前では、個人の恋愛は映画や芝居のなかでのことだった。結婚の多くは町内の世話好きや、縁者、知人が持ち込んだ見合い話から始まるのが常であった。君子は本人の経歴や家族関係が書かれた釣書《つりがき》と、見合い用の写真を持参して来訪したのである。

辻本という若い男の写真を見せながら、この三月に帝大を卒業する予定、と君子はさかんに売り込みをかけた。しかし仙吉夫婦のどちらも逃げ腰で、何とか断ろうとする。その理由として、初めにさと子の若い年齢を、次に最近かかった病気を持ち出した。だがこのような口実は、君子にたやすくやりこめられてしまう。逆に「あたしの持って来た『はなし』じゃ、お嫌《いや》かしら」と詰め寄られてしまった。

この台詞は強圧的な口調に聞こえるが、君子の心中は逆で、すがるような思いでいた。この後、彼女は「あたしもひとつぐらいは、お役に立ちたいんですよ」と述べている。縁談で仙吉夫婦の〈役に立ち〉、自分も彼らの輪の中に加わりたいのである。返答に窮する二人に、君子は遂に「おねがいします」と哀願までした。彼女のこの時の心境を、門倉は「なんていうか、こういう形で——まじりたい、っていうか、中へ入りたいっていう、うちの奴《やっ》の気持」と説明している。たみは君子の熱意に押され、結局見合いに同意した。

一方、二階にはさと子と禮子がいる。二人は初め緊張した様子で座っていた。前者が琴をつま弾き始めると、後者も気がほぐれたのか、ぽつりぽつりと身の上話をし始める。十歳の頃、子守奉公にやられ、次に女中として働いた。その後、もっと実入りのよい職として、カフェの女給になったと言う。生活に追われる禮子には、本物の琴に触れる機会などなかった。

向田が禮子の生い立ちを紹介することで、視聴者は彼女の人生を知り、身近な存在と感じるようになる。それは禮子を準主役の地位に押し上げることにもなった。現在の一面だけでなく、登場人物の過去を示すことで、人物に奥行きと深みが与えられたからである。『続あ・うん』に登場するまり奴は、禮子と同じような境遇になるけれど、彼女の過去が語られていなかったので、残念ながら、線の細い存在になってしまう。

　禮子の半生を聞き、さと子は何かしてあげたい気持ちになった。琴の爪を差し出すと、彼女は弦をはじき始める。禮子は単に琴をもてあそんでいるわけではない。二階へ追いやられても、自分がここにいることを本妻に示そうとする。不器用な琴の音が彼女の存在をアピールしているのである。仙吉は禮子の意図に気づいたのか、ポヨヨンと聞こえるたびに、「気を揉《も》んで上目使いに二階を見上げ」た。

　さと子は一階に正妻がいて、二階には懐妊した二号さんがいる状況に興味津々である。「こんな場面はいま読みかけの『明治大正文学全集』[☆1]のどこにものっていない」と思う。実際そのとおりで、どの小説にも書かれていない。おそらくその渦中にあるさと子だけでなく、この状況設定を考えた向田本人も面白がっていたにちがいない。作者は設定を少しずつ変えながら、二人のニアミス場面を何度も登場させることになる。


　さと子は門倉家で見合いをした。いつもは洋服なのに、今日は和服を着てリボンをつけ、化粧までしてもらった。初めてのことなので緊張していたが、向かいの辻本研一郎も同様に固くなっていた。君子がしきりに世話をやき、座を取り持とうとする。それに合わせ、仙吉夫婦や門倉も口をはさんでは笑ったりするけれど、すぐに間ができ、場が白けてしまった。

　そこで門倉はスキー道具が届いたよと言って、仙吉を書斎へ連れていく。大人はそろそろ席を外した方がよいという気づかいである。さと子と辻本は二人だけになっても、しばらくは黙ったままだった。ようやく彼が新聞をどちらから読みますか、と尋ねてきた。思いがけない質問だったので、さと子は深く考えもせず、「うしろの三面記事から」と即答する。答えてすぐに、彼女はしまったと思った。だが辻本は、「女の人は、そのほうがいいですよ」と意外なことを言う。それを聞いたさと子は、優しい人だなと思い、しだいに熱を上げるようになっていく。

ところで三面記事とは、一般社会の雑事が書かれた紙面のことである。政治や経済を扱った一面とは内容にかなりの違いがある。〈三面記事から〉読むと答えたさと子は、自分の無知蒙昧を恥じた。しかし辻本は自分の知識を誇示する先端的（戦前の流行語）な女性を求めたのではない。新聞の一面を飾る事件に疎《うと》くとも、家族の面倒見がよく、家庭を上手に切り盛りできるような人と交際したいと考えていた。それは、当時の男性が思い描く望ましい女性像でもあったのである。

書斎では、気乗りしない様子の仙吉がスキー服を着ている。門倉がスキー場の話をしても上の空である。ついには床にへたり込んで、見合いを断ってくれと頼み込む。さらにスキー帽を脱ぎながら、金のかかることは駄目なんだと付け加えた。門倉は嫁入り支度が大変なのだと思い、俺にも費用を負担させてくれと言おうとする。それを仙吉の思いがけない言葉が封じてしまった。

「使い込み、分っちまってさ」と、仙吉がぽつりと言った。お前がか、と門倉は聞き返す。正直一途な仙吉が、そんな大それたことをしでかすとは思えないからである。それは支店長時代の、次長の犯罪であった。だが他人の尻ぬぐいを、なぜ彼がしなければならないのだろう。もちろん仙吉に弁償の義務はない。ただ部下の不始末は上司の責任とされ、彼の出世に響くかもしれなかった。

仙吉にとって、これからの出世はともかく、当面の評価が気になった。彼は「夜学だから」、会社で「一段低く見られて」いた。そこに以前の失態が「表沙汰《おもてざた》になったら」、ここぞとばかりに攻撃されるだろう。〈夜学〉上がりは部下の管理すらできないのだから、支店長に抜擢したのは間違いだった。このような非難に、仙吉はとても堪えられなかった。

それにしても、向田は〈夜学〉という言葉をよく用いる。「はめ殺し窓」に出てくる給仕のトクさんは夜学へ通っていた。「胡桃の部屋」の桃子は、「夜学というハンデに苦しんだ父親を見ていたから(3)」、弟を何としても昼間の大学へ入れてやろうとする。そして仙吉は、神棚のボーナスをじっと見る初太郎に、「オレがさ、夜学だ、なんだっていわれながら、汗水たらして半年働いた分なんだから、徒《あだ》やおろそかに扱わないでくれよ」と大声で警告している。このような描写には、低い学歴で辛苦した父敏雄の姿と重なるものがあったのかもしれない。

門倉がいくら必要だと尋ねても、仙吉は話をはぐらかして答えようとしない。ここで向田は前者の苛立ちを、「俺は、役に立たないのか」、「俺にゃ、都合のつかない金か」と反語法で表現した。さらに「俺は、」、「俺にゃ、」とわざわざ読点「、」を置くことで主語を強調している。

向田ドラマに関して、演出の深町幸男はト書を変更することはあっても、台詞は決していじらない、と自分に課していた。しかしこのシーンではあえて原則を破っている。まず「、」を取り除く。門倉のたたみかけて言う台詞に読点があっては間延びすると考えたのだろう。また台詞そのものも、「俺じゃだめだっていうのか」、「俺には用意できない金だっていうのか」のように、なめらかな言い回しに置き換えた。

せっつかれた仙吉はどうせ無理だと思い、「五千円だよ」と投げやりに言った。門倉も大きな金額に、驚いた顔をする。だが少し考えてから、「あした、一番で届ける」と言い切った。この返答に、仙吉は一瞬助かったと思う。ただ何と礼を言ったらよいのかわからず、結局うつむいてしまう。そしていきなり、スキー帽で門倉を何度も殴りつけた。不器用な彼は殴ることでしか感謝の気持ちを表現できない。この二人の会話を、君子がドアの後ろで盗み聞きしていた。

シナリオでは、仙吉が門倉を何回も殴るように指示されていた。これは帰京の日、世話になった門倉を、仙吉が玄関先でたたき続けるシーンを思い起こさせる。おそらく向田は類似した動作を繰り返すことで、仙吉の感恩を強調したかったのだろう。

ところが深町は思いがけない演出をする。門倉が〈あした、一番で届ける〉と言った後、ニヤッと笑いながら、水田のスキー手袋をもぎとり、彼を何回も殴った。殴る相手が逆になっているのである。当然、この場の状況も変わってくる。〈五千円〉と聞いたとき、門倉は顔を曇らせる。予想以上の額だったし、工場の支払いが頭をよぎったからである。だが難儀する仙吉を見捨ててはおけない。一か八かわからないが、親友を助けてやろう。その決断が不敵な笑いとなり、激しい殴打となったのである。

予定の時間を過ぎて、さと子と辻本以外の人物も応接間に戻ってくる。仙吉は座興と考えたのか、スキー服姿のまま現れた。誰もが笑い出すなか、たみだけは「門倉さん、あんまりお金のかかることにさそわないで下さいよ」と念を押す。先日、夫が門倉の真似をして、洋犬を飼おうとするのを諦めさせたばかりだった。それなのに今日また、スキー道具一式を買ってしまう。それでなくとも水田家の家計は火の車だった。最近、仙吉は用途を明かさず、預金通帳からかなりの額を引き出していた。たみにとって〈お金のかかることは〉ご法度だったのである。

向田のシナリオはここで場面転換するが、演出の深町は何か物足りない気がした。たみの発言に対するリアクションが欠けているのである。最も憤ったのは君子だった。なぜたみが模倣する仙吉本人でなく夫を非難するのか、しかも先生が生徒を諭すような口調でとがめるのか、わからなかった。また盗聴した君子には、主人が会社を顧みないで、たみの亭主に個人的な理由で大金を貸すことにも腹が立った。

深町は君子の心に渦巻く複雑な感情を、どのように表現しようかと考える。台詞を書き加えるわけにはいかない。そこで演出家らしく、和田勉も顔負けのクローズアップで描写したのである。それに対し君子役の岸田今日子は、何とも表現できない絶妙な顔つきで、演出家の要求に応えた。

見合いのあった夜、門倉、水田の両家では、もはや縁談などどうでもよくなっていた。君子は夫への不満を隠そうとしてか、黙々と刺繍の手を動かしている。それでも心配が頭をもたげ、工場の方は大丈夫なのですか、と二度聞き返し、「そんなときに五千円も」と愚痴をこぼした。聞き流していた門倉が、ついに「会社は、つぶれたって、また頑張《がんば》りゃもどるさ。友達ってやつは、そうはいかないんだよ」と妻を説得した。

この弁明はかなりの暴言に聞こえる。門倉一人の破産ならいざしらず、「三百人を越」える工員を抱えた社長の発言としては適切ではない。しかし彼と仙吉が誇示する寝台戦友には、一般の社会常識を超えた絆があったのかもしれない。向田はその例を、すでに小説において紹介していた。二次会での勘定の際、持ち合わせがなければ、相棒のポケットから財布を取り出し、支払いを済ませてしまう。このような行為が［ごく自然に出来るのが寝台戦友］だったのである。したがって借りる方は変に下手に出たりしない。また貸す方も、恩着せがましいことを言わない。初太郎が百円を借りるとき、大きな役割を果たした借用証も、ここでは話に上らなかっただろう。

その夜、仙吉は門倉から五千円を借りると妻に打ち明けた。当然見合いも断ることになる。「他人に金、用立ててもらってて、縁談でもない」からである。たみが夫を気にしながら、「それにしても、門倉さんもまあ」まで言って黙ってしまった。その後には「大金をよく都合してくれて」などの言葉がくるはずだった。話を中断したのは、仙吉が急に立ち上がり、大きな音を立てて日めくりをめくったからである。

たみの〈門倉さんもまあ〉を聞いて、仙吉は胸にわだかまっていた感情を吐き出したくなった。日めくりをピリッと強く破り、これが引き金となる。「あいつは、俺に用立てたんじゃないよ」、「お前が泣くの、見たくなかったんじゃないのか」、と不穏な言葉を並べた。門倉は〈友達〉のために貸与すると説明した。それがここでは、たみの泣き顔を見ないため、に変わってしまった。

仙吉は本音を言ってはみたものの、自分の発言が三人の関係を危うくすることもわかっていた。彼は後ろを向いたままで、たみに言葉を求めない。またたみも無言のままである。そしてくるりと向き直ると、仙吉は「オッチョコチョイだよ、あいつも」と言って、いつもの顔に戻っていた。貸し主のそそっかしさを揶揄することで、この場を丸く収めようとする。それから「風呂にしてくれや」とたみに頼んだ。この話はお湯ですっきり流すつもりでいる。

b・門倉の倒産

大金を借りた水田家は、生活をかなり切り詰め、さらに新たな収入を得なければならなくなった。たみは内職として、「一心に仕立物をする」。君子は趣味として刺繍をしていた。同じ針仕事でも大きな相違がある。向田の母せいも、邦子の肺門淋巴腺炎で物入りだった頃、「縫物のよそ仕事をし[4]」たようである。またこれまでは、たみが一人膳の初太郎に給仕をしていたけれど、賃仕事で忙しいので、今ではさと子が代わりをしている。そして食事の内容もずっと粗末になり、煮た竹輪が一皿だけのこともあった。

さと子もこのところ元気がない。辻本が交際を断ってきたと思っている。しかし実際は逆で、水田家の方から退けたのである。断るとなると、勝手な口実がつくものである。仙吉は「帝大出の婿《むこ》は気が重いね」とコンプレックスをさらけ出すし、門倉は「君子の仲立《なかだち》でさと子を結婚させるのは、気がすすまない」と言い出した。だが根本的な理由は、五千円の借財であった。ただし辻本には、さと子の病気が治りきっていないことを事訳に使ったであろう。

結局、このドタバタ劇はさと子にとって何だったのか。そもそもこれは、君子が水田家と好《よし》みを持ちたいという思いから、強引に進めた縁談であった。またその結果も、大人の都合により破談になってしまう。この見合いにおいて、さと子は当事者でありながら、最初から最後まで蚊帳の外に置かれていた。彼女の気持ちなど配慮されず、周りの人間が勝手に事を進め、早々に終結させたのである。

ふさぎ込むさと子に、たみがコップに牛乳を入れて持ってくる。嫌がる娘に、「滋養とらないと、なおりが遅いよ」と説得した。牛乳は当時、まだ一般には飲まれておらず、病人のための大切な〈滋養〉の源だった。たみはさらに「体が本当にならないと、お見合いしたって、また、ことわらなくちゃならないよ」と付け加えた。

さと子は見合いの話にこれ以上触れられたくないので、差し出された牛乳を黙って飲んだ。しかし〈また、ことわらなくちゃならないよ〉という言葉を頭から信じてはいない。自分の病気のせいで縁談を断ったのではなく、相手から断られたと思い込んでいる。落胆するなか、彼女は徐々にその理由を探ろうとする。そして例の三面記事に思い至った。悲しい出来事も、その要因がはっきりわかれば、何とか耐えられるものである。

氷雨の降るなか、たみが仕立物を届けに出かけた。向田はその外出着を、ト書に詳しく書いている。「蛇《じゃ》の目《め》☆2をさし、爪皮《つまかわ》☆3をつけた高歯《たかば》（雨降り用の下駄）をはき、風呂敷《ふろしき》包みをかかえ、裾《すそ》をからげるようにして」出ていくとある。この描写は、雨天時における昭和の女性の装いを紹介するとともに、何か懐かしさをも感じさせてくれる。

玄関の前には、油紙をかぶった金歯とイタチの姿があった。二人が背を向けていたし、たみも蛇の目をかしげて小走りに立ち去ったため、彼らの存在には気づかなかった。おそらく二人はたみの留守を狙っていたのだろう。彼女の外出を見届けると、金歯とイタチはさっそく家の中へ入っていった。

ところで外出の際、たみは家の鍵をかけなかった。当時は、外からかける鍵がまだ普及していなかったのである。もちろん、夜は寝込みを襲われないように、内側から戸締まりをする。昼間は、初太郎かさと子のどちらかが家にいるし、二人共いない場合は、ご近所に声をかけてから出かけている。

初太郎は金歯とイタチを自分の部屋に引き入れた。もっとも金歯は、そのあだ名こそ残っているものの、今回の仕事の元手にしたため、今では白い歯をのぞかせている。初太郎は一升瓶を取り出し酒のつまみを探すが、家計の苦しいこの家にはスルメしかなかった。台所に顔を出したさと子に、彼はそれを炙《あぶ》って持ってくるように言いつけた。

今日の集まりは、投資した山が突如変更になった理由を聞くことだった。初太郎は開口一番、天竜川が秋田に変わっていたのでびっくりした、と驚きを隠さなかった。金歯が「だけどな、イタチの奴《やつ》が体はってしらべたんだ」と相棒を持ち上げ、当人も今年は雨が多く、「天竜が暴れてみろ、筏《いかだ》も材木もいっぺんでバラバラだよ」ともっともなことを言う。これを聞いて初太郎も少し安堵したのか、イタチに向かって「ありがとよ」と改めて礼を述べた。

不安が解消し、山師たちの話はいよいよはずんでいった。そんな時、さと子が襖を少し開け、スルメの皿を差し出した。すると初太郎は強い口調で、ちゃんと挨拶しなさいと言い、さらにはお酌まで強要する。水田家における自分の権威を見せつけようとしたのだろう。ところがそこへ運悪く、仙吉が帰ってくる。急に出張することになり、大急ぎで家に戻ったのである。初太郎の目論見は一瞬にして崩れ去った。

さと子が金歯に酌をしていると、突然ふすまが開いた。皆が呆然とするなか、仙吉は「何やってンだ、お前は！　芸者じゃないんだから、そんな真似《まね》することないよ」とさと子を叱る。しかし非難の対象は娘ではなく、〈そんな真似〉をさせた初太郎に向けられていた。またこの発言には、男にかしずくことで金銭を得る職業婦人への蔑視が透けて見える。この時点での仙吉は、自分が芸者まり奴にほの字になってしまうことをまだ知らない。

腹の虫が治まらない仙吉は、さらに「お母さん帰ってきたらな、わけのわからん連中、うちへ上げるなってそう言え！」と言いつける。似たような台詞は、初太郎の家出騒動があった際にも発せられた。そこでは初太郎が目の前にいるのに、たみに対処させようとした。ここでは〈わけのわからん連中〉がすでに〈うちへ上〉がっていたけれど、帰宅するたみに告げるように命じている。小心者の仙吉は、彼らに怒りを直接ぶつけることが出来ない。せいぜい間接表現で腹立たしさを示すだけであった。

仙吉がふすまを強く閉めて出ていった後、金歯が「ぼつぼつ、行くか」とイタチに声をかけた。その時の「何も聞かなかった、見なかったという顔で立ち上る」と書かれたト書が素晴らしい。初太郎の面目が丸つぶれな事態を、金歯は一切知らないこととしてやり過ごしている。ここからは招待者への深い思いやりが感じられる。一方、イタチは残りの酒を飲みほし、スルメをポケットにねじこんだ。このように、向田は脇役にも明確な性格づけをしている。二人が帰ってしまうと、残された初太郎は部屋にぽつねんと座っていた。

その日の深夜、たみは玄関の戸を叩く音に起こされた。仕立物をしているうちに、うたた寝をしたらしい。彼女はてっきり、夫が出張をとりやめて帰ってきたのかと思った。戸を開けてみると、そこには濡れ鼠になった門倉が立っていた。たみの姿を見るなり、「会社」と言って、門倉はかぶっていた帽子を胸のところで勢いよくつぶした。少し笑いながら、倒産した現実をジェスチャーで示す。深刻な言葉で彼女に余計な心配をかけたくなかったのである。そして彼は夜中の一時過ぎに、なぜたみを訪ねてきたのか、その理由を語った。人生の一大事を、誰よりも「一番に奥さんに知らせたくて」やって来た、というのである。

門倉は仙吉が出張していることを知らなかった。だがたみが鍵をあけながら、「お父さん、出張はやめたんですか」と言っているのを聞いたかもしれない。亭主がいるいないにかかわらず、〈一番に奥さんに知らせたくて〉は、かなり大胆で、危険な発言だったにちがいない。

平静を装ってはいるものの、門倉の身なりはずぶ濡れで、目は血走り、無精ひげは勝手に伸びていた。先ほどまで債権者の攻め立てをくらい、彼は弱り切っている。これまで築き上げたものを失った今では、ただ憧れの人に一目会いたかったのである。

たみは門倉の気持ちをしっかり受け止め、落ち着いた優しい対応をとる。顔に垂れるしずくを拭ってもらおうと、襟にかけていた手拭いを差し出した。それから台所へ、「別珍《べっちん》の臙脂《えんじ》☆4の足袋《たび》が走」っていく。たみは一升瓶とコップをつかむと、すぐに玄関へ引き返す。門倉にコップを持たせ、酒をなみなみとついだ。こぼれ落ちる酒には、たみのあふれんばかりの情愛が感じられた。

門倉は倒産の要因を、無理な設備投資をしたせいだと述べ、五千円の貸与についてはひと言も触れなかった。この態度からは、失敗を自分一人に帰する潔さが感じられる。ところで、なぜたみは夫の借財にふれないのか。視聴者はたみの口から、「自分たちのためにこのような状況になってしまって、本当に申し訳ありません」という謝罪を期待する。しかしそれに類する言葉は一切なかった。

たみは詫びるわけにはいかなかった。仙吉は過日、門倉が金を用立てたのは、たみが泣くのを見たくないからだと言った。彼女は夫の台詞に驚くものの、その発言に何かしら本当に近いものを感じた。たみは門倉に対して、水田家のために、ましてや自分のために、倒産を顧みず金を貸してもらったとは言えない。そこには恩義が生じてしまうからである。あくまでも寝台戦友の仙吉が、親友の誼で借りたことにしなければならない。門倉もたみも、二人の関係に金銭問題を持ち込みたくなかったのである。

たみの台詞から、視聴者が奇異に感じる場面がある。門倉が「素寒貧《すかんぴん》になっちまったけど、奥さん今まで通り、つき合ってもらえますか」と訊いた。それに対したみは、「門倉さん。あたし、うれしいのよ」と答えた。予想外の返答に、彼は言葉が出ない。彼女は続けて、「門倉さんの仕事がお盛んなのはいいけど、うちのお父さんと開きがありすぎて、あたし、辛《つら》かった。口惜《くや》しかったもの。これで同じだと思うと、――うれしい」と言った。

いくら親しいからとはいえ、これは会社がつぶれた人に向かって言う台詞ではない。普通なら「元気を出してください、あなたならきっとまた会社を盛り返すことが出来ますよ」、といった慰めや励ましの言葉が発せられてしかるべきであろう。だがここにはそれがない。もっぱらたみの気持ちだけが語られていた。

たみは門倉家と水田家との間に、〈開きがありすぎて、あたし、辛かった。口惜しかった〉と率直に打ち明ける。このように、表層では家の格差が問題にされているように見える。しかし彼女の真意は、それと連動した二人の精神的な隔たりにあった。たみは今まで、裕福な門倉に対して常に受け身的で、一歩退いた立場にまわっていた。それが倒産を機に負い目を感じることがなくなり、ストレートに〈うれしい〉と感じたのである。

これと似たような心境を、『冬の運動会』の宅次も語っている。彼にとって大家の息子菊男は、「オレたちなんかにゃ手も出ない一本三百円のバラの花(5)」であった。それがひょんなことから、菊男が高校生の頃、万引きしたことを知る。宅次は話を聞いても全く信じられなかった。ただ「本当のこといやあ、ちいっと、嬉しかった」。彼はさらに「人の落度、よろこんじゃいけないけどさ、聞いたとたん、ちょいと虫喰いがありゃ、オレたちにも手が出るかな——なんて——かえってピタッと——こう、気易《きやす》くもの言えンだなあ」と本人の前で話した。高嶺の花に思えた菊男の過失を知ったことで、宅次は彼をぐっと身近な存在に感じ、〈気易くもの言え〉る間柄になったと思った。

同様に、門倉に対する劣等感や嫉妬心などの障壁が取り除かれたことで、今まで出来なかった対等なお付き合いが、たみには可能となった。この喜びを門倉も分かち持つ。彼は「——ありがとう。いただきます」と言って、彼女の差し出した酒を、同意の証《あかし》として一気に飲み干した。深夜における情愛のこもった言葉のやり取りに、さと子は「もしかしたら、これは、ラブ・シーンというのではないでしょうか」と語っている。

仙吉が門倉の仮住まいを訪ねる。粗末な棟割《むねわり》長屋で、戸を開けると、奥から君子が飛び出してきた。彼はさっそく「奥さん、申しわけありません」と言い、さらに「自分の不始末から門倉に無理な金、都合させたんですよ。あの金がありゃ、こんどの倒産防げたんじゃあ」と素直に謝っている。仙吉が借財を正式に詫びるのは、このシーンだけである。しかも貸し主ではなく、その妻に対してであった。

君子から厳しい言葉が飛び出すだろうと、仙吉は覚悟していた。そこへ意外な台詞、「あたし、水田さんにお礼言いたいわ」が返ってきた。会社がつぶれてから、二人で食卓を囲むことが多くなり、寂しくなくなったというのである。このような夫婦らしい生活が送れるようになったのは、「水田さんのおかげ……」とまで言う。これらの言葉には、今まで感じられた嫌味などなく、君子の真心が見て取れる。彼女は仙吉に対して、本音で話をすることができ、正直でいられるようになった。

顔を出した門倉が、すぐさま仙吉に外へ出ようかと誘った。君子の前では話しづらかったのだろう。ごみごみした路地裏を通り抜け、酒屋の裏手まで来ると、仙吉に封筒を押しつけた。やっとの思いでかき集めた、禮子への月々の手当だった。これを彼女のところへ届けてほしい、と頼んだのである。

門倉は債権者との話し合いが長引き、禮子を訪れる時間的余裕がなかった。それに倒産のことを話すわけにいかない。彼女の産み月が迫っている。毎月のお金はもちろんのこと、家賃の高い文化アパートも、このまま借りてやるつもりでいる。そのような自分を、「男の見栄《みえ》ってやつだ。笑ってくれ」と仙吉に言った。

この場面で演出の深町は、門倉役の杉浦に面白いしぐさを指示した。門倉は〈男の見栄ってやつだ〉と言って、タバコを吸おうとする。まさに〈見栄〉を演じようとしたのである。彼はあちこちのポケットに手を突っ込み、やっとタバコの箱を取り出した。だが手にしたのは空箱だった。家計と同様、タバコも底をついていた。彼は苦笑いしながら、それを握りつぶした。

ところで門倉は禮子に倒産したことを隠そうとし、今までどおり援助しようとする。これはたみの場合とは大きく違う。彼女には誰よりも先に真実を伝え、ありのままの自分を見せた。どんなに落ちぶれようとも、たみは自分を受け入れてくれると確信していたからである。それに対し禮子は、門倉にとってすべてをさらけ出せる相手ではなく、あくまでも〈男の見栄〉を張る女性だった。

しかし実際の禮子は、門倉の予想を超えた人物だった。彼女はすでに倒産に気づいていたし、月ごとの手当も受け取ろうとはしない。説得に用いられた「アルマイトの弁当箱」のバカ売れなど、即座に「嘘！」と否定された。禮子は二度も工場へ出かけており、会社の看板が外されているることも知っていた。したがって、門倉に金銭的な余裕がないこともわかっていたのである。

仙吉は手ごわい相手に戦法を変え、情に強く訴えかけようとする。門倉に惚れたんでしょ、とまず問いかけた。禮子は「惚れたわよ。惚れてなきゃ、籍、入ってないのに子供なんか生めないわ」、と門倉への愛を強調する。そこを捉えて、仙吉は〈惚れ〉ている男の言葉を信じてください、「奴の会社は、景気よくやっている」と思ってください、と頼み込んだ。そして最後に、「丈夫な子生んで、奴をよろこばしてやって下さいよ」と絶妙な殺し文句を使う。禮子は涙をこぼしながら、だまったまま金包みを押しいただいた。

前記の訪問から数日たった夜、仙吉はたみに、へそくりを出してくれと頼んだ。門倉の窮状を見て、彼は禮子の手当ての一部を工面してやりたいと考え、「経理から月給前借り」をしていたのである。さらに女房のへそくり金をも一緒に持っていってやるつもりでいた。

たみは「へそくり？　そんなもの、ありませんよ」とそっけなく答える。意外な言葉に、仙吉は「お前ほどの女が、へそくりがないなんて、そんなバカなことがあるか」と言い返す。当時の主婦は家計をやりくりして、上手に貯めていたようである。彼はたみの力量を知っていたし、そもそもへそくりは、自分の給与が元であるという思いもあった。

仙吉がさらに迫ると、たみは「あたし、出せないわ。へそくり、あってもだしたくないの」と本音を吐いた。先ほどは、へそくりなど〈ありませんよ〉と言っていたのに、ここでは〈あってもだしたくないの〉に変わっている。多少の貯えがあっても、彼女には援助できない理由があった。

たみにとって、水田家として門倉の力になることには何の支障もない。しかし彼女個人の分として[6]、へそくりから出すには二つの点で問題があった。一つは門倉との付き合いを、金や物のからむ関係にしたくないことである。彼がたみには一切プレゼントを贈らないように、たみも門倉に金の支援をしないことが彼への気持ちだった。門倉との精神的な絆を大切にしたいという思いが、彼女にお金を出させなかったのである。

もう一つは、仙吉への配慮である。夫からの要求とはいえ、門倉への好意を明らかに示すような用立てに、たみは安易に応じるわけにはいかなかった。仙吉の心中を推し測れば、強く拒む以外に手立てがなかったのである。ナレーターのさと子も、たみの胸中を知り、次のようにコメントしている。「母は門倉のおじさんを好きな分だけ、父に義理立てをしている」。

たみの返答を聞くやいなや、仙吉の平手が彼女の頬に飛んだ。彼はこの数日、君子や禮子に対しては冷静に対応し、説得力のある言葉を発することが出来た。だがたみには感情が先走ってしまい、つい手を上げてしまったのである。彼の心理を、向田は小説において、「たみの気持は判らないでもないが、無性に腹が立った。持ってゆき場のない気持を、どうしたらいいか見当がつかなかった」と上手に描写している。

ここでの〈たみの気持〉とは、仙吉への〈義理立て〉をいう。彼はたみの心遣いがなければ、夫婦仲が揺らいでしまうことに、〈無性に腹が立った〉。しかもこの〈持ってゆき場のない気持〉は、本来ならふがいない自分を責めるべきであった。それが彼を気遣う妻に向けられてしまう。たみを殴ったことが、仙吉には悔やまれてならなかった。

c・縁談を断った相手との「逢いびき」

見合いをした頃のさと子は、辻本に恋しているというよりは、むしろ恋というものに漠然と憧れ、自分が描いた恋の幻想に酔っていた。ところが一度《ひとたび》破談を知ると、今度は、自分ほど惨めで哀れな女の子はいないと考えるようになる。母親の説明では、病気がまだ治りきっていないので、こちらから断ったということだった。でもそれは私を傷つけないための口実にすぎない、とさと子には思われた。

琴の稽古の帰り道、辻本が電柱の後ろから突然現れた。彼は断られた本当の理由を、さと子本人から聞きたくて待ち伏せていたのである。二人は「蛾房」という薄暗い小さな店に入る。これが彼女にとって、初めての喫茶店体験であった。

第三章a．「カフェの女給　禮子」で述べたように、さと子や辻本のいるカフェ（喫茶店）は、禮子が働いていたカフェとは別種の店である。禮子の店では酒を出し、女給が客の横で酌をするのに対し、喫茶店は酒類を扱わず、コーヒーや紅茶を味わう店だった。昭和一〇（一九三五）年にはこのような店が流行し、東京だけで一万五千軒[7]にも達した。またレコード音楽を聞かせる専門店は、「純喫茶」と名乗るようになった。

さと子は「蛾房」で、生まれて初めてコーヒーを飲んだ。家では飲むことが出来ない。「子供はコーヒーのむと頭が悪くなる」とずっと言われてきた。同様に向田家でも、「紅茶はいいけどコーヒーは飲ませると夜中に騒ぐという理由で子供は飲ませてもらえませんでした[8]」とある。どちらの家でも、子供はコーヒーを禁じられていたのである。

一方、紅茶は当時、家庭の飲み物であった。門倉家でなされた見合いの席でも、君子が紅茶を運んでいる。コーヒーが飲めるのは、町中の喫茶店で、子供の出入りは許されなかった。そのような意味で、コーヒーは大人の飲み物だったのである。苦いコーヒーを飲むことは、大人の世界への第一歩でもあった。

席に着いた二人は、さっそく新聞にかかわる誤解を解いた。さと子は三面記事から読むので断られたと思っていたが、辻本は逆に、そのことをむしろ好ましいとしていたのである。和やかな雰囲気になったので、彼は次に会う日を決めようとする。それに対し彼女は、「でも、お見合いして、ことわったのに、逢《あ》うのは、いけないいんじゃないでしょうか」と疑問を投げかけた。家が反対したのに、それに背いてデートすることに抵抗を感じたのである。

ここで辻本は、「『自由恋愛』なら、いいじゃないですか」と魅惑的な言葉を口にした。〈自由恋愛〉とは、結婚を前提とせず、男女が自由な意思に基づいて心を通わせる恋愛のことである。交際にさまざまな制約があった当時、新聞や雑誌にさかんに書かれた啓蒙用語であった。この言葉は多くの女性の夢をかき立て、憧れを懐くことには寄与したけれど、実行に移したのはごく少数の勇敢な者だけだった。

さと子は〈自由恋愛〉という活字を目にはしていたが、生身の人間から聞いたのは初めてだった。大人の味であるコーヒーの相乗効果もあって、彼女はこの言葉の響きにすっかり酔いしれてしまう。その喜びで、「体が熱くなりました。胸が苦しくなりました」と述べている。だがそこには、向田がことさらコーヒーに形容した「黒くて重たい」罪悪感も混じっていたように思われる。

その夜遅くにさと子が帰ってくると、門倉が来ていた。彼が手土産に買ってきた青りんごを、たみは途中で皮が切れないように真剣な顔でむいている。(9) 仙吉と門倉は、それが神事でもあるかのようにじっと見つめていた。

両親が帰りの遅いことをなじると、さと子は話をそらそうと、「そんな青いりんご、すっぱくて食べられないわよ」とはしゃいだ様子で言った。門倉が新種の青りんごで甘いんだよと説明し、彼女の口に一切れ入れてやる。口をモゴモゴさせながら、祖父にも持っていこうとすると、今度は場所を尋ねられた。彼女はとっさに、「――お琴の帰り、友達と、お汁粉《しるこ》たべてきた」と答える。これが、生まれて初めて両親についた嘘だった。

さと子は辻本と会っていたことを、どんなことがあっても両親には言わないと決意する。今日一日の出来事から、自分にとって大切なことは決して口外せず、秘密にしておくことを学んだのである。また「言わない方が、甘く、甘ずっぱく素敵なことが判」った。そして父も母も、また門倉のおじさんも、このような思いを持っているような気がしてならなかった。

この場面では「青りんご」がキーワードとなる。さと子が述べているように、りんごは「禁断の木の実」である。これを食べると無垢が失われるといって、太古から固く禁じられていた。だが食してしまうと、世の難事に対処できる知恵が獲得される。さらに頭につけられた〈青〉は、外見を偽って中身を隠していることを暗示している。まだ青い（若い）と思われていたさと子が、実は密かに大人の世界へ足を踏み入れていたのである。

◇シナリオから小説へ「青りんご」◇

「青りんご」において、シナリオと小説では書き出しに大きな相違がある。シナリオではすでに確認したように、さと子が到来物の松茸を門倉家に届けた。そのとき主人は、連絡がないけど水田は元気なのか、と尋ねている。その回答が三節後の場面である。さらに仙吉がかなりの金額を通帳から勝手に引き出したことで、たみといさかいを起こしていた。

一方、小説の冒頭はのんびりした情景である。新しいスキー服を着た仙吉が、スキーとストックをかついでポーズをとり、それを門倉がライカ[☆5]で撮った。雪にはまだ早い時期尚早ないで立ちに、見物するたみもさと子も大いに笑った。

小説でも、スキー道具一式を購入するまでに、仙吉とたみは口論している。何でも門倉の真似をしたい仙吉は、西洋犬を飼いたいと言い出した。さらにエスカレートして、門倉の犬の「仔が生れたら一頭もらう約束をしてきた」、とまでたみに告げた。困った彼女は、餌代はどうします、と主婦的な反論を唱える。話がもつれて、結局は門倉と同じスキー道具を買うことになった。「スキーは毎日、肉食わないぞ」のひと言が決め手になったのである。

たみが犬を飼うことに強く反対したのは、何も〈餌代〉のためではない。仙吉が門倉の飼い犬バロンに〈仔が生れたら一頭もらう約束をしてきた〉ことによる。これは「狛犬」において、門倉がたみの子を譲り受ける約束を、仙吉と交わしたことと根本的に同じである。二人の男は何らかの血のつながりによって、両者の結び付きを一層強固にしたかった。一方、たみは水田家と門倉家との関係を、また門倉と自分との絆を、平穏な現状維持のままに留めておきたかったのである。

仙吉の風邪に話を移す。シナリオの場合、部下の使い込みによる心労で、勤めへ出るのが億劫になったのだろう。会社に出れば、当然今後の処理を問い詰められることになる。気分が重く、足が向かない。彼の病は風邪ではない。その証拠に、仙吉は二件の来訪を、どちらもそつなくこなしている。

小説のうち雑誌は、病気への言及がない。単行本では、仙吉が季節を先取りしてスキー服を着たため、風邪をひいたことになっている。しかし向田自身が［欠勤が嫌いで、三十九度の熱があっても這うようにして出かけた仙吉にしては珍しいことである］と記すように、これは彼には起こりえない珍事である。ここで重要なことは、仙吉の風邪ではなく、彼が在宅して、二人の女性来訪者と会うことだったのである。

会ってはならない二人が水田家で居合わせることになった。一階では仙吉夫婦が本妻に応対し、二階に追いやられたお妾さんには、さと子が話し相手になっている。面白い設定なので、ドラマではそのバリエーションも何度か出てきて、視聴者をくすっと笑わせる。単行本も、この場面をほぼ踏襲している。だが雑誌では、この鉢合わせが削除されている。おそらく紙面の都合を考えてのことだろう。あるいは、『続あ・うん』の初めに登場する「初太郎の一周忌」を見越して、向田がこの場面を採用しなかったとも考えられる。

君子の強引な勧めもあって、さと子は見合いをすることになった。ところが見合いの相手が、シナリオでは辻本研一郎なのに、雑誌や単行本では辻村研一郎に変わっている。向田が人物の名前をうろ覚えで書いたとは考えられない。彼女は『あ・うん』のシナリオを横に置き、小説を書いていたからである。

向田は辻本研一郎の人物像に不満があったのではないか。通常、シナリオでは説明や描写を書き加えてはならない。それゆえ見合いの席のような動きのない、口数の少ない場面で、辻本の人柄を表現するのはとても難しい。性格の片鱗が唯一うかがわれたのは、さと子と二人だけになって、自由に話ができた時だけだった。

一方小説では、さと子が［帝大という言葉に、もう半分恋をしていた］、と彼女の心情が語られ、さらに辻村の外貌も描写される。彼は嫌々ながら出席したらしく、［怒ったような顔を］している。また慌てて髭《ひげ》を剃ったようで、［あごの下に、小さな剃刀傷があり、血がこびりついていい］た。この〈剃刀傷〉は［色白］の顔に絶妙なアクセントをつけており、辻村が面白味に欠けた優等生である印象から救ってくれる。さと子もこの〈傷〉を見て、［どきんとしてからだが熱く］なったのである。

話が弾んできたので、仙吉と門倉は席を外した。新しいスキー道具が届いていたからである。シナリオでは、この場で初めてスキー道具が出てきたので、それなりに新鮮である。ただ視聴者は、仙吉がかなりの金額を通帳から引き出していることを知っているだけに、購入に驚いただろう。

しかし単行本の読者は、それ以上に納得がいかないかもしれない。「青りんご」の冒頭で、仙吉が新調のスキー服を着て、門倉が写真を撮っていた場面を知っている。これでは、スキーシーズンを迎える前に、スキー用具を二度も買ったことになってしまう。向田は二人が書斎に入る理由を、もっと慎重に考えるべきであった。

読者の驚きは、部下の使い込みを知って一層大きくなる。シナリオでも、仙吉の口から不祥事が明かされたのは、この場面においてである。けれども彼が大きな心配事を抱えていることは、すでに暗示されていた。門倉は連絡のない仙吉の様子を、さと子に尋ねていた。それに預金通帳をめぐって、たみといさかいを起こしてもいた。このように、作者は仙吉の行動に十分な伏線を敷いていたのである。

ところが単行本では、仙吉が金の工面で苦労している様子がうかがえない。証文で金を得た初太郎との対比で、［どうも仙吉は元気がない］と書かれているけれど、それは［風邪のせいか］と理由づけされていた。また見合いの当日、彼は［くる途中は何故かふさぎ気味だった］が、［辻村の顔を見ると、おかしくもないのに笑ったりして、これもいささか逆上気味だった］とある。

その仙吉が二人きりになると、様相が一変する。彼は門倉をまねて、毛糸玉のついたスキー帽をかぶり、それはまさに漫画そのものである。だが仙吉の形相は［漫画にしては深刻な顔で］あった。ここでやっと彼は、部下の使い込みで苦境にある自分を語るようになる。

それにしてもなぜ、仙吉は金策に駆けずり回らなかったのだろうか。確かに五千円は、当時としては高額で、彼がどうあがいても算段できるような金ではない。仙吉の頭の中に、門倉なら何とか都合をつけてくれるのでは、という思いがあったのではないか。この確信が、彼に平静な態度をとらせていたのだろう。

書斎の場面で、単行本はシナリオの台詞をほぼ受け継いでいる。したがってこの場面の解釈も、シナリオ版とだいたい同じものになるはずであった。しかし向田は次のシーン（仙吉夫婦の寝室）で、単行本のみに意味深長な一節を書き加えている。この文章を注視すると、その前の男二人の対話も別のニュアンスを持つようになる。

会話の後半で、仙吉は「人を馬鹿にしないでくれ。用立ててもらおうと思って言ったんじゃないよ」と述べた。この台詞には、強がりと嘘がまじっているように聞こえる。台詞とは逆に、彼は〈用立ててもらう〉ことを念頭に置き、部下の使い込みだけでなく、目下置かれた自分の立場まで明かした。弱みをすっかりさらけ出すことで、門倉の支援を期待したのである。そして門倉が「あした一番で届ける」と決断したとき、仙吉はもはや見せかけの遠慮を装う必要を感じなくなっていた。

その夜、仙吉はたみにこれまでの経緯を打ち明けた。布団の上に座っていた彼女は、それを聞いてしばらく動けなかった。夫は立ち上がり、意を決したように日めくりを一枚ピリッとめくった。そして「あいつはおれに用立てたんじゃない」、たみの泣き顔を見たくなかったからだと述べた。これは決して言ってはならない爆弾発言だった。

この直後、単行本では「何度も水を潜《くぐ》った仙吉の浴衣の寝巻が、闇のなかで急に見すぼらしく見えた。六畳の空気が重たくなった。こういうときは大きな息をしたり溜息をついたりしてはいけない」の文章が続く。この件は誰の見解なのか、明確には示されていない。おそらく向田は、これをたみの思いとしてストレートに表現したくなかった。個人の気持ちではなく、一般化された描写にしたかったのだろう。

〈浴衣の寝巻〉は、仙吉本人を譬《たと》えている。彼も〈寝巻〉と同じく、人生の荒波を〈何度も〉〈潜っ〉てきた。これは名誉なことであって、決して恥ずべきことでない。その夫が今日は〈急に見すぼらしく見えた〉とある。これは、〈おれに用立てたんじゃない〉の台詞と関連している。工場の資金繰りに苦しい門倉が、あえて貸与したのは「寝台戦友」と呼ばれる友情からだけではない。思いを寄せるたみの存在があったからである。

秘めた二人の思いを、仙吉が当人を前にあからさまに言ったので、たみはとても不快になった。いやそのことよりも、夫が門倉の胸中を察知して、多額の金を安易に借り受けたことに腹立ちすら感じた。今回も苦境を上手に乗り越えようとする仙吉が、〈急に見すぼらしく見えた〉のである。

夫婦の間に生じた気持ちの食い違いが、〈六畳の空気〉を一気に重くした。〈こういうときは大きな息をしたり溜息をついたりしてはいけない〉。それが導火線となり、日ごろの不満へ飛び火するかもしれないからである。その危険をよく知る仙吉は、明朝の寒さへ話をそらせることで、最悪の事態を何とか回避した。

ここまで読んで、読者のなかには雑誌『あ・うん』への言及が全くないことに気づかれた方がいるかと思う。大幅な削除のため、論述すべきものがなかったのである。具体的には、見合いの席が少しなごんだ場面から、水田夫婦が門倉の用立てで気持ちにざわめきを感じる場面までが省かれている。

特に問題となるのは、仙吉と門倉が本音をぶつけ合う書斎の場がないことである。この場面がないため、向田はストーリーの展開上重要な題材を断念しなければならなかった。仙吉が部下の使い込みで苦しんだこと、また門倉に五千円の貸与を願うことも、筋のなかに盛り込めなくなったのである。

門倉からの借用後、シナリオでは水田家の食事が貧しいものになった。またたみは、借金の穴埋めに仕立物の内職を始める。ただ節約はしていても、さと子には毎日欠かさず牛乳を飲ませていた。それは何も見合いを断る第一の理由に、軽い肺炎をあげたからではない。彼女の病気にはまだ滋養をとる必要があると、両親が見ていたからである。母親に説得されて、さと子はいやいやながらそれを飲んだ。

雑誌や単行本でも、水田家はさと子の病気を理由に見合いを断った。だが本人はシナリオのさと子同様、三面記事での不用意な発言が災いし、断わられたと考えている。強い思い込みのため、たみの言葉も娘の気持ちを傷つけないための方便にしか聞こえなかった。またこの気づかいが、さと子には煩わしく感じられ、ちょっとした反抗心を引き起こさせた。

シナリオのさと子は、それを胸の中で何とか抑えることができた。しかし雑誌と単行本の彼女は、たみの指示に逆らって、［牛乳を、そっと流しに捨て、布巾で涙を拭いた］。彼女が拭く涙は、幸せを取り逃がした自己憐憫によるものだけでなく、自分が知らず知らず母親から離れていく寂しさから出てきたものでもあった。

氷雨の降るなか、たみは二階にいるさと子に留守をまかせ、「風呂敷包みをかかえ」て出かけた。〈包み〉の中には「仕立てもの」が入っていて、今日がその期日であった。雑誌のたみも雨中に外出するが、シナリオでのような緊迫感がない。その理由は、夫が使い込み事件とは無関係であり、しかも門倉から金を借りていなかったからである。彼女は単に、［お使いに出ていった］と描写されていた。

不自然に思うのは、単行本のたみである。ここでの仙吉は、シナリオと同様に門倉から借財しているのだから、彼女の外出が雑誌と同じ〈お使いに出ていった〉の一文ではもの足りない。シナリオに書かれているように、仕立物の入った〈風呂敷包みをかかえ〉て出ていくべきではなかったか。

たみが出かけたのを見届けて、金歯とイタチがこっそりと水田家に入り込んだ。初太郎が一升瓶を取り出し、酒で彼らを歓待する。シナリオの三人組には相談すべき事柄があった。投資した山が、イタチの独断で、天竜川流域から秋田へ変更されていたのである。彼の巧みな話にのせられ、初太郎と金歯もやむをえないとして、それを事後承諾した。

雑誌や単行本では、この難しい問題が持ち込まれなかった。そもそも雑誌の初太郎は、たみから百円をもらいそこない、山師の仕事をしていなかった。単行本の彼は、たみから軍資金を得て、天竜川の山を三人出資で買い取ったようである。ただしその後の様子について、作者は全く触れていない。

水田家の集まりで、向田が主眼としたのは、三人の話の内容ではない。その後に起こるドタバタ悲喜劇である。炙ったスルメを持ってこさせたさと子に、初太郎はさらに酌を要求する。妙に威厳を見せる祖父に言われるまま、彼女が金歯に酒を注ごうとしたとき、襖が急に開いた。出張の準備で、仙吉が突然家に帰ってきたのである。威勢のよかった酒席がにわかに沈黙の場へ変わり、山師たちも言葉少なに退出した。部屋には初太郎だけが寂しく残されてしまった。この反転する状況がとても面白い。向田はすべての版で、このエピソードを取り入れている。

最後に、「青りんご」の後半について触れたい。この話は短いエピソードなので、雑誌ではすべて省略されている。逆に単行本では、シナリオにはない描写が書き加えられている。前文との繋がりがちょっとわかりにくく、一見奇妙に思える箇所なので、少し考えてみる。

さと子は辻村と会ったことを、両親や門倉に言わなかった。彼らの様子を見て、「一番大事なことは、人にいわないものだ」と徐々にわかってきたので、今日それを守り通したのである。すると「大人の仲間入りをしたような気がし」、三人の前でおじけることなく、平気な顔でりんごを食べることができた。

しばらくして、仙吉が急に声を上げて頰を押さえた。「奥のほうに虫歯があって大きな洞《うろ》が出来ているのだが、歯医者のおっかない仙吉は治療を一日延ばしにしてい」た。幸いなことに、虫歯が人からは見えにくい場所にあったので、明日、明日と〈一日延ばしにしてい〉たのである。

向田はこの箇所で、主人公の歯の治療だけを語っているのではない。幸せそうにりんごを頰張るたみや門倉を見ながら、仙吉のいつもの悩みが頭をもたげてきたのである。自分たち三人の関係をこのまま平穏に維持すべきか、あるいは荒療治を行って関係を断つべきか、作者は仙吉の心の内奥を暗示したかったのではないだろうか。

註

まえがき

（1）向田邦子『あ・うん（シナリオ）』岩波現代文庫　二〇〇九年　本書ではこの書籍を、シナリオのテキストとする。

（2）『あ・うん』NHK総合　一九八〇年三月九日〜三月三〇日（NHKエンタープライズ　二〇一三年）。『続あ・うん』NHK総合　一九八一年五月一七日〜六月一四日（NHKエンタープライズ　二〇一三年）。映像資料として上記のDVDを使用する。

（3）向田邦子「あ・うん」『別冊文藝春秋』昭和五五年三月号、及び向田邦子「やじろべえ（あ・うんパートⅡ）」『オール讀物』昭和五六年六月特別号。本書ではこの前編と後編の小説を、雑誌段階のテキストとして使用する。

（4）向田邦子『あ・うん（小説）』文春文庫　二〇〇一年　本書では、長編小説『あ・うん』は入手しやすい文庫本を、小説のテキストとして使用する。

（5）向田邦子『向田邦子全対談集』世界文化社　一九八二年　二七八頁を参照。

（6）向田邦子『向田邦子全対談集』前掲書　二七八頁を参照。

（7）豊田健次『それぞれの芥川賞　直木賞』文藝春秋　二〇〇四年　一三四頁を参照。

（8）豊田健次『それぞれの芥川賞　直木賞』前掲書　一三四頁を参照。小説『あ・うん』が執筆されたいきさつは、豊田が報告したとおりである。ただしその時期を思い違いしていたようである。彼は昭和五四年の暮れに、テレビドラマの試写を観たと書いている。しかし後述するが、その頃、向田やNHKのスタッフはまだキャスティングで頭を抱えている段階だった。試写会は早くても翌年の一月以降に行われたと考えられる。

(9)小林亜星／梶芽衣子「輝ける『寺内貫太郎一家』の日々」『オール讀物』平成二九年一〇月号一七二頁を参照。

第一部

第一章 『父の詫び状』から『あ・うん』へ

(1)向田和子『向田邦子の遺言』文藝春秋 二〇〇一年 六二頁を参照。

(2)向田邦子『眠る盃』講談社 一九八一年 七五頁を参照。

(3)深町幸男「向田邦子を語るキーパーソン」『向田邦子テレビドラマ全仕事』東京ニュース通信社 一九九四年 九八頁を参照。

(4)向田の買い取り騒動については、次の二冊を参考にした。小林竜雄『向田邦子 恋のすべて』中央公論新社 二〇〇三年 一九三頁以降を参照。山田太一『その時あの時の今――私記テレビドラマ50年』河出書房新社 二〇一五年 二九一頁以降を参照。

(5)『文藝別冊 向田邦子』河出書房新社 二〇一三年 一三一頁を参照。

(6)長谷正人／太田省一『テレビだョ！ 全員集合』青弓社 二〇〇七年 一一一頁を参照。高橋行徳

『向田邦子「冬の運動会」を読む』鳥影社　二〇一一年　一八頁以降を参照。
（7）向田邦子『女の人差し指』文藝春秋　一九八二年　一三四頁以降を参照。
（8）オール讀物責任編集『向田邦子を読む』文藝春秋　二〇一八年　二〇三頁を参照。
（9）向田が小説を書くまでのいきさつは、次の著書に詳しく書かれている。本書もこの著書を参考にした。
小林竜雄『向田邦子　最後の炎』読売新聞社　一九九八年　一二五頁以降を参照。
（10）向田邦子の直木賞受賞については、山口瞳『追悼 上』論創社　二〇一〇年　三四二頁以降を参照。
（11）オール讀物責任編集『向田邦子を読む』前掲書　三七頁を参照。
（12）山口瞳『追悼 上』前掲書　三五〇頁を参照。
（13）向田邦子『夜中の薔薇』講談社　一九八一年　五九頁を参照。
（14）大山勝美「向田邦子の思い出を語る」向田邦子研究会『向田邦子研究会通信』第四四号　二〇〇三年
一四頁を参照。
（15）山口瞳『追悼 上』前掲書　三九四頁を参照。
（16）甘糟幸子「向田邦子と『もう一度、話したい』」クロワッサン特別編集『向田邦子を旅する』マガジンハウス　二〇〇〇年　引用文、及びその後のエピソード　一二二頁を参照。
（17）向田邦子『「お茶をどうぞ」対談　向田邦子と16人』河出書房新社　二〇一六年　六四頁を参照。

第二章　『あ・うん』にかける向田邦子の夢

（1）直木賞選考委員会（日本文学振興会）は、形式上、選考委員に候補作を推薦してほしい旨の用紙を郵送する。しかし委員が実際に推薦すると、そこに非常な重みが生じるので、返答しないのが通例だったらしい。それを知らなかった山口は、しぶしぶ『あ・うん』の推薦を引き下げざるをえなくなった。

（2）向田邦子『あ・うん（小説）』前掲書　二一一頁を参照。

（3）向田はノベライゼーションに苦労するが、一方で確かな手ごたえも感じていたと思われる。その証拠に、彼女が本格的にシナリオの小説化に取り組むのは『あ・うん』以降なのである。この作品の後、『幸福』、『隣りの女　現代西鶴物語』と続いた。

（4）現在では、一クールが終わった後、すぐに次のクールへ移るのではなく、特別番組が挿入されることが多い。したがって連続ドラマは、通常十回前後に短縮されている。

（5）秋山ちえ子「遺体の決め手」『文藝春秋臨時増刊　向田邦子ふたたび』文藝春秋　一九八三年　八九頁以降を参照。

（6）向田邦子『夜中の薔薇』前掲書　一四頁を参照。

（7）関川夏央『家族の昭和』新潮社　二〇〇八年　一〇七頁を参照。

（8）深町幸男「向田邦子を語るキーパーソン」前掲書　一〇〇頁を参照。

（9）志賀信夫『昭和テレビ放送史　下』早川書房　一九九〇年　二五九頁を参照。

第三章　向田邦子のプロデュース能力

（1）向田和子「人生の贈りもの（4）」朝日新聞　二〇一一年九月八日を参照。

（2）原作者との交渉、及び制作過程については、次の書籍と論文を参考にした。小林竜雄『向田邦子　最後の炎』前掲書　八三頁以降を参照。栗原靖道「向田邦子さんと作家本田靖春さんのこと――ノンフィクション作家富永孝子さんに聞く――」『向田邦子研究会通信』第九五号　二〇一六年　一三頁以降を参照。

（3）本田靖春「賢姉愚弟」『文藝春秋臨時増刊　向田邦子ふたたび』前掲書　一八四頁を参照。

（4）向田と野呂邦暢との出会い、及び『落城記』のテレビ化は、左記の書籍、講演会の記録、鑑賞会の報告を参考にしている。小林竜雄『向田邦子　最後の炎』前掲書　一六四頁以降を参照。豊田健次『それぞれの芥川賞　直木賞』前掲書　一四五頁以降を参照。豊田健次「山口瞳と向田邦子」『向田邦子研究会通信』第三九号　二〇〇二年　一一ページ以降を参照。小川雅也〔報告〕ドラマ鑑賞会「わが愛の城」『向田邦子研究会通信』第八七号　二〇一四年　三頁以降を参照。

（5）完成したテレビ映画のクレジットタイトルでは、向田邦子をプロデューサーではなく、企画と表記している。

（6）当時のテレビドラマには二つの系列があった。一つはテレビ局が自主制作するスタジオドラマで、主としてビデオ撮りがなされた。もう一つは外部への発注で、ここでは野外でフィルム撮影がなされる。このような作品をテレビ映画と称した。原田監督は東映で長年助監督を務めてきたので、撮影は当然フィルムで行った。『戦後最大の誘拐・吉展ちゃん事件』の恩地日出夫も東宝出身なのでフィルムで撮っている。

（7）小川雅也〔報告〕ドラマ鑑賞会「わが愛の城」前掲書　三頁を参照。文章の背景に向田が映っている。

これは彼女の死を悼んで、急遽使用されたのだろう。彼女はテレビ放映のおよそ一ヵ月半前に飛行機事故で亡くなり、自分がプロデュースした作品を観ることは出来なかった。

（8）小林竜雄『向田邦子　最後の炎』前掲書　二〇〇頁を参照。

（9）小林竜雄『向田邦子　最後の炎』前掲書　二〇二頁を参照。

（10）芸術祭参加番組の件については、次の二点が詳しい。栗原靖道「向田邦子さんに背中を押されて――ノンフィクション作家富永孝子さんに聞く――」『向田邦子研究会通信』第九三号　二〇一五年一六頁以降を参照。富永はノンフィクション作家として活躍する一方、テレビ朝日で長年企画書の作成等の仕事に携わってきた。その関係で、小田編成局長とも親しかった。小林竜雄『向田邦子　名作読本』中央公論新社　二〇一一年　二七九頁以降を参照。

（11）和田矩衛「一九八一年度芸術祭テレビ・ドラマ」『キネマ旬報』一九八二年三月下旬八三二号　一〇九頁を参照。

第四章　『あ・うん』で発揮されたプロデューサー的手腕

（1）ジェームス三木『テレビドラマ紳士録――ジェームス三木対談集』映人社　一九八二年　三三一頁を参照。

（2）ジェームス三木『テレビドラマ紳士録――ジェームス三木対談集』前掲書　三三一頁を参照。

（3）向田邦子『「お茶をどうぞ」対談　向田邦子と16人』前掲書　七一頁を参照。

（4）深町幸男「向田邦子を語るキーパーソン」前掲書　一〇〇頁を参照。

（5）岸田今日子「心のこり」『向田邦子TV作品集　月報3』大和書房　一九八二年　六頁を参照。

（6）ジェームス三木『テレビドラマ紳士録――ジェームス三木対談集』前掲書　九四頁を参照。

（7）向田と「弟」格のプロデューサーや演出家との関係は、拙著『向田邦子「冬の運動会」を読む』前掲書　三三頁以降を参照してほしい。深町は向田との関係を「恐れ多い言い方をさせてもらえば、ひとつ年上の『お姉さん戦友』だと思っています」（深町幸男「向田邦子を語るキーパーソン」前掲書　一〇〇頁を参照）と述べている。後述する「賢姉愚弟」は、本田靖春の書いた追悼文タイトルを借用した。本論の註　第三章（3）を参照。

（8）橋田壽賀子『渡る世間に鬼千匹』PHP研究所　一九八一年　一一五頁以降を参照。

（9）『家族サーカス』騒動については、次の書籍を参考にした。小林竜雄『向田邦子　最後の炎』前掲書　七五頁以降を参照。『家族サーカス』の失敗を、本文ではシナリオ作家側に立って記述した。しかしテレビ側の言い分も当然ある。公平を期して、テレビ局の批判も書いておく（ペリー荻野『テレビの荒野を歩いた人たち』新潮社　二〇二〇年　三五頁を参照）。『北の国から』の演出で著名な杉田成道は、当時フジテレビのADだった。彼はスケジュールの不手際については全く触れていない。失敗の要因はもっぱらシナリオの遅れにあったと書いている。リハーサルの段階でも原稿が来なくて、本番当日になってやっと届いた。ところが悪筆で誰も読めず、書き写すこともできない。そのうち俳優が役を降りると言い出したので、向田に窮状を訴えると、「君たち若い人は信用しません」と追い返されてしまったそうである。

註

(10) 杉浦直樹「『男のやさしさ』を知っていた向田さん」『小説新潮』平成一八年八月号　六一頁を参照。

(11) 栗崎昇「向田邦子と『もう一度、話したい』」クロワッサン特別編集『向田邦子を旅する』マガジンハウス　二〇〇〇年　一三一頁を参照。栗崎は著名な挿花家であるが、六本木で会員制サロン「西の木」を経営していた。向田や杉浦と親しかった黒柳徹子は、「向田邦子さんは、セイ兄ちゃん（杉浦直樹）の風貌とか性格とか佇まいに、自分の理想の父親を見ていたように思える」と回想している。黒柳徹子『トットひとり』新潮社　二〇一五年　二九七頁を参照。

(12) 栗崎昇「向田邦子と『もう一度、話したい』」前掲書　一三二頁を参照。

(13) 佐怒賀三夫『向田邦子のかくれんぼ』NHK出版　二〇一一年　一九二頁を参照。

(14) 小林竜雄『向田邦子　恋のすべて』前掲書　一六九頁を参照。

(15) 佐怒賀三夫『向田邦子のかくれんぼ』前掲書　一九二頁以降を参照。

(16) ただし深町幸男は「向田邦子研究会20周年記念」の席上、向田単独ではなく、「マンションから二人で出演交渉の電話をしました」とスピーチしている。『向田邦子研究会通信』第六一号　二〇〇七年八頁を参照。

(17) 中川一政が『あ・うん』の題字と装丁を引き受けたいきさつは、次の書籍と講演会の記録を参考にしている。小林竜雄『向田邦子　最後の炎』前掲書　二一一頁以降を参照。新井信「『父の詫び状』刊行前後」『向田邦子研究会通信』第六五号　二〇〇八年　八頁以降を参照。

(18) 向田邦子『あ・うん（小説）』前掲書　二〇八頁を参照。

(19) 新井信「『父の詫び状』刊行前後」前掲書　一〇頁を参照。

(20) 川野蓼子「『思い出トランプ』をめぐって」向田邦子研究会『向田邦子愛』いそっぷ社　二〇〇八年一〇三頁を参照。

(21) 市川孝一『流行の社会心理史』学陽書房　一九九三年　三七頁を参照。「メディアミックス」と向田との関連を最初に言及したのは、烏兎沼佳代である。向田邦子『あ・うん（シナリオ）』前掲書四二八頁を参照。

第二部

第一章　門倉という人物

(1) 深町幸男「ドラマ『あ・うん』の思い出」太田光／村松友視『私のこだわり人物伝　向田邦子　市川雷蔵』日本放送出版協会　二〇〇五年　七一頁を参照。

(2) 深町幸男「向田邦子を語るキーパーソン」前掲書　九八頁を参照。

(3)『テレビドラマの巨人たち〜人間を描き続けた脚本家』第二回「向田邦子　ひと、その哀しみと可笑しさ」市川森一脚本賞財団　二〇一八年一一月三日、千代田放送会館で行われたシンポジウムでの岸本加世子の発言。

(4) 深町幸男『向田邦子研究会通信』第六一号　前掲書　八頁を参照。

(5) 向田邦子『あ・うん（シナリオ）』前掲書　四一二頁を参照。

(6) 井上靖『あした来る人』新潮文庫　一九六一年　一二一頁を参照。

(7) 上野たま子『向日葵と黒い帽子』ＫＳＳ出版　一九九九年　一二一頁以降を参照。Ｎ氏は向田が当時ひそかに交際していたカメラマンで、彼女を撮った写真が多く残されている。コマ撮りとは上映中の画面をカメラで撮影する手法で、高度な専門的技術が要求される。

(8) 妹の和子はエッセイのなかで、「我家の暗黙の決りのひとつ、父親が読むまでは新聞を広げない」と回想している。向田和子「新聞の匂い」クロワッサン特別編集『向田邦子を旅する』二〇〇〇年一九二頁を参照。

(9) 向田邦子『夜中の薔薇』前掲書 一四頁を参照。向田はシナリオの冒頭で、ナレーターのさと子に「五年」と語らせていた。しかし同じ第一話「こま犬」の後半では、たみに「ここ三年、あたしたち、東京離れてましたもの」と言わせている。作者はおそらく実感に基づいて「三年」としたのではないか。それに水田家が異動の多い転勤族という設定なら、五年は長すぎる。たぶん向田はナレーションの「五年」を失念したのであろう。脚本では訂正されないままであった。演出の深町はこの年数の違いに気づいたと思われる。だが前半部はすでに撮り終えていたので、前述のたみの台詞を削除し、撮影を続けた。

(10) ここで述べた主旨から、筆者は三つ揃いをきちんと着た門倉が焚口にしゃがみ込んだ姿を想像する。向田の小説やシナリオにおいても、同様な姿を読み取ることができる。しかし映像を観ると、彼は背広を脱ぎ、軒下に吊るしていた。演出家の深町幸男は、上着を着ていては動きにくいし、火のそばなので暑いと思って脱がせたのだろう。これは理にかなっているが、向田の意図にはそぐわない演出だったように思う。けれども同じ風呂焚きのシーンで、細部にこだわった深町の演出を確認できるショットがあった。薪を釜へ投げ込むとき、演出家は門倉の左手薬指にはめられた指輪を映し出す。

彼が既婚者であることを、視聴者にそれとなく示したのである。

(11) ここでは、門倉は腕時計をしている。ところがシナリオやドラマでは、金時計をチョッキのサイドポケットから取り出している。向田が小説を書く段になって、なぜ腕時計に変更したのかは不明である。当時出版された『婦人家庭百科辞典』によれば、「腕時計は、一般に懐中時計より、狂ひを生じやすく、平常取扱に注意」とあり、さらに「携帯時以外はなるべく火氣に近付けず」とも書かれていた。ただし利点として、腕時計は「腕につけるのに都合がよく且つ、装身具をも兼ねる」と記述されている。向田は後者の理由から、しゃれ者の門倉に腕時計を与えたのだろうか。

(12) 戦後の昭和二二(一九四七)年に、父敏雄は仙台支社長となり、向田家はもう一度東京を離れた。

(13) 井上寿一『戦前昭和の社会』講談社　二〇一一年　一四六頁を参照。

(14) さと子が女学校を卒業したのは確かである。「青りんご」のなかで、彼女は心の痛みを、当時女学校でさかんに詠まれたヴェルレーヌの詩に託している。

(15) 向田保雄『姉貴の尻尾　向田邦子の想い出』文化出版局　一九八三年　四九頁を参照。

(16) 向田保雄『姉貴の尻尾』前掲書　五〇頁を参照。

(17) 向田保雄『姉貴の尻尾』前掲書　四九頁を参照。

(18) 向田邦子『向田邦子全対談集』前掲書　一八七頁を参照。

(19) 下川耿史『昭和・平成家庭史年表』河出書房新社　二〇〇二年　八四頁を参照。

(20) 向田保雄『姉貴の尻尾』前掲書　二〇六頁を参照。

(21) 向田邦子『父の詫び状』文藝春秋　一九七八年　二四六頁を参照。

(22)向田邦子『「お茶をどうぞ」対談 向田邦子と16人』前掲書 二三五頁を参照。

(23)『続あ・うん』の第二話「四角い帽子」において、門倉は仙吉に「——お前のとこも征露丸《せいろがん》じゃないけど、早いとこ軍の方に食い込めばなあ」と言っている。仙吉の勧める製薬会社が、自分の工場のように、軍にうまく取り入るように勧めている。

☆1 柿渋を表面に塗った粗末なうちわ。丈夫なので、火をおこすときに使った。小説では門倉がわざわざ買い求めたらしく、[真新しい渋うちわ]と書かれている。

☆2 スペイン、コルドバ産の山羊皮を用いた高級靴。門倉はこの靴をいつも愛用したが、『続あ・うん』では、「ワニ皮の大きな靴」もはいている。ところで、向田の父敏雄もコードバンをはいていたようである。エッセイ「ごはん」によれば、空襲のとき、母せいはどうせ焼けるならと思い、この靴をはいて畳の上を歩き回ったらしい。

☆3 「一円タクシー」の略語で、旧東京市内ならどこまで乗っても一円だったので、このように呼ばれた。

☆4 「チッキ」は「チェック(check)」の訛りである。乗車券を買うと、手荷物は到着駅まで運んでくれた。

第二章 水田家のハプニング

(1)向田邦子『女の人差し指』前掲書 二五四頁以降を参照。

(2)週刊朝日編『値段史年表 明治・大正・昭和』一九八八年 一九八頁を参照。

（3）昭和七（一九三二）年、東京市は隣接する五郡を二十区に編成し、従来からある十五区と合併して、合計三十五区の大東京市をつくった。水田の借家は旧市域の芝区にあった。
（4）向田邦子『父の詫び状』前掲書（文藝春秋）一九〇頁以降を参照。
（5）病気に対しては、通常「直る」ではなく「治る」を用いる。校正係に指摘を受けたのだろうか、向田は小説では「治る」に訂正している。しかしこの場面では普通の病気でなく、心の持ち方、性根《しょうね》のことをいっているので、変更する必要がなかったように思う。『続あ・うん』の「恋」において、芸者にうつつを抜かす仙吉に対して、たみは「さと子、嫁にやるまでは、お父さんに曲がられたら困るんです」といさめている。この場合の「曲がる」も心根《こころね》のことを述べている。
（6）小説では急場しのぎに座布団が使われる。しかし場所が茶の間から客間へ移っているのであれば、映像のように、たみは布団のなかに寝ている方が自然である。
（7）シナリオでは、実際の書名を避けて、向田は『家庭医学宝典』と命名した。ところが小説では、引用する箇所もあったからであろうか、本来のタイトル『家庭大医典』をそのまま用いている。ちなみにこの本は単独で出版されたものではなく、大日本雄弁会講談社から出ていた雑誌『婦人倶楽部七月号』の付録である。しかも刊行年はドラマが設定された年よりも一年先の昭和一一年であった。『和樂ムック　向田邦子　その美と暮らし』小学館　二〇一一年　一〇四頁を参照。
（8）伊藤滋『昭和のまちの物語——伊藤滋の追憶の「山の手」』ぎょうせい　二〇〇六年　三七頁を参照。
（9）このようなシーンはシナリオにはない。二人が茶の間に入るとき、足がもつれてつまずき、帽子がたみの頭から落ちた。向田はノベライゼーションする際、中折れ帽子のエピソードを途中で切るのは惜しいと思い、帽子を用いて夫婦の攻防を書き加えたのである。
(10)向田邦子『あ・うん（シナリオ）』前掲書　四一三頁を参照。
(11)向田は苦境に立つ君子を巧みに表現したけれど、大きな問題がある。それは書いたジャンルがシナリオだったことによる。このト書に対して、深町幸男は、君子役の岸田今日子にどんな指示を与えたのだろうか。おそらく三つ続く抽象語では、出しようがなかったと思われる。幸いにして、演技力のある岸田は、うっすら笑みを浮かべ、何とも形容できない表情をつくって、難関をくぐり抜けた。ところで向田はたみのときも、同様に単語を連ねている。彼女の妊娠が知れてしまったとき、「たみは泣くとも笑うとも怒るとも恥じらうともつかない目をしていた。四つの気持がまじって、どうしていいか判らない目に見えた」。この文章も女性の複雑な心境を描いている。だがこれは小説の一部だから、何の問題も生じない。
(12)向田邦子『阿修羅のごとく（シナリオ）』岩波現代文庫　二〇〇九年　二七二頁を参照。
(13)向田邦子『父の詫び状』前掲書（文藝春秋）一一三頁を参照。
(14)向田邦子『父の詫び状』前掲書（文藝春秋）一一三頁を参照。
(15)澤地久枝『男ありて　志村喬の世界』文藝春秋　一九九四年　二七〇頁を参照。
(16)向田邦子『夜中の薔薇』前掲書　一三頁を参照。
(17)向田邦子『夜中の薔薇』前掲書　一六頁を参照。
(18)向田邦子『冬の運動会』岩波現代文庫　二〇〇九年　二五六頁を参照。
(19)門倉が水田親子を述べるときには、向田は「父子《おやこ》」という漢字を当ててルビをふっている。『あ・うん（シナリオ）』の一九四頁を参照。

(20) 演出の深町は、初太郎の怒りも描写したかったのだろう。向田のシナリオにはないシーンを付け加えている。たみが雨戸を開けると、その眼前に父親が立ちはだかり、仙吉をにらみつけていた。

☆1 大衆的な紙巻きタバコで、作中、仙吉もよく吸った。うす緑色の小箱には、金の蝙蝠《こうもり》が二つ飛んでいる図柄があった。

☆2 「たたき」と読み、「叩き土」の略。石灰、赤土、砂利などににがりを混ぜ、水で練ってたたき固めた土間。玄関以外に台所でも用いられた。

☆3 障子、ふすま、引き戸などの建具をはめる部分の上に渡された溝付きの横木。

☆4 山師には鉱脈の発見や鑑定、鉱石の採掘事業を行う山師と、将来を見越して山林の買付けや伐採を請け負う山師とがある。前者には、成瀬巳喜男監督の『妻よ薔薇のやうに』の主人公俊作が該当する。初太郎は後者に属する。ただし山師という言葉は、ペテン師といった悪い意味でも使われる。

☆5 布製平底の手提げ袋で、口をひもで締めるようにしたもの。明治中期以降から流行した。

☆6 和室で用いる、折り畳みのできる足の短い食卓のことで、昭和初期に普及した。家族全員が一つの卓を囲んで食べることができたので、家庭内の民主主義に貢献したと考えられる。ちなみに『あ・うん』では、門倉が用意したちゃぶ台はがっしりした四角の食卓であった。だがドラマの後半に映るちゃぶ台は、おそらく水田家が赴任地から持って帰ったものらしく、ごく普通の円形の食卓になっている。

☆7　祝賀行事などのとき、多くの人が祝意を表わすため、火をともした提灯を持ち列を組んで練り歩くことで、戦前さかんに行われた。仙吉はたった二人で、しかも個人的な祝いのために提灯をともして歩くので気おくれしている。

☆8　門倉が好んで吸った舶来の高級なタバコ。『あ・うん』では、「ゴールデンバット」と対比する小道具として用いられている。シナリオでは、向田は「エアー・シップ」と書いたが、小説では、おそらく当時の表記にならい「エアシップ」と書き改めている。

☆9　「ダイナ」はもともとアメリカのヒットチャートをにぎわした曲である。ディック・ミネが昭和九（一九三四）年一二月に、この曲でレコードデビューする。たちまちヒットし、他のレコード会社も次々と発売したため、昭和一〇年上半期は、いたるところで「ダイナ」の歌が流れていた。

第三章　たみの流産

（1）向田邦子『向田邦子の本棚』河出書房新社　二〇一九年　九八頁を参照。

（2）向田邦子『向田邦子の本棚』前掲書　九八頁を参照。

（3）向田は雑誌『別冊文藝春秋』（昭和五五年三月号）に『あ・うん』を掲載したとき、〈あったかい塊〉ではなく、〈芋俵〉と表記した。確かに後者の表現の方が面白く、人物のイメージをかき立たせてくれる。そのあとドラマ『続あ・うん』を執筆する段になって、作者は重要な脇役としてもう一人のタミを登場させる。この人物は体形や雰囲気において、禮子よりもいっそう〈芋俵〉にふさわしかったので、その形容を譲り受けた。次に小説『あ・うん』を単行本として刊行する際、向田は再びこの箇所を〈あったかい塊〉に変更している。

(4) 山本夏彦『戦前まっ暗のうそ』ワック株式会社　二〇一二年　一五五頁以降を参照。

(5) 向田はシナリオにおいて、濡れた札をどこに置くべきか書いていない。そこで深町は、茶箱を逆さまにした上に置くように指示を出した。引っ越ししてまだ間がないことを考えれば、適切な演出だと思われる。

(6) 向田邦子『冬の運動会』前掲書　四一頁を参照。

(7) 向田は『続あ・うん』において、ナレーションのさと子に、「二頭のこまいぬが守っている神様は母なのでしょう」と言わせている。

(8) 向田邦子『阿修羅のごとく』前掲書　三二二頁を参照。巻子が姉の綱子に再婚をしきりに勧める場面で、教育勅語が出てくる。この一節では、「兄弟《ケイテイ》ニ友《ユウ》ニ」が眼目である。しかし綱子が一度諳んじると、後ろの文言もつらつら出てきたのである。また〈兄弟〉は、ここでは「兄弟姉妹」の意味で使用されている。教育勅語については、高橋陽一『くわしすぎる教育勅語』太郎次郎社エディタス　二〇一九年を参照。

(9) 向田邦子『「お茶をどうぞ」対談　向田邦子と16人』前掲書　二一六頁を参照。

☆1 「割烹」の漢字からわかるように、本来は料理着であった。大正の初めに、ごく普通の主婦が袖口にゴム紐を入れることを考案してから、割烹着は家庭用の仕事着として一般に普及していった。後に、国防婦人会は「国防は台所から」をスローガンにして、この割烹着を制服にしてしまった。

☆2　細く切った和紙に撚りをかけ、紐のようにしたもので、かなりの強度を持つ。ここでは、禮子が『カンジンより』じゃあるまいし」と述べており、門倉との絆はそれ以上に強いことを強調している。

☆3　東京ではカフェの制服として、白いエプロンが用いられていた。ところが大阪では少し前からエプロンをやめ、華やかな洋装で接待をするようになっていた。昭和五（一九三〇）年、大阪のカフェが東京へ進出すると、東京でも大阪スタイルを真似て、徐々にエプロンをつけなくなる。おそらく昭和一〇（一九三五）年頃の盛り場では、全く見かけなくなったと思われる。しかし当時の目黒はまだ郊外だったので、深町はあえて流行遅れのエプロンをした女給も登場させている。

☆4　ディック・ミネは「ダイナ」に次いで「二人は若い」でも大ヒットを飛ばした。向田はドラマの時代設定が昭和一〇（一九三五）年で、しかもカフェでの掛け合いの曲でもあるとして、選曲したと思われる。ただしレコードの発売が昭和一〇年八月であったのに対し、ドラマの舞台は三月下旬頃になっており、若干の食い違いがある。

☆5　玄関などの上がり口に取り付けられた横木の板。

☆6　果物のことで、向田が好んで用いた言葉の一つである。

第四章　主人が不在時の出来事

（1）便所の位置を確認したい。仙吉は上がり框に足をのせたとき、便所掃除をする初太郎の姿を目にする。
水田家のトイレは玄関のすぐそばにあった。これはシナリオや映像だけでなく、小説も同様で、老父の部屋が［はばかりに近い玄関脇の四畳半］と書かれており、場所が一致している。ところがシナリオ第二話「蝶々」の後半部、「客間」という柱（撮影する場所の指定）のある場面には、「便所から帰る初太郎」のト書がある。これを踏まえてテレビでは、便所を縁側の突き当たりに設定した。老父は用を済ませてから、ガラス戸を開け、ブリキ製の手水鉢《ちょうずばち》で手を洗い、横に吊るされた手ぬぐいで拭き、自分の部屋へ戻った。こうなると、水田家では便所が二つあったことになってしまう。

（2）「蝶々」に関しては、安田寛『「唱歌」という奇跡　12の物語』文藝春秋　二〇〇三年　四四頁以降、及び朝日新聞（二〇一〇年三月二七日付）「とまるのは葉か花か――唱歌『ちょうちょう』」を参照。伊沢の論説は、安田寛の著書から引いたものである。

（3）伊藤桂一『兵隊たちの陸軍史』新潮社　二〇一九年　七四頁以降を参照。やなせたかし『アンパンマンの遺書』岩波現代文庫　二〇一九年　五三頁以降を参照。

（4）下川耿史『昭和・平成家庭史年表』前掲書　八四頁を参照。

（5）向田邦子『一話完結傑作選』岩波現代文庫　二〇〇九年　三一六頁を参照。

（6）向田はこの台詞を、おそらく『冬の運動会』の菊男のナレーション（「生き残った人間は、生きなくてはならない。生きるためには、食べなくてはならない。そのことが浅ましく口惜《くや》しかったのだ」）を借用していると思われる。この文言は、愛する人に先立たれた人間の悲しさを、痛切に訴える素晴らしいナレーションである。向田邦子『冬の運動会』前掲書　四一四頁を参照。

（7）金歯のゴミ箱点検は、意表を突いた面白い場面だが、シナリオのみに書かれている。残念ながら、ノベライゼーションした雑誌や小説にはない。もっともゴミ箱といっても、我々が見慣れているプラスチックのフタ付きバケツではない。黒いコールタールが塗られた木製の箱で、上には前に傾斜したフタがついており、そこからゴミを回収した。当時、ゴミ箱はゴミ溜めと称して、一軒に一つ、長屋なら数軒に一つ置いてあった。だがゴミ回収は今日のように、頻繁になされてはいなかった。また田辺聖子によると、赤紙を受け取った男は、町内の人々を前にして、この箱の上で決別の挨拶をしたそうである。田辺聖子『田辺写真館が見た「昭和」』文藝春秋　二〇〇八年　二〇〇頁以降を参照。

（8）柳田國男「金歯の国」『柳田國男全集第二十七巻　大正15年～昭和3年』筑摩書房　二〇〇一年八二頁以降を参照。関川夏央『白樺たちの大正』文春文庫　二〇〇五年　三〇〇頁を参照。

（9）東京駅の待合室は、当時の人々によく利用されたようである。多賀義勝は誰かと待ち合わせをするとき、通常、銀座のキャンデーストアーに決めていた。「また時としては、東京駅の二等待合室を使った。そこはどちらかが遅れても本を読んで待っていればよかったからである」。多賀義勝『大正の銀座赤坂』青蛙房　一九七七年　二二〇頁を参照。初太郎が倒れる場所として、雑誌と小説ではこの待合室が使われている。

（10）向田邦子『蛇蝎のごとく』大和書房　一九八二年　六六頁を参照。

（11）志賀信夫『人物による放送史』源流社　一九七七年　一四頁を参照。

（12）向田邦子『夜中の薔薇』前掲書　一四二頁を参照。

（13）向田邦子『夜中の薔薇』前掲書　一六頁を参照。

（14）向田は、雑誌では「気持」ではなく、〔愛〕と書いた。しかしこの時点で、この言葉はストレートすぎると思い、単行本では〔気持〕に書き換えている。

☆1　毎日、弁当を持って通勤する安サラリーマンをからかった言葉。江戸時代、勤番の下級武士が袴の腰に弁当を下げて出仕したことに由来する。成瀬巳喜男は昭和六（一九三一）年に、『腰勉頑張れ』というタイトルの映画を撮っている。

☆2　着物の裾を引きずるように着る意味から転じて、ろくに働かない、無精でだらしない女性を嘲っていう語。

☆3　戦前、肺結核は亡国病と呼ばれ、死に至る病と恐れられた。死因の第一位がこの病気だったのである。ところで、当時の医療保険制度はとても貧弱で、サラリーマンは通常、保険の適用外であった。家族に病人が出ると、その家計はたちまち底をつくようなことが多かった。後述する大学病院の入院など、普通の俸給者には夢物語であっただろう。

☆4　文字どおり、馬の力で荷車を引くことを意味する。それが転じて、荷馬車の別名になった。

☆5　門倉は「糟糠ノ妻ハ堂ヨリ下サズ」まで引いている。「糟糠」とは酒かすとぬかの意で、粗末な食べ物のたとえ。この一節の意味は、「貧しい時から連れ添い、苦労を共にした妻は、立身出世した後も、家から追い出してはならない」となる。

☆6　関東大震災後の住居不足を改善するため、財団法人同潤会は東京、横浜の各地に、鉄筋コンクリート造りの中層アパートを建設した。これを模して東京の旧市内では、昭和八年前後すでに百棟を超えるアパートが建てられていた。このアパート生活は都会の先端的（当時の流行語）な暮らしととらえられ、映画や小説でもさかんに紹介された。従来の木造アパートと区別して、「文化」という言葉が冠せられた。ちなみに禮子が文化アパートに住んでいたことは、第三話「青りんご」で明らかになる。倒産した門倉に対して、仙吉が「――文化アパート、そのままか」、「かなり、かかるだろ」と尋ねている。平凡社編集部編『ドキュメント昭和世相史　戦前篇』平凡社　一九七五年一七六頁以降を参照。山本夏彦『百年分を一時間で』文藝春秋　二〇〇〇年　一七九頁以降を参照。

☆7　妊婦が胎児保護のため、お腹に巻く白布のこと。お産の軽い犬にあやかって、五ヵ月目の戌の日から巻くものとされている。

☆8　塩化第二水銀の水溶液で、通常は消毒や防腐のために使用する。昭和七年五月、大磯の坂田山で、結婚に反対された学生が資産家の娘と昇汞水を飲んで心中した。事件を素材にした映画『天国に結ぶ恋』が大ヒットしたこともあって、この毒物を飲む自殺がはやった。向田は当時の流行をふまえて、ドラマに取り入れたのだろう。

☆9　土曜日、または勤務が午前中だけの日をいう。

☆10　「ひよどり越え（鵯越）」は尋常小学校第三学年用の唱歌である。その歌詞は、源義経が一の谷の合戦において、「鵯越の逆落とし」という奇襲で勝利をおさめた功績をたたえる内容である。

☆11　九条武子は佐佐木信綱の門下で、『心の花』の代表的歌人として知られる。夫への思慕とひとり寝の悲哀を歌った歌集『金鈴』は、当時の人々の同情を誘った。昭和三年に死去、四十歳の生涯であった。

第五章　青りんご

（1）向田の好きなことわざの一つである。例えば「びっくり箱」のなかで、母とし江がよそよそしい態度の娘厚子に対して、「仇のうちへきたって、お茶ぐらい飲むもんなの」と言っている。向田邦子『一話完結傑作選』前掲書　二一五頁を参照。

（2）このシーンで深町幸男は、たみが「ぞうりを、うしろにポンとほうる」のは、とっさの場合とはいえ、履物を少し粗雑に扱っているように見えると考えた。それに音が出てしまうし、拾うのに時間もかかってしまう。結局映像では、ぞうりは親子で手渡しされることになった。

（3）向田邦子『隣りの女』文藝春秋　二〇一七年　一一八頁を参照。

（4）向田邦子『父の詫び状』前掲書　九五頁を参照。

（5）向田邦子『冬の運動会』前掲書　三二七頁を参照。この後に引用する宅次の台詞も、同頁を参照。

（6）小説では、仙吉の言葉は「お前の分として」と記述されている。

（7）下川耿史『昭和・平成家庭史年表』前掲書　六九頁を参照。

（8）向田邦子『女の人差し指』前掲書　一三六頁を参照。

（9）「りんごの皮」の時子も、りんごをむくときは、「皮は、細く長く同じ太さにむいて、途中で絶対に切れないようにする」のが彼女の流儀であった。向田邦子『思い出トランプ』新潮社　一九九五年　一五三頁を参照。

☆1　『明治大正文学全集』は昭和二（一九二七）年、いわゆる円本ブームのなかで、春陽堂から全六十巻として刊行された。この円本ブームは大正の終わりの年に、改造社の『現代日本文学全集』が定価一円で予約募集を始めたところ、多くの申込者を得たことに端を発した。向田の父敏雄も本好きだったので、幾種類もの全集を買い込んでいた。そのなかに『明治大正文学全集』も当然入っており、邦子はこっそり読んでいたものと思われる。

☆2　開くと蛇の目の文様（ヘビの目のように太い輪の形をした図形）が現れる雨傘で、江戸時代から広く用いられた。

☆3　雨天の時、爪先が濡れてしまうので、「爪皮」という下駄の先端を覆うカバーをつけて外出した。

☆4　「別珍」とは、「ベルベティーン」の略訛で、綿糸を織って毛羽《けば》を表面に出したビロードのこと。「臙脂」とは、紅花から作った濃い紅色のこと。向田は子供の頃の身なりについて、「小菊を散らした海老茶の銘仙のお対《つい》に臙脂《えんじ》の別珍の足袋である」と記している（向田邦子『眠る盃』前掲書　一七二頁を参照）。山本夏彦によると、「別珍は長もちする、何より汚れが目立たない」ので重宝されたが、「金持は別珍の色足袋なんぞ穿かない。白足袋を穿」いたそうである（山本夏彦『誰か「戦前」を知らないか』文藝春秋　一九九九年　一九頁以降を参照）。

☆5　ドイツ製の精巧な小型カメラで、日本では昭和八（一九三三）年頃から流行する。このカメラは非常に高価で、小さな家一軒分くらいの値段であった。製品番号が記され、ごくわずかしか輸入されなかった。向田は門倉の会社が繁栄していた象徴として、ライカを使用している。倒産後、彼が事業を盛り返すときにも、作者は仙吉に「新型のドイツの写真機買えるぐらいだから、また、こう（のぼり坂）だろう」と言わせ、この小道具を巧みに用いている。

参考文献

秋山ちえ子「遺体の決め手」『文藝春秋臨時増刊　向田邦子ふたたび』文藝春秋　一九八三年
甘糟幸子「向田邦子と『もう一度、話したい』」クロワッサン特別編集『向田邦子を旅する』マガジンハウス　二〇〇〇年
新井信「『父の詫び状』刊行前後」『向田邦子研究会通信』第六五号　二〇〇八年
市川孝一『流行の社会心理史』学陽書房　一九九三年
伊藤桂一『兵隊たちの陸軍史』新潮社　二〇一九年
伊藤滋『昭和のまちの物語――伊藤滋の追憶の「山の手」』ぎょうせい　二〇〇六年
井上寿一『戦前昭和の社会』講談社　二〇一一年
井上靖『あした来る人』新潮文庫　一九六一年
上野たま子『向日葵と黒い帽子』KSS出版　一九九九年
大山勝美「向田邦子の思い出を語る」向田邦子研究会『向田邦子研究会通信』第四四号　二〇〇三年
小川雅也〔報告〕ドラマ鑑賞会「わが愛の城」『向田邦子研究会通信』第八七号　二〇一四年
オール讀物責任編集『向田邦子を読む』文藝春秋　二〇一八年
川野黎子「『思い出トランプ』をめぐって」向田邦子研究会『向田邦子愛』いそっぷ社　二〇〇八年

岸田今日子「心のこり」『向田邦子TV作品集　月報3』大和書房　一九八二年
栗﨑昇「向田邦子と『もう一度、話したい』」クロワッサン特別編集『向田邦子を旅する』マガジンハウス　二〇〇〇年
栗原靖道「向田邦子さんと作家本田靖春さんのこと――ノンフィクション作家富永孝子さんに聞く――」『向田邦子研究会通信』第九五号　二〇一六年
栗原靖道「向田邦子さんに背中を押されて――ノンフィクション作家富永孝子さんに聞く――」『向田邦子研究会通信』第九三号　二〇一五年
黒柳徹子『トットひとり』新潮社　二〇一五年
小林亜星／梶芽衣子「輝ける『寺内貫太郎一家』の日々」『オール讀物』平成二九年一〇月号
小林竜雄『向田邦子　恋のすべて』中央公論新社　二〇〇三年
小林竜雄『向田邦子　最後の炎』讀賣新聞社　一九九八年
小林竜雄『向田邦子　名作読本』中央公論新社　二〇一一年
佐怒賀三夫『向田邦子のかくれんぼ』NHK出版　二〇一一年
澤地久枝『男ありて　志村喬の世界』文藝春秋　一九九四年
ジェームス三木『テレビドラマ紳士録――ジェームス三木対談集』映人社　一九八二年
志賀信夫『昭和テレビ放送史　下』早川書房　一九九〇年
志賀信夫『人物による放送史』源流社　一九七七年
下川耿史『昭和・平成家庭史年表』河出書房新社　二〇〇二年

週刊朝日編『値段史年表　明治・大正・昭和』一九八八年
杉浦直樹「『男のやさしさ』を知っていた向田さん」『小説新潮』平成一八年八月号
関川夏央『家族の昭和』新潮社　二〇〇八年
関川夏央『白樺たちの大正』文春文庫　二〇〇五年
高橋行徳『向田邦子「冬の運動会」を読む』鳥影社　二〇一一年
高橋陽一『くわしすぎる教育勅語』太郎次郎社エディタス　二〇一九年
多賀義勝『大正の銀座赤坂』青蛙房　一九七七年
田辺聖子『田辺写真館が見た「昭和」』文藝春秋　二〇〇八年
『テレビドラマの巨人たち〜人間を描き続けた脚本家』第二回「向田邦子　ひと、その哀しみと可笑しさ」
　市川森一脚本賞財団　二〇一八年一一月三日シンポジウムでの岸本加世子の発言
「とまるのは葉か花か――唱歌『ちょうちょう』」朝日新聞　二〇一〇年三月二七日付
豊田健次『それぞれの芥川賞　直木賞』文藝春秋　二〇〇四年
豊田健次「山口瞳と向田邦子」『向田邦子研究会通信』第三九号　二〇〇二年
橋田壽賀子『渡る世間に鬼千匹』ＰＨＰ研究所　一九八一年
長谷正人／太田省一『テレビだョ！　全員集合』青弓社　二〇〇七年
深町幸男「向田邦子を語るキーパーソン」『向田邦子テレビドラマ全仕事』東京ニュース通信社
　一九九四年
深町幸男「向田邦子研究会20周年記念」でのスピーチ『向田邦子研究会通信』第六一号　二〇〇七年

参考文献

深町幸男「ドラマ『あ・うん』の思い出」太田光／村松友視『私のこだわり人物伝　向田邦子　市川雷蔵』日本放送出版協会　二〇〇五年
『文藝別冊　向田邦子』河出書房新社　二〇一三年
平凡社編集部編『ドキュメント昭和世相史　戦前篇』平凡社　一九七五年
ペリー荻野『テレビの荒野を歩いた人たち』新潮社　二〇二〇年
本田靖春「賢姉愚弟」『文藝春秋臨時増刊　向田邦子ふたたび』文藝春秋　一九八三年
向田和子「新聞の匂い」クロワッサン特別編集『向田邦子を旅する』二〇〇〇年
向田和子「人生の贈りもの（4）」朝日新聞　二〇一一年九月八日付
向田和子『向田邦子の遺言』文藝春秋　二〇〇一年
向田邦子『あ・うん（シナリオ）』岩波現代文庫　二〇〇九年
向田邦子『あ・うん（小説）』文春文庫　二〇〇一年
向田邦子「あ・うん」『別冊文藝春秋』昭和五五年三月号
向田邦子『阿修羅のごとく（シナリオ）』岩波現代文庫　二〇〇九年
向田邦子『一話完結傑作選』岩波現代文庫　二〇〇九年
向田邦子『「お茶をどうぞ」対談　向田邦子と16人』河出書房新社　二〇一六年
向田邦子『思い出トランプ』新潮社　一九九五年
向田邦子『女の人差し指』文藝春秋　一九八二年
向田邦子『蛇蝎のごとく』大和書房　一九八二年

向田邦子『父の詫び状』文春文庫（解説）二〇一八年
向田邦子『父の詫び状』文藝春秋　一九七八年
向田邦子『隣りの女』文藝春秋　二〇一七年
向田邦子『眠る盃』講談社　一九八一年
向田邦子『冬の運動会』岩波現代文庫　二〇〇九年
向田邦子『向田邦子全対談集』世界文化社　一九八二年
向田邦子『向田邦子の本棚』河出書房新社　二〇一九年
向田邦子「やじろべえ（あ・うんパートⅡ）」『オール讀物』昭和五六年六月特別号
向田邦子『夜中の薔薇』講談社　一九八二年
向田保雄『姉貴の尻尾　向田邦子の想い出』文化出版局　一九八三年
安田寛『「唱歌」という奇跡　12の物語』文藝春秋　二〇〇三年
柳田國男「金歯の国」『柳田國男全集第二十七巻　大正15年〜昭和3年』筑摩書房　二〇〇一年
やなせたかし『アンパンマンの遺書』岩波現代文庫　二〇一九年
山口瞳『追悼　上』論創社　二〇一〇年
山田太一『その時あの時の今――私記テレビドラマ50年』河出書房新社　二〇一五年
山本夏彦『戦前まっ暗のうそ』ワック株式会社　二〇一二年
山本夏彦『誰か「戦前」を知らないか』文藝春秋　一九九九年
山本夏彦『百年分を一時間で』文藝春秋　二〇〇〇年

和田矩衛「一九八一年度芸術祭テレビ・ドラマ」『キネマ旬報』一九八二年三月下旬八三二号
『和樂ムック　向田邦子　その美と暮らし』小学館　二〇一一年

参考映像

ＤＶＤ『あ・うん』ＮＨＫ総合　ＮＨＫエンタープライズ　二〇一三年
ＤＶＤ『続あ・うん』ＮＨＫ総合　ＮＨＫエンタープライズ　二〇一三年

あとがき

この『あ・うん』考は、高橋行徳が三年をかけて執筆してきたものです。しかし二〇二二年二月、癌に倒れ、完成することはできませんでした。それにもかかわらず出版を決意したのは、主人の緻密な研究を埋もれさせてはならないと思ったからです。

向田邦子さんの作品について研究されたものは少なく、もっぱら彼女のファッションや料理、生活スタイルが取り上げられてきました。彼はこれをとても嘆いておりました。そこで二〇二〇年正月、『あ・うん』に取り掛かったのです。『あ・うん』にはシナリオ、雑誌、単行本と三種類あり、それらを比較しながら論を進めていくのは、大変な労力だったと思います。

私は執筆の様子を時々覗くことがありました。彼は膨大な量の資料カードを作り、その中から必要なカードを選び、論文の組み立てを行っているのです。気が遠くなるような作業だと思いました。午前中に三時間、午後も三時間、規則正しくこれを続けていました。

原稿に残された推敲の箇所をパソコンで打ち直し、私は何度も読み直しました。主人や向田さんに励まされながら、ようやく皆様の前に出せるものになったと思います。これで主人との約束を果たすことができました。彼も天国で喜んでいることでしょう。

なお本書が出版されるまでお世話になった方々にお礼を述べたいと思います。向田邦子研究会の半澤幹一先生にはいろいろとご尽力いただき感謝いたします。またいつも私の身体を気づかってくださり、励ましの言葉をかけてくださった栗原靖道様、ありがとうございました。

主人と長年おつきあいがありました樋口至宏様には、刊行への道筋を作っていただき深く感謝いたします。

さらに未完にもかかわらず、本書の刊行を決断してくださいました「鳥影社」の百瀬精一様に厚く御礼申し上げます。そして萩原なつき様には入念に原稿を見ていただき、適切な指示と助言をしていただきました。本当にありがとうございました。

皆様のお力添えにより、すばらしい本になりました。未完ではありますが、高橋行徳の仕事ぶりを読んでいただけたら嬉しく思います。そしてこの後半は、若い有能な研究者に引き継いでいただきたいと心から願っております。

二〇二三年六月七日

高橋匡子

著者紹介

高橋行徳（たかはし ゆきのり）

1947年兵庫県生まれ。77年早稲田大学大学院文学研究科博士課程修了。

日本女子大学名誉教授。

著書に『開いた形式としてのカフカ文学』（鳥影社）、『向田邦子「冬の運動会」を読む』（鳥影社）、『向田邦子、性を問う―「阿修羅のごとく」を読む』（いそっぷ社）、『それとは違う小津安二郎』（鳥影社）。

翻訳にフォルカー・クロッツ『閉じた戯曲開いた戯曲』共訳（早稲田大学出版部）。他に『タウリスのイフィゲーニエ』試論（日本ゲーテ協会会長賞）、溝口健二『祇園の姉妹』―男性社会に反逆する芸者（『アジア遊学』118号）、向田邦子『家族熱』ノート（『ユリイカ』2012年5月号）、『精選女性随筆集第11巻向田邦子』解説（文藝春秋）、ドラマ『あ・うん』の一考察（『向田邦子文学論』向田邦子研究会編新典社）など。

向田邦子『あ・うん』
―「青りんご」まで―

二〇二四年三月一三日初版第一刷印刷
二〇二四年三月一三日初版第一刷発行

著者 高橋行徳
発行者 百瀬精一
発行所 鳥影社
長野県諏訪市四賀二二九―一（編集室）
電話 〇二六六―五三―二九〇三
東京都新宿区西新宿三―五―一二―7F
電話 〇三―五九四八―六四七〇
FAX 〇二六六―五八―六七七一
印刷 シナノ印刷

ISBN 978-4-86782-078-0 C0095